JÉRÔME LEROY

DIE VERDUNKELTEN

KRIMINALROMAN

AUS DEM FRANZÖSISCHEN ÜBERSETZT
VON CORNELIA WEND

EDITION NAUTILUS

Die Originalausgabe des vorliegenden Buches
erschien unter dem Titel *Un peu tard dans la saison*

Dieses Buch erscheint im Rahmen des Förderprogramms des französischen Außenministeriums, vertreten durch die Kulturabteilung der französischen Botschaft in Berlin.

Die Quellenangaben zu den literarischen Zitaten finden Sie auf Seite 221.

Edition Nautilus GmbH
Schützenstraße 49 a
D-22761 Hamburg
www.edition-nautilus.de

Deutsche Erstausgabe
September 2018
Umschlaggestaltung:
Maja Bechert, Hamburg
www.majabechert.de
Druck und Bindung:
CPI – Clausen & Bosse, Leck
1. Auflage
ISBN 978-3-96054-083-0

Für Dominique Forma

»Die Idee wegzugehen ist mir nicht plötzlich gekommen. Sie hat sich vielmehr in Form eines langsamen Schwindels aufgedrängt, so wie das Bild seines Falls den Mann verfolgt, der zu Fall kommt.«

ANTOINE BLONDIN, *L'Humeur vagabonde*

PROLOG

Ada ist schließlich auch noch da

Ich könnte versuchen, von dem Punkt aus, an dem ich jetzt bin, an dem wir nunmehr alle sind, die Geschichte der Reihe nach zu erzählen. Eine Geschichte aus der Welt davor, eine Geschichte einer zu Ende gehenden Welt. Es wäre meine Geschichte. Und seine. Keinesfalls unsere, denn die Ironie des Ganzen ist, dass wir uns letzten Endes kaum gekannt haben, er und ich.

Ich weiß jedoch nicht, ob es mir gelingt, sie der Reihe nach zu erzählen. Ich habe nur lückenhafte Erinnerungen, unvollständige Unterlagen und Tonaufnahmen, die man bald nicht mehr abspielen kann, da wir von nun an alles, was uns einst als technischer Fetisch diente, einem glücklichen Vergessen anheimgeben. Wir reparieren die Geräte nicht, wir brauchen sie nicht mehr.

Wir beide geben gute Anschauungsobjekte dafür ab, wie der Wahnsinn in unterschiedlicher Stärke und Ausprägung nach und nach von uns allen Besitz ergriffen hat, in einer vergleichsweise kurzen Zeitspanne, wenige Jahre oder auch nur Monate. Wir übten beide Berufe aus, die nicht sehr weit verbreitet waren und uns eine privilegierte Sicht auf das ermöglichten, was wirklich im Gange war. Rein äußerlich betrachtet waren sie zwar ziemlich verschieden, der Sache nach aber weniger.

Selbst wenn ich in dieser neuen Welt, die noch in den Kinderschuhen steckt, keinen einzigen Leser finden sollte, so ist Ada schließlich auch noch da. Sie will es womöglich wissen, so wie auch ich es wissen wollte. Oder ist es ihr völlig egal? Ich habe keine Ahnung. All das ergibt vermutlich keinen Sinn für sie. Und angenommen, sie liest es, weil es ihr nicht völlig egal ist, verzeiht sie mir dann, hasst sie mich oder lacht sie einfach darüber, wie über eine mäßig komische Anekdote ohne tiefere Bedeutung? Ich bin nicht imstande zu sagen, wie sie reagieren wird, sie, die Teil dieser neuen Welt ist und bald ihren siebzehnten Geburtstag feiert. Sie ist ein Kind der Welt danach. Ich trete ans Fenster des Landhauses, man sieht bis zum Horizont nichts als Hügel, sanft gewellt, wie in der Toskana, ohne den geringsten Hinweis auf die Anwesenheit von Menschen, abgesehen vielleicht von diesem ockerfarbenen Fleck dort hinten zwischen den Zypressen, er könnte das Dach eines Bauernhauses sein.

Ich strecke mich im Sonnenlicht, blicke auf den Tisch aus rohem Holz, in das pudrige Licht. Da steht eine Teetasse, die runde Abdrücke auf den Unterlagen hinterlassen hat, auf denen man mal seine, mal meine Handschrift erkennt. Da sind Blätter, Hefte, ein paar Fotografien und ein Laptop, der bald keinen Nutzen mehr hat, wenn die Batterie aufgebraucht ist. Mein Drucker ist gestern nach dem letzten Ausdruck kaputtgegangen. Ich werde wieder mit der Hand schreiben wie früher.

Der Rat der Gemeinden und Regionen hat vor einem Monat beschlossen, dass wir von jetzt an keinen Strom mehr benötigen. Ich habe selbst dafür gestimmt und Ada auch. Das Elektrizitätswerk von Barcelonne-du-Gers, das letzte, das noch läuft, wird den Betrieb einstellen. Wer möchte, kann sich zu seinem persönlichen Gebrauch immer noch Solarmodule basteln oder, wer an einem Fluss lebt, eine Mühle bauen. Ich wette, das werden nicht viele sein. Das Licht von Kerzen, Öllampen oder Holzfeuern verleiht unseren Abenden ganz neue Farben, menschlichere.

Da muss ich an ein Ereignis denken, das schon sehr lange zurückliegt, den großen Sturm von 1999, als an Silvester ohne Vorwarnung der Strom ausfiel, während wir beim Essen saßen. Nach einem kurzen Moment der Orientierungslosigkeit, begleitet von einigen nervösen Lachern, ging die Feier mit Kerzenleuchtern weiter, die man aus diversen Ecken hervorholte. Die Unterhaltung nahm daraufhin eine andere Wendung, die Stimmen wechselten die Tonlage, die Gesichtszüge veränderten sich, sie wirkten sanfter, traten im Halbdunkel deutlicher hervor. Als nach zwei oder drei Stunden der Strom wieder da war, hatten alle das Gefühl, aus einem Traum herausgerissen zu werden, ich zumindest. Ich war damals siebzehn und mit siebzehn ist man noch nicht ernst zu nehmen.

Jetzt ist die Welt wieder siebzehn Jahre alt und Ada ist genauso alt, oder fast. Unsere Tage sind im Winter kurz und im Sommer auf betörende Art unendlich. Wir kehren zu einem archaischen Rhythmus zurück, das heißt, zu einem, der Sinn macht. Ich weiß seitdem auch, dass uns, wenn wir die Dichter, die er liebte, in der Helligkeit einer Halogenlampe oder auf dem Bildschirm eines Tablet-Computers lasen, etwas von dem verloren ging, das sie uns sagen wollten. Ich bin sicher, er hätte das genauso gesehen und es hätte ihm gefallen, die Verse, die er auswendig kannte, im Schein einer Flamme aufflackern zu sehen.

Vergnügte Schreie hallen vom Taubenschlag herüber. Die Kinder aus dem Dorf haben ihren Spaß, und ich höre, ohne sie zu sehen, Ada heraus, an ihrer etwas dunkleren, ruhigen Stimme, mit der sie den Jüngeren gerade ein altes Spiel erklärt.

Das wird ein schöner Tag.

Von nun an werden sie alle schön.

Erster Teil

Aufhören ist schwierig

»Im Laufe der Stunden, der Tage, der Wochen machst du dich von allem frei. Du stellst fest, manchmal fast mit einer Art Trunkenheit, dass nichts dich belastet, dir gefällt oder missfällt.«

Georges Perec, *Ein Mann der schläft*

Das muss an der Kälte liegen

Es war kurz vor den Attentaten, als ich herausfand, wer er war, und ihn aufspürte. In den letzten Dezembertagen des Jahres 2014, während der Feiertage, wie man gemeinhin sagt. Er wohnte in einer schönen Wohnung in der obersten Etage am Square Henri Delormel im 14. Arrondissement, seit er vor etwa fünfzehn Jahren nach Paris gekommen war. Achtzehn Monate später sollte der Colonel mir von der neuen großen Angst berichten, die bei der Staatsgewalt umging, der Angst vor der Verdunkelung und vor denen, die man beim Geheimdienst und in gewissen Regierungskreisen die Verdunkelten nannte, in Ermangelung eines besseren Ausdrucks.

Die Wohnung mietete er gegen ein lächerliches Entgelt von seiner Mäzenin. So nannte ich sie, seit ich von ihrer Existenz wusste. Ich fand kein anderes Wort dafür. Puffmutter wäre nicht korrekt gewesen und hätte zudem meinen ersten, ungünstigen Eindruck zu sehr durchscheinen lassen. Eins stand jedenfalls fest, allein von seinen Tantiemen, dem Zeilenhonorar für seine Artikel und dem, was er durch die Mitarbeit an ein paar Drehbüchern verdiente, hätte er sich diese Wohnung mit den Möbeln aus den 30er Jahren und Blick auf den hübschen Innenhof nicht leisten können.

Als ich das erste Mal dort war, schaute ich von der Rue Ernest-Cresson aus ziemlich lange zu seinen Fenstern hoch. In dem Moment wusste ich noch nicht genau, was ich tun wollte. Oder doch, eigentlich schon. Aber ich hatte es noch nicht in Worte gefasst. Das Unbewusste. Es gehörte zu den

Dingen, an die Militärs nicht glaubten – womit sie immer gut gefahren waren – und Spione erst recht nicht.

Und wenn man beides in einer Person war, wie in meinem Fall …

Es war kalt in diesem Hof. In der Mitte stand ein Weihnachtsbaum, und ein kleines Mädchen probierte mit Hilfe seines Vaters – zumindest vermute ich, dass es sein Vater war – seine Inlineskates aus, sicherlich ein Weihnachtsgeschenk. Ich hatte die Kapuze meines Dufflecoats über den Kopf gezogen, in dem ich nach Meinung des Colonels wie eine ewige Gymnasiastin aussah. Der Colonel, der selbst in seinen erotischen Phantasien ein Traditionalist war, gab mir ein Gefühl von Sicherheit. Und darum liebte ich ihn vermutlich. Letztendlich war ich eher einfach gestrickt.

Verrückt vielleicht, aber nicht kompliziert.

Ich weiß nicht, ob ich an dem Tag gehofft hatte, ihm zufällig zu begegnen. Es wurde dunkel, und zugleich setzte leichter Schneeregen ein, die feuchte Kälte zog mir in die Knochen. Ich hätte ihn auf Anhieb erkannt, glaube ich. Durch die Fotos, die es im Internet von ihm gab, durch seine wenigen Fernsehauftritte. Ich wusste ziemlich genau, wie er aussah.

Ich konnte ihm sogar ansehen, ob er müde war, genervt oder glücklich. Ich hatte seine Brillen-Wechsel zur Kenntnis genommen, seine Gewichtszunahme, seine Diätversuche, und welche Hemdenfarben gut zu seinem Teint passten. Darauf achtete er offenbar, denn auf den Pressefotos trug er immer ähnliche Farben. Er sah wie ein alter Preppy aus. Das passte zu seiner Doo-Wop-Plattensammlung und seinem 504er-Cabriolet, das er kaum noch fuhr.

Für die übrigen Informationen gab es eine Akte, und er hatte sogar seinen eigenen kleinen Gefährdervermerk, der unscheinbare Schriftsteller. Man konnte ihn auf den ersten Blick schwer einschätzen: Er war Kommunist, zahlte bis heute seine Beiträge, aber war seit seinem Weggang aus Lille 2001 nicht mehr aktiv. Er hatte mehrere Artikel in der rechten Presse veröffentlicht, zählte Royalisten, die inzwischen mehr oder minder solide geworden waren, zu seinen Freunden, unterhielt aber auch Kontakte zu den Anarchisten vom Plateau de Millevaches. Er war unter anderem sehr eng mit einem anderen Krimiautor befreundet, Simon Tavaniello, und hatte bei den Unruhen 2005 und dem Fiasko von Tarnac 2008 mehrere ziemlich radikale Petitionen unterschrieben.

Tavaniello seinerseits hatte eine bewegte Jugend hinter sich. Nachdem er in den 70ern kurz mit dem Gangstertum geliebäugelt hatte, saß er eine Weile in einem niederländischen Gefängnis ein, weil er verdächtigt wurde, bei einem Überfall zur Finanzierung revolutionärer Aktionen logistische Unterstützung geleistet zu haben. Nach ein paar Monaten wurde er aus Mangel an Beweisen entlassen, ließ sich in Belleville nieder und beteiligte sich direkt oder indirekt an Aktionen der Linksextremen. Unter anderem betreute er geheime Publikationen, in denen propagiert wurde, »die Gesellschaft des Spektakels und der Warenwirtschaft« für immer abzuschaffen, wie es im Post-Situationisten-Slang hieß. Er veröffentlichte auch Krimis und Essays über den Anti-Terror-Kampf als Ideologie und letztes Mittel des Kapitalismus zur Aufrechterhaltung der Ordnung.

Dieser Simon Tavaniello sah das alles ganz richtig, auch wenn die Wahrheit weit darüber hinausging. Er mochte uns nicht, weil er uns durchschaut hatte, ohne uns zu kennen. Ich fand das sehr intelligent und ziemlich unterhaltsam, wie er sich so herantastete. Ich war selbst eine Spielernatur, in meiner Domäne. Dann ließ Tavaniello sich in Eymoutiers nieder, in einem Haus auf einer Anhöhe oberhalb der kleinen Stadt. Unterhalb seines abschüssigen, von Bäumen zugewachsenen Gartens floss die Vienne vorbei.

Dort habe ich mir einmal die Hände gewaschen. Das Wasser war eiskalt, der Himmel blau, man hörte die Stiftskirche von der anderen Seite eine dieser hohlen Nachmittagsstunden schlagen, die etwas Trügerisches haben, weil sie suggerieren, es gäbe Momente am Tag, in denen nichts passiert.

Aber für Tavaniello interessierte ich mich nicht, oder jedenfalls noch nicht. Ich interessierte mich für ihn und zwar nur für ihn.

Um ehrlich zu sein, las ich aus den Angaben, die mir zur Verfügung standen, einen gewissen Hang zum Schmierenkomödiantentum heraus, gepaart mit einer leichten geistigen Verwirrung. Er war also ein Verwirrter. Und er wartete wie so viele andere darauf, sich langsam zu verflüchtigen, hinzuwerfen, einen Schritt zur Seite zu tun statt nach vorne.

Er wartete darauf, ein Verdunkelter zu werden.

Seine Fenster waren erleuchtet. Das war nicht oft der Fall. Er war einer jener vagabundierenden Schriftsteller, die davon lebten, an den abgelegensten Orten, in einem Vorort von Arras oder im Herzen der Ariège, Lesungen in Büchereien abzuhalten, oder von Stipendien für den Aufenthalt in einer Schriftsteller-Residenz in der hinterletzten Ecke der Creuse oder des Pays d'Auge, oder von Auftritten auf Messen zum Thema Kriminalliteratur, Jugendliteratur oder Poesie.

Er wollte offenbar nicht allein von den Zuwendungen seiner Mäzenin abhängig sein. Männer in seinem Alter logen sich gerne etwas vor. Das Problem war, dass sie schlecht darin waren, und dass sie eines Tages aufhörten, sich etwas vorzulügen, weil sie es nicht mehr schafften. Also fingen sie wahlweise an zu trinken, begingen Selbstmord oder, das war neu, verdunkelten sich.

Ich war gerührt, wie ich da so im Hof stand.

Ich war gerührt und mir war kalt.

Am Ende überwog die Kälte.

Ich ging zurück in die Avenue du Maréchal-Leclerc, betrat einen chinesischen Imbiss, aß Nems und kantonesischen Reis und trank grünen Tee. Literweise grünen Tee. Ich hatte verdammt große Mühe, mich wieder aufzuwärmen.

Irgendwann kam die Chinesin, die hinter dem Tresen stand, mit Papierservietten zu mir herüber.

»Sie weinen ja, Mademoiselle…«

»Ach ja? Das muss an der Kälte liegen.«

Wie eine Farbe verblasst

Man müsste sich verflüchtigen, ein für alle Mal verschwinden. Ich rede selbstverständlich nicht von Selbstmord. Nein, einfach weggehen. Ich weiß nicht, ob »weggehen« das richtige Wort ist. Man muss sich dazu nicht geografisch entfernen, nicht unbedingt. Man könnte zunächst in einem anderen Viertel leben, wenn die Stadt groß genug ist. Das würde schon reichen, zumindest für den Anfang. Dann hätte man eine neue Wohnung, ein neues Haus, einen anderen Garten, einen anderen Blick auf die Dächer, die Bäume, die Kirchtürme...

Allein schon durch die Tatsache, dass ich dann andere Wege zurücklegen würde, wäre ich so gut wie unsichtbar, das wäre ein guter Anfang. Die Stadt sähe anders aus, die Gesichter der Entgegenkommenden ebenfalls. Man müsste auch seinen Tagesablauf variieren, nicht mehr zur gewohnten Zeit rausgehen. Das könnte für eine Weile dieses immer drängender werdende Bedürfnis befriedigen, woanders und anders zu sein.

Niemandem Bescheid sagen, es nicht groß ankündigen, jedes Pathos vermeiden.

Mit einfachen Maßnahmen würde man seinen Entschluss bekräftigen: Die Anschrift ändern, klar. Die Handynummer wechseln, die E-Mail-Adresse, den Facebook-Account langsam eingehen lassen, nur noch hin und wieder etwas posten.

Man würde zunächst noch auf die anderen reagieren und hin und wieder auch auf Freundschaftsanfragen eingehen. Dann würde man die Abstände zwischen seinen Lebenszeichen unauffällig von Mal zu Mal größer werden lassen. So tun, als wäre alles normal, als wäre alles in Ordnung, und im Übrigen wäre auch alles in Ordnung.

Es wäre sogar alles mehr in Ordnung als je zuvor.

Es wäre ein bisschen wie der Versuch, mit dem Rauchen aufzuhören, man brauchte nur ein Quäntchen Willenskraft dafür. Wenn man große Brüche vorher ankündigt, hat das immer etwas Heuchlerisches, steckt da immer ein »Haltet mich zurück, oder ich tue mir noch etwas an« mit drin.

Nein, es ginge darum, sich zu verflüchtigen, wie gesagt, auszubleichen, sich auszuradieren.

Zu verblassen, wie eine Farbe verblasst.

Natürlich müsste ich Paris verlassen. Ohne irgendjemandem etwas zu sagen, vor allem nicht Constance. Sie würde diese Entscheidung für einen Spleen halten. Sie würde mir anbieten, sie zu finanzieren. Ich höre sie schon mit ihrer schönen, rauchigen Stimme sagen: »Machen Sie das, mein Lieber. Gönnen Sie sich ein paar Monate des Umherschweifens. Sie müssen sich um nichts kümmern. Ich übernehme das.« Und dann wäre das Ganze sinnlos. Liebe, verehrte Constance …

Früher war der Mensch dem Menschen ein Wolf, jetzt übernimmt das eine Kamera. Wenn man nicht mit Freunden zusammen ist, auf die man sich hundertprozentig verlassen kann, oder an der Tür alle Smartphones eingesammelt werden, wie in diesen Filmen über die Mafia, in denen die Waffen abgegeben werden müssen, wenn alle Capi zusammenkommen, dann ist es unmöglich, mal eben betrunken seinen Hintern zu entblößen, ohne dass das am nächsten Tag auf

YouTube zu sehen ist. Oder aus purer Provokation bei der dritten Flasche Bourgueil zu erklären, wie sehr man Stalin schätzt, oder auch beides auf einmal, was mir früher wohl mal passiert sein muss, als noch nicht alle ausgerüstet waren wie eine Drohne der US Air Force. Diese Art der Videoüberwachung ergänzt natürlich jene, die in unseren Städten immer omnipräsenter ist. Früher wurde man ausspioniert, wenn man vor die Tür trat, jetzt wird man es auch in geschlossenen Räumen.

Ich weiß, dass mich allein eine Sache davon abhält, den Computer, das Internet, die Sozialen Netzwerke und das Handy aus meinem Leben zu verbannen. Und zwar die Tatsache, dass ich das alles vorerst noch aus, sagen wir mal: ökonomischen Gründen benötige. Wenn mir eine Lösung in den Schoß fallen sollte, die mich davon entbindet, mir meinen Lebensunterhalt verdienen zu müssen, dann verschwinde ich komplett von der Bildfläche. Und aus der Welt, da das Netz ja gerade dabei ist, die Welt zu werden. Es besteht keinerlei narzisstische Abhängigkeit. Zumindest glaube ich das nicht, auch wenn ich viel in den Sozialen Netzwerken unterwegs bin. Ich habe meine bereits geschriebenen und noch zu schreibenden Bücher, um meinen Narzissmus zu befriedigen. Und ich weiß, dass auch das Bedürfnis zu schreiben vorübergehen wird, wenn ich erst einmal weggehe.

Nein, die Lösung ist nicht Constance. Constance ist mein Mutterland. Ich bin ihr Überseedepartement, ich koste sie viel Geld (also in einem vernünftigen Maß), ich bringe ihr nicht viel ein, aber bei mir kann sie ein wenig Sonne tanken. Da sie eine ausgezeichnete Psychoanalytikerin ist, dürfte sie das alles genauer durchschaut haben als ich. Das Geld, das sie mir gab, als ich vierzig war und sie fünfundfünfzig, gab sie mir als gelegentlichem jüngeren Liebhaber. Sie schwankte zwischen der Rolle einer Mäzenin und der einer reichen Frau, die sich einem Gigolo hingibt, der etwas von Literatur versteht. Inzwischen sind wir beide fünfzehn Jahre älter. Constance ist mit all der dafür erforderlichen Würde auf der Schwelle zur alten Dame und wird nicht versuchen, das Alter mittels der Schönheitschirurgie auszutricksen, und ich selbst habe die fünfzig überschritten. Das Geld, das sie mir nach wie vor gibt, ist nun das Geld einer Mutter für ihren Sohn, der so tut, als wäre er ein ewiger Student.

Wenn es mir gelingt zu verschwinden, können mir die, die mich gern haben, auf schönem, hellblauem Velinpapier Briefe schreiben. Schon jetzt halten einige von uns an dieser archaischen Praxis fest. Cénabre, Marcheur, Gourvenec und ich schreiben uns nach wie vor, schicken einander Postkarten. Oder sie steigen in den Zug, um mich zu besuchen. Es sei denn, ich lande an einem Ort ohne Bahnhof, was noch besser wäre. Oft macht mir jedoch der Gedanke Angst, aufzulisten, wer mir fehlen würde, wenn ich mich entschließen sollte wegzugehen. Und ebenso macht es mir Angst, aufzulisten, wem ich fehlen würde. Ich fürchte, das endet unentschieden, ein miserables Spiel, ein typisches Null zu Null.

Ab und an treffe ich bei Eymoutiers, vermittelt durch Taviniello, junge Leute um die zwanzig, die intelligent und sensibel sind, an die Befreiung des Menschen glauben, an Gemeinschaften, die auf der gleichen politischen Überzeugung beruhen, an Wachstumsbeschränkung. Selbst ihnen ist manchmal schwer zu erklären, dass ich, bevor sie geboren wurden, eine Welt erlebt habe, in der es möglich war, nicht erreichbar zu sein, ohne dass das irgendjemanden beunruhigt hätte oder irgendwie verdächtig gewesen wäre. Eine Welt, in der ich ohne Textverarbeitungsprogramm schrieb, in der ich auch ohne Handy nicht meine Verabredungen verpasste. Eine Welt, in der ich in einem alten Cabriolet ohne GPS-System unterwegs war, nur mit einer alten Michelin-Karte, die ich auf den gebräunten Schenkeln von Sophie, Hélène oder Andréa ausbreitete, die neben mir saßen. Eine Welt, in der man Geld im Innenraum der Bank tauschen musste, wenn man im Ausland war, und es nicht an einem Automaten holte. Das war weniger praktisch. Aber durch die heutige Praxis hat man das Gefühl, nie mehr *weit weg* zu sein. Sogar Mariama, nicht mehr die Jüngste mit vierzig, die groß darin ist, grundsätzlich alles radikal anzuzweifeln, hört nicht auf, mir zu erklären, dass es nur darauf ankommt, wie man eine Technik einsetzt. Dass sie ein großartiger Beschleuniger einer kommenden Revolution sein könne. Ich bezweifle das, um ehrlich zu sein.

Erinnerst du dich noch, Sophie, an den Sommer 1980 auf den Kykladen, an diese kleine Bank auf Ios, in der wir unsere Ausweise und unsere American-Express-Travellerschecks bis zum nächsten Tag hinterlegen mussten, um Bargeld zu bekommen, an den Angestellten im Anzug, der akzentfrei Französisch sprach, an den Ventilator, der für angenehme Kühlung sorgte und deine blonden Haare herumfliegen ließ, außer dieser einen Strähne, die an deiner Schläfe klebte wie eine Schmachtlocke, an die Ägäis, die man durch die staubige Luke hinter dem Schalter sah?

Bevor es den Euro gab, empfand ich, wenn ich keine hundert Kilometer von meinem Zuhause entfernt an einem Badeort wie Koksijde Francs in belgische Francs tauschte, ein fast körperlich spürbares Vergnügen, eine Grenze zu überschreiten. Dass dieses Gefühl verblasst, liegt natürlich nicht am Euro und den Geldautomaten. Jedenfalls nicht nur.

Einer der Nebeneffekte des Handys ist zum Beispiel die Entwertung eines gegebenen Versprechens oder einer Vereinbarung. Es ist so dermaßen einfach etwas abzusagen, dass es fast zu einem Mittel wird, sich seine eigene Bedeutung zu beweisen. Dem letzten. Denn, machen wir uns nichts vor, wir sind nicht mehr besonders wichtig. Für niemanden. Das kommt mir persönlich entgegen. Ich brenne darauf, mich zu verflüchtigen. Ein Tag ohne Anruf machte mir vor noch gar nicht so langer Zeit Angst. Wenn das heute passiert, empfinde ich eine Art Euphorie, einen kurzen Moment des Triumphes in einem Leben, das schon sehr lange einen faden Beigeschmack hat.

Ja, früher gab es Liebesgeschichten, auch schöne und dauerhafte und starke, wie zum Beispiel mit Sophie. Oder mit Andréa. Gehen Sie in eine Bibliothek und überzeugen Sie sich selbst, wenn Sie mir nicht glauben. Schauen Sie hinter den Computern nach, da gibt es sicher noch ein paar alte Romane. Versuchen Sie es mal mit *Die Lilie im Tal.* *»Sie brachte mich zum Weinen. Sie wirkte gleichzeitig mild und furchterregend; ihr Gefühl bekundete sich allzu kühn; es war zu rein, um dem jungen, von Lustempfindungen beunruhigten Menschen auch nur die mindeste Hoffnung zu lassen.«*

Trennung oder Entfernung waren für Liebende damals gottgegeben. Jeder Soldat fern der Heimat, jeder Seemann auf großer Fahrt wartete auf die Post, die der für den Postdienst zuständige Unteroffizier brachte, oder auf die postlagernden Briefe beim nächsten Zwischenstopp. Manchmal war es traurig, weil die Beziehung nicht hielt, aber wenn sie hielt, dann war es fürs Leben. Heute ist das anders: Kaum macht der in Mali stationierte Marineinfanterist Anstalten, eine Granate auf eine Höhle im Ifoghas-Gebirge abzufeuern, wird er auch schon von einer verliebten oder genervten SMS seiner Freundin gestört, die wissen will, welchen Rock sie anziehen soll, wenn sie ausgeht.

Ich erinnere mich an einen prophetischen Film, *Hier spricht Denise,* so aus dem Jahr 1995 oder 1996. Ein amerikanischer Film über die Anfänge des Handys. Junge, ineinander verliebte New Yorker Freunde verbringen ihre Zeit damit zu telefonieren, aber sie sehen sich nie, wie so viele Monaden, die auf eine SIM-Karte reduziert sind. Das einzige Mal, als es ihnen endlich gelingt sich zu sehen, ist am Ende des Films, als einer von ihnen stirbt. Man muss schließlich zur Beerdigung gehen.

Mariama sagte mir, der Arabische Frühling sei durch Twitter ausgelöst worden. Kann gut sein. Da war Big Brother wohl für einen kurzen Moment abgelenkt. Aber inzwischen hat er sich am Riemen gerissen. Probieren Sie mal in China einen Tweet abzusetzen, nur so zum Spaß.

Die Sozialen Netzwerke haben geschafft, was die Geheimpolizeien sämtlicher Regime sich nicht in ihren kühnsten Träumen ausgemalt hätten: Die Leute liefern sich selbst ans Messer. Das ist ein Erfolg auf ganzer Linie, wenn die gesamte Menschheit zu einer Geheimpolizei wird, die sich darüber hinaus auch noch selbst verwaltet.

Ein Bulle, der ins Autorenfach gewechselt war, erklärte mir einmal während eines Krimifestivals, dass es für einen Verbrecher heute quasi unmöglich sei, im großen Stil auf die Flucht zu gehen, wie früher mal Mesrine. Wegen der vollständigen Digitalisierung der Realität. Man kann sich darüber freuen. Aber es kann einem dabei auch angst und bange werden. Eines der elementarsten Menschenrechte existiert nicht mehr.

Das Recht zu verschwinden.

Ich habe Lust auf eine Flucht, so wie ich Lust habe auf Mariama: um mich zu verlieren.

Die Überlebenden kontaktieren

Bei ihm wie auch bei den anderen, die zu Verdunkelten werden würden, war das offenbar ein schleichender Prozess. Es gab eine ganze Reihe von kleineren Vorkommnissen, die ihn schließlich dazu bewogen, diesen Schritt zu tun. Er brauchte knapp zwei Jahre, um sich der unsichtbaren Menge anzuschließen, die den Anfang des Endes ausgerufen hatte. Der Colonel hatte Recht. Der Untergang vollzog sich binnen nicht einmal eines Jahrzehnts.

Dabei hätte ich in Bezug auf ihn genügend Anhaltspunkte für seine bevorstehende Verdunkelung finden können, ob in seinen Krimis, seinen Gedichten, seinen Jugendromanen oder auch in seinen Statusanzeigen in den Sozialen Netzwerken, von denen er am Ende nicht genug bekommen konnte, obwohl ihm vollkommen klar war, was für eine Falle sie darstellten.

Tatsächlich war er verdammt wortkarg für jemanden, der so viel geschrieben hat. Ohne großen Erfolg, nebenbei gesagt. Klar, da waren die Einträge in seinen Notizbüchern und die Textfragmente in seinem Computer, aber das war auch schon alles. Und es wirkte nicht so, als plante er, daraus ein Buch zu machen. Schade eigentlich. Ich hätte den Colonel sonst vielleicht davon überzeugen können, dass ein Schriftsteller, der ohne es zu ahnen über das schrieb, was kurz bevorstand, eine Spezialbehandlung verdient hätte. Das hätte manches vereinfacht.

Aber nein, er veröffentlichte weiter seine Krimis, die alle hochpolitisch waren und dieses Thema nicht einmal streiften. Bestenfalls in seiner Poesie, aber das mag ich mir auch im Nachhinein einbilden. Andere als ich, auch beim Geheimdienst, wären womöglich in der Lage gewesen zu erkennen, was er da in einigen seiner Gedichte ausbrütete. Aber wer las denn noch Gedichte in diesen Zeiten? Wir hatten beim Geheimdienst durchaus eine inoffizielle Abteilung zur Überwachung von Fiktion in Literatur, Fernsehen und Film, aber für Poesie hatten wir niemanden. Das war ein echter Fehler, wenn ich es recht bedenke…

Das einzige Buch, das ich noch von ihm habe, eine Ironie des Schicksals, ist der letzte Gedichtband, den er kurz vor seiner Verdunkelung veröffentlicht hat. *Die Überlebenden kontaktieren.* So lautet der Titel. Ich bin vor ungefähr einem Jahr darauf gestoßen, in einem Zeitschriftenladen von La Souterraine. Es war der einzige Laden in der ausgestorbenen Stadt, der von den Plünderungen verschont geblieben war. Das hätte ihm sicherlich ein Lächeln entlockt, diesem großen Fan von Untergangsszenarien. Oder es hätte den weinerlichen, launenhaften Narziss in ihm beruhigt zu erfahren, dass sein Gedichtband durch eine seltsame Laune der Vertriebswege in La Souterraine im Regal stand. Zwischen einem Thriller, in dem telepathisch begabte Neonazi-Vampire durch die Gegend geisterten, und der Autobiografie einer B-Prominenten aus einer Realityshow und inmitten lauter vergilbter Zeitungen, den allerletzten Ausgaben, deren alarmierende Schlagzeilen zum Zeitpunkt ihres Erscheinens bereits obsolet waren, da es schon geschehen war.

Aber ich greife vor. Zu dem Zeitpunkt, als ich ihn fand, war ich auf Hypothesen angewiesen, und in gewisser Weise bin ich das immer noch. Man könnte zum Beispiel mutmaßen, dass sein fünfzigster Geburtstag ihm so zugesetzt hatte. Das war eine grob vereinfachende Erklärung, aber sie war dennoch nicht ganz von der Hand zu weisen.

Ein Indiz, das diese banale These des nicht akzeptierten Alterns stützte, war, dass er seinen Fünfzigsten, der vier Jahre zurücklag, als ich begann, mich mit ihm zu befassen, nicht gefeiert hatte. Vielleicht hatte er kein Geld, oder er hatte keine Lust. Oder er schob vor, er hätte kein Geld, auch wenn das für Leute wie ihn nie eine echte Entschuldigung wofür auch immer war, und er damit nur eine gewisse Lustlosigkeit kaschieren wollte, eine tiefer sitzende Angst. Denn fünfzig zu sein bedeutete, Übergewicht und Bluthochdruck zu haben und seine Verführungskraft einzubüßen.

Ich hatte so eine Ahnung, dass es dem Colonel, der etwa im gleichen Alter war, ähnlich erging, wenn er mir beim Ausziehen zusah. Er zog mich nie aus, sondern sah mir lieber dabei zu. Anfangs dachte ich, er würde auf Striptease stehen. Überhaupt nicht. Im Grunde blickte er mich so erwartungsvoll an, als würde ich ihm gleich den Schlüssel überreichen, mit dem man die Zeit zurückdrehen kann, als wäre mein nackter Körper eine Art Passierschein zu seiner Jugend, als wäre ich sein letztes Mal, seine letzte Frau, als verkörperte ich für ihn zugleich eine Sehnsucht nach dem Vergangenen und eine letzte Chance. Das wühlte mich natürlich auf und trug mit zu meinem grandiosen Orgasmus bei.

Aber kommen wir lieber auf ihn zurück, auf Trimbert.

Guillaume Trimbert.

Als ich seinen Namen erfuhr, bevor ich das erste Mal am Square Henri Delormel war, sprach ich ihn mehrmals laut vor mich hin, vorm Badezimmerspiegel. Wiederholte ihn laut, von Mal zu Mal lauter. Dabei fiel mir ein, dass Jean-Pierre Léaud es in *Geraubte Küsse* bei Delphine Seyrig genauso gemacht hatte. Damals hatte ich noch Zeit, Filme zu sehen, im Filmclub vom Gymnasium Victor Hugo in Besançon. Die kleine Agnès Delvaux wurde am Wochenende nicht oft abgeholt, als sie keine zwei Kilometer von zu Hause entfernt auf dem Internat war. Sie störte.

»Fabienne Tabard. Fabienne Tabard. Fabienne Tabard.«

»Guillaume Trimbert. Guillaume Trimbert. Guillaume Trimbert.«

Eins war mir klar: Er hatte sich und anderen in einer Tour etwas vorgelogen. Er war schließlich Schriftsteller. Sein Job verlangte das. So wie es unser Job als Geheimdienstler auch verlangte. Da fragt man sich schon, ob die Literatur ihm nicht in erster Linie dazu diente zu lügen oder nur die Wahrheit zu sagen, die ihm zupass kam. Aragon, den er sehr gerne las, tat mit seinem *Wahr-Lügen* genau das. Und außerdem sah es ihm ähnlich, dass er die Verantwortung für seine Entscheidungen, sein Scheitern, seine kleineren und größeren Feigheiten auf äußere Umstände schob, die man gelten lassen konnte und die ihn entlasteten. Nicht genug Geld, um einen Geburtstag zu feiern, na klar, es fiel mir schwer, das zu glauben.

Schließlich hatte er die Mäzenin, die ihm alles gab, was er nur wollte, oder fast alles. Constance Soligny, eine Psychoanalytikerin und strenge Lacan-Adeptin. Ihr Mann war ein durch die Medien bekannter Professor, der sie nicht mehr anrührte, als sie Trimbert kennenlernte. Genauer gesagt war er ein sehr weit rechts stehender, durch die Medien bekannter Professor und hatte sie nie angerührt. Als versteckter Schwuler brauchte er diese Ehe aus Anstandsgründen, und um seine erzkatholischen Familienwerte glaubhaft rüberbringen zu können, wie auch sein Interpretationsschema des Chaos auf dieser Welt, das einzig und allein um die Frage der Identität kreiste. Alle redeten ständig von Identität in dieser zu Ende gehenden Welt. Constance und ihr Mann waren kinderlos und lebten in bestem Einvernehmen miteinander. Beide waren reich und mondän und bildeten eines dieser Paare, bei denen die stillschweigende Übereinkunft, die Interessen des anderen zu respektieren, ein Garant für die Dauer ihrer Verbindung war. So verlangte er nie Rechenschaft über ihre Liebhaber oder die spezielle Beziehung, die sie zu Trimbert unterhielt. Er, der in Talkshows als Verteidiger der sogenannten »Francité« auftrat, hätte kein Problem darin gesehen, wenn Constance Trimbert, der manchmal auch zu einem ihrer Dîners eingeladen wurde, einen Scheck ausgestellt hätte, damit er seinen Fünfzigsten feiern konnte.

Nein, Trimbert wollte einfach nicht. Auf seinem Nachttisch lag ein witziges Buch, das einer seiner Verleger 1970 herausgebracht hatte, *Leitfaden für den Mann, der es geschafft hat*. Gleich das erste Kapitel war überschrieben mit:

»50! Willkommen im Club!« Darin waren Restaurants und Bars aufgeführt, Gesundheitsratschläge, Landgasthöfe, die sich für den Ehebruch eigneten, Modeboutiquen und Mechaniker, die Sportwagen reparieren konnten von Marken, die heute keiner mehr kannte. Trimbert, dieser unverbesserliche Nostalgiker, dürfte dieses Buch auf zweierlei Weise gelesen haben. Einmal so wie er auch Proust las, mit einer melancholischen Sehnsucht nach der Auberge du Grué des Grues, »direkt an der D116 gelegen, die an der Eure entlangführt, mitten auf dem Land, Telefon: 46-50-25«, und dann aber auch mit einem gewissen Gefühl der Bitterkeit und Angst beim Vergleich zwischen dem Mann von fünfzig, der es »geschafft hat« im Paris dieser Zeit, und seinem eigenen Leben im Jahr 2010. Auf einmal glaubte dieser angebliche Kommunist, todunglücklich zu sein, weil er nur ein paar hundert Bücher besaß, ein Peugeot-Cabriolet und auf die nächste Überweisung seines letzten Zeilenhonorars warten musste, um sich ein Paar Weston-Schuhe leisten zu können. Wenn ich ihn unter diesem Gesichtspunkt betrachtete, dann gesellte sich zu meiner unbestimmten Wut noch Verachtung hinzu. Diese Mischung hätte tödlich für ihn sein können, und genau das war sie letzten Endes auch.

Seinen Vierzigsten hatte er richtig groß gefeiert. Aber damals war er noch Lehrer und verheiratet. Er lud um die hundert Gäste in ein Herrenhaus in Flandern ein. Es gab ein Buffet mit regionalen Spezialitäten, deren Namen so kompliziert waren, dass niemand sie hätte schreiben, geschweige denn aussprechen können, so zum Beispiel Potjevleesch, Stoemp, Swiateçzna oder Kaszanka. Und dann hatte er auch noch eine Frittenbude für draußen gemietet. Flandern und Polen: der Norden eben. Fünf oder sechs Biersorten aus Bio-Mikro-Brauereien, Zero-Dosage-Champagner, was will man mehr.

Und selbst bei diesem Geburtstag hatte sich seine zweite Frau um alles gekümmert, die bunt zusammengewürfelte Gästeschar eingeladen, Kommunisten, Schriftsteller, von denen viele der Rechten zuzuordnen waren wie Gourvenec oder Cénabre, Arbeiter aus der Gegend um Valenciennes, die zu ihrer Familie gehörten, und Ärzte aus der Normandie, die zu seiner Familie gehörten, und dann natürlich Lehrer, wie sein Freund François Marcheur. Auch Simon Tavaniello war da.

Diese Einzelheiten erfuhr ich von ihr persönlich, von Andréa Walkowiak, der zweiten Frau, Philosophielehrerin an einem guten Gymnasium in einem schicken Vorort von Lille.

Im Jahr 2000 kam dann die Scheidung, kurz nach besagtem vierzigsten Geburtstag. Da war gerade sein Science-Fiction-Roman erschienen, der nicht schlecht lief, *Der Körper der Frauen nach dem Regen*. In dieser Zeit lernte er auch die Mäzenin bei einer Buchmesse in Limoges kennen. Sie hatte kurz zuvor einen ihrer Essays veröffentlicht, die gut ankamen, weil darin in komplizierten Worten einfache Dinge thematisiert wurden. Die Leute hatten daraufhin den Eindruck, dass die Banalität ihres Lebens interessant war. Das schmeichelte ihnen. Es war ein Essay über den Ehebruch, *Die Mutter im Spiegel*.

Aber ich glaube bis heute nicht, dass es einen kausalen Zusammenhang zwischen seiner Scheidung und Constance Soligny gab. Trimbert war ein passiver Nutznießer. Er war zynisch, ohne Biss zu haben. Er war nicht auf der Suche nach einer reichen Frau, die ihn aushielt, aber wenn so eine reiche Frau schon auf ihn zukam, dann sagte er nicht nein. Wie alle, die Aragon lasen, las er auch viel Drieu la Rochelle. In seiner Bibliothek standen mindestens drei Ausgaben vom *Irrlicht*, davon eine mit einer Widmung für einen Parteifunktionär der Parti Populaire Français. Ich hatte mir die Zeit genommen, mich mit Andréa anzufreunden. Sie war eine sanftmütige Frau, spezialisiert auf mittelalterliche Theologie. Es war nicht sehr schwierig in diesen letzten Jahren der alten Zivilisation, sich mit einer zwanzig Jahre älteren Frau anzufreunden, die zwei Leidenschaften hatte, ihren Ex-Mann und Bernard de Clairvaux.

Man hat in der Vergangenheit viel zu selten darauf hingewiesen, von welch großem Nutzen die Sozialen Netzwerke dabei waren, ein Minimum an Ordnung aufrechtzuerhalten in einer Welt, die kurz vor dem Zusammenbruch stand, was jeder sehen konnte, der die Augen offenhielt. Und wir vom Geheimdienst hielten die Augen offen. Es war kinderleicht für mich, fast schon unverschämt leicht, zu sehen, dass die brave Andréa Walkowiak sich auf Facebook unter dem Pseudonym Angèle de Foligno ebenso brav über ihre Einsamkeit hinwegtröstete. Sie hatte kein persönliches Foto auf ihrem Profil, aber hübsche Zitate von Schriftstellern und Philosophen über die Liebe, die Zeit, die Musik, und zwar nicht die, die man auf den entsprechenden Google-Seiten fand. Sie teilte auch Beiträge zur Bildungspolitik und beteiligte sich an Diskussionsrunden zu sehr tiefschürfenden theologischen Themen.

Ich gab mich als eine Frau ihres Alters aus, die von einem Anwalt in Montargis geschieden war und die gleichen Schriftsteller liebte wie sie, und wir gingen sehr schnell zu privaten Mitteilungen und Chats über. Sie ließ sich nach und nach dazu hinreißen, mir ihr Herz auszuschütten, so wie das manchmal zwei Reisenden passiert, die sich nicht kennen und wissen, dass sie sich nie wiedersehen, in einem Zug oder im Wartebereich eines Flughafens, wenn das Flugzeug Verspätung hat.

Wie alle Geheimdienstagenten hatte ich Dutzende von Identitäten auf Facebook mit Kontakten dieser Art, die ich pflegte und die mir nebenbei wichtige Informationen preisgaben, ohne es zu ahnen.

In allen diesen Gesprächen erwähnte Andréa Trimbert nie direkt, bis auf ein einziges Mal, als sie mir neben vier oder fünf anderen Büchern einen seiner Romane empfahl. Dabei war vollkommen klar, dass sie eigentlich die ganze Zeit nur über ihn sprach, andauernd, wenn auch indirekt.

Und das verunsicherte mich mehr, als mir lieb war.

Viel mehr. Es passte nicht zu dem einfachen und klaren Bild, das ich mir von Trimbert gemacht hatte, nach dem

Vorbild der üblichen zusammenfassenden Berichte für den Dienst, oder zu dem Bild, das ich mir gerne gemacht hätte, damit meine Hand nicht zitterte, wenn der Moment gekommen wäre.

Wer war dieser Mann, der permanent herumjammerte, ein solches Weichei war, sich mit einer morbiden Selbstgefälligkeit an seinen Misserfolgen weidete, und der es dennoch vermochte, bei einer Frau, die er doch verlassen hatte, diese Art von anhaltender Liebe auszulösen?

Den Schlüssel zu Zimmer 27 und einen Gedichtband

Ich betrachte ein Foto von Brautigan, wie er in San Francisco die Straße überquert. Es ist sicher am Morgen entstanden. Ich vermute, dass er das kleine Mädchen neben sich zur Schule bringt. Er sieht glücklich aus. Er weiß, dass er an diesem Tag ein gutes Gedicht schreiben wird. In der Stadt mit ihren Geräuschen, in der man den Blick frei umherschweifen lassen kann, ist seine unbeschränkte Freiheit gut aufgehoben, seineheimliche Freiheit, seine Freiheit von anno dazumal.

Zum Stein des Anstoßes wird sie bei ihm und bei allen anderen Schriftstellern erst in dem Moment, als die Gesellschaft ihrer gewahr wird. Dafür sollte er büßen, er und alle anderen. Aber an dem Morgen kann ihm niemand das Gedicht nehmen, das ihm in den Sinn kommt, während er die Hand des kleinen Mädchens hält und der Ozean am Ende der Straße wartet.

Wer weiß, vielleicht schreibe ich doch weiter Gedichte, wenn ich weggehe. Poesie ist der eigentliche Daseinsgrund der Welt.

So, es ist entschieden. Ich werde mich einäschern lassen und dafür sorgen, dass meine Asche in der Ägäis verstreut wird, auf offener See vor den Kykladen. Serifos würde sich anbieten. Ich könnte jetzt den Schlauberger spielen und behaupten, ich wolle dahin zurückkehren, wo einmal alles begonnen hat, mit den Göttern, der *Odyssee*, der Zivilisation. Im Grunde bin ich doch ein netter altruistischer Kerl. So können die, die mir auf dem Friedhof einen Besuch abstatten wollen, das mit ihrem Urlaub verbinden.

Ich bin übers Wochenende nach Saint-Valéry-en-Caux gefahren, allein. Mariama hatte eine Veranstaltung in einer Buchhandlung an der Bastille, zur Feier des Erscheinens einer Zeitschrift, an der ich mitgearbeitet habe. Ich war auch eingeladen. Aber das Wetter war schön und ich wollte lieber ans Meer. Saint-Valéry, das ist der Strand meiner Kindheit. Er ist nicht besonders hübsch, aber jeder Stein vom dortigen Kieselstrand weckt Erinnerungen: An einen Nachmittag, den ich mit Lesen verbrachte, an einen Kuss oder an den Geschmack von Salzbutter.

Ich nahm mir ein Zimmer im Hotel, wie immer. Ein Zwei-Sterne-Hotel. Ich sage wie immer, weil ich seit einer halben Ewigkeit mein Leben in Zwei-Sterne-Hotels zubringe. Ich bin dort nicht unglücklich, im Gegenteil. In der Regel holt man mich vom Zug ab, in Annecy, Roanne oder Saint-Brieuc. Es ist spät, ich esse gemeinsam mit einer Französischlehrerin oder einer Bibliothekarin in der letzten Brasserie, die noch geöffnet hat, und sie erklärt mir liebenswürdigerweise den Ablauf des nächsten Tages: »Sie werden sehen, die 9 B ist eine etwas schwierige Klasse, aber die, die Ihren letzten Roman gelesen haben, fanden ihn ganz toll. Sie haben sehr interessante Fragen dazu.«

Und danach fährt sie mich ins Hotel. Oft scheint es der jeweiligen Person leidzutun, mich allein zurückzulassen. Sie ahnt nicht, welches Glück ich dabei empfinde. Nein, Glück trifft es nicht ganz. Sagen wir eher, welches Vergnügen. Das ist etwas anderes. Ja, ich empfinde Vergnügen dabei, mich in einem leicht überholt wirkenden Zimmer wiederzufinden, mit einem Kleiderschrank mit Spiegel, in dem ich mit Interesse das Spiegelbild eines etwas müden Unbekannten sehe, mich, der die einzigen Dinge, die im Leben eines Mannes wirklich von Nutzen sind, auf den Nachttisch legt: den

Schlüssel zu Zimmer 27 und einen Gedichtband. Er raucht am offenen Fenster eine Zigarette, erahnt die dunklen Umrisse der Stadt, die er nicht kennt, und stellt sich vor, an welchem geografischen Punkt auf der Karte Frankreichs er sich befindet. Bei der Idee lächelt er unwillkürlich, schmeißt seine Kippe in die Dachrinne, stellt fest, dass die Neonröhre im Badezimmer flackert, und dass es immer noch ein Fremder ist, der sich die Zähne putzt, ein Fremder, der gelassen wirkt. Er erstaunt mich, da Gelassenheit nicht zu meinen Stärken zählt. Und dann weder den Computer einschalten, noch den Fernseher, noch telefonieren, ein wenig lesen und mitten in einer Strophe oder einem Vers einschlafen:

Es wird genau wie in diesem Leben sein! – Der gleiche Garten,
Groß, unermesslich groß, dicht bewachsen, dunkel. Und gegen Mittag
Werden Leute sich darüber freuen, dort zusammenzukommen,
Die sich zuvor nicht kannten …

Das Haus meiner Großeltern in Saint-Valéry, ein riesiger Kasten im anglo-normannischen Stil, oben auf der Steilküste, war schon lange verkauft. Dabei sollte man solche Häuser behalten. Statt am Square Henri Delormel hätte ich gerne dort gewohnt, in der Villa Bellevue. Das hätte Constance auch nicht mehr gekostet. Obwohl …

Und Bellevue wäre so oder so keine gute Idee gewesen. Nicht nur weil das Haus nicht mehr den Trimberts gehörte, sondern weil man schlecht verschwinden kann, indem man zu seinen Wurzeln zurückkehrt. Man kann nicht zu einem Fremden werden, vor allem nicht für sich selbst, wenn man auf dem Flur ständig dem Kind begegnet, das man war, und das einen fragt, was man dort verloren hat. Am Ende würde man ihm noch Angst einjagen, das hatte es nun wirklich nicht verdient.

Ich aß Krabben und Wellhornschnecken in einer kleinen Bar am Hafen. Die Fischkutter kamen vom Fischen zurück und verkauften ihren Fisch in Styroporkisten an Privatleute. Kurz erinnerte ich mich daran, wie meine Großmutter meine Hand hielt, wenn wir Seezungen kaufen gingen, die noch zappelten. Ich trauerte, während ich meinen mittelmäßigen Muscadet austrank, in ungeordneter Reihenfolge dem Anblick des Meeres im Ausschnitt der Dachbodenluke nach, dem abgewetzten Rot eines Voltaire-Sessels an einem Erkerfenster, einem plötzlichen Regenschauer, der mich im Garten überraschte, als ich gerade *Die drei Musketiere* las, einer unter höchster Geheimhaltung stattfindenden Ankunft von Sophie, als wir siebzehn waren und die Villa für uns hatten, ihrem langen, hellhäutigen Körper und dem Dreieck ihres Geschlechts, das sich mir auf dem Bett in meinem Kinderzimmer darbot. Das waren die letzten Jahre, meine ich, in denen junge Frauen sich nicht verpflichtet fühlten, sich in kleine Lolitas zu verwandeln und noch so aussahen wie die Schauspielerinnen in der *Lui* aus den 70er Jahren. Bei der Gelegenheit bedauerte ich auch, dass ich keine Ahnung hatte, was aus der *Lui*-Ausgabe mit Marie-Hélène Breillat auf dem Cover geworden war. Sie spielte damals in den *Claudine*-Filmen. Ich hatte das Heft 78 gekauft, eben in Saint-Valéry. Womöglich war es noch in einem Pappkarton auf dem Dachboden der Villa, einem Karton, den die neuen Eigentümer nie geöffnet hatten.

Der Himmel war blassblau und voller Möwen, die um die Boote am Hafen kreisten. Ich blickte von der anderen Seite des Hafens erneut nach oben, auf die im typisch anglo-normannischen Stil errichtete Villa Bellevue, die, pompös und überladen wie sie war, auch etwas Rührendes an sich hatte, und die Sophies und Claudines Geister als Geiseln hielt. Und meinen Geist, und den der *Drei Musketiere* mit dem Vorwort von Nimier. Da kamen schon einige zusammen.

Danach machte ich einen Abstecher an den Strand. Ich lief bis zum Leuchtturm. Bei einem Trödler hinter dem Kasino stand eine Kiste mit Taschenbüchern. Ich pflege meine eigene Art von Fetischismus, der mittlerweile etwas närrische Züge angenommen hat: Alte Taschenbücher. Immer noch besser, als an getragenen Schlüpfern zu schnuppern. Obwohl, darüber ließe sich durchaus streiten, angesichts der Tatsache, dass diese Bücher in meiner 60-qm-Wohnung immer mehr Raum einnahmen. Natürlich fand ich etwas. Einen Simenon, den ich bestimmt kannte und der sich sicher bereits auf einem der instabilen Stapel in der Wohnung oder im Keller befand: *Maigret und die Groschenschenke*. Aber was solls, das Buch hatte diesen typischen Geruch, und ich blieb gleich an diesem Satz hängen: »Auf dem anderen Seineufer sah man friedliche Villen, deren erleuchtete Fenster durch die Abendschatten strahlten.« Und an einem anderen: »In einem beschlagenen Champagner-Kübel standen Weinflaschen.«

Und mit einem Mal gab es nichts Dringenderes, ja es war geradezu lebenswichtig, dieses Buch zu kaufen und es auf einer Bank in der Maisonne zu lesen, mit Blick aufs Meer, das geräuschvoll über den Kieselstrand rollte.

Neben mir in einem dunklen Kinosaal

Drei Tage nachdem ich das erste Mal am Square Delormel gewesen war, beschloss ich, in seine Wohnung einzudringen. Ich musste sehen, wie der Schlupfwinkel von Guillaume Trimbert aussah. Im Anschluss würde ich nach Besançon fahren, zu Mama, und Silvester mit ihr verbringen. Das war meine kleine Rache: die ungeliebte Tochter als einziger Gast, so wie all die Jahre zuvor. Ich will, dass sie vor schlechtem Gewissen krepiert. Dass sie krepiert, aber bitte langsam.

Trimbert war für ein paar Tage mit seiner momentanen Freundin Mariama verreist. Auch dieses Mal wusste ich nicht, was ich eigentlich genau suchte. Und dieser Besuch, von dem er nichts ahnte, hätte mich auch dazu bringen können, das Ganze aufzugeben, mir eine andere Version der Geschichte auszudenken oder, wenn das nicht möglich gewesen wäre, ihn zu vergessen und zu einem Zustand seligen Nichtwissens zurückzukehren.

Ich wäre zum Beispiel gerne angeekelt gewesen. Ich hätte gerne eine schmuddelige Wohnung vorgefunden, die nach ungewaschenem Junggesellen roch. Dieser Ekel wäre seine Rettung gewesen. Dann hätte ich die Flucht ergriffen. Ich hasste Schwäche und wenn jemand sich gehenließ. Ich wäre damals bereit gewesen, Leute für ihre Schwäche ins Gefängnis zu stecken. In dieser Hinsicht war ich eine echte Prinzipienreiterin.

Ich habe mein Leben in Internaten zugebracht und zur Genüge den Schmutz der kleinen Heulsusen dort gesehen:

Teenager in Jogginghosen mit schlechter Haltung, die am Wochenende nicht zu ihren Familien fuhren, sondern mit fettigen Haaren im Schlafsaal auf ihren Betten hockten, mit ihren Konsolen spielten, kichernd in irgendwelchen Zeitschriften blätterten und immer wieder zur Toilette verschwanden, um dort heimlich ihre selbstgedrehten Zigaretten zu rauchen. Und eben darum war die Militärschule in Coëtquidan nach meinen zwei Jahren Schlingerkurs am Gymnasium Faidherbe in Lille eine echte Befreiung für mich. Disziplin, Ordnung und Sauberkeit verursachten bei mir lustvolle Ekstase, sowie später meine Liebhaber, zumindest die, die sich nicht zu ungeschickt anstellten.

Es war eine komische Vorstellung, dass Trimbert und ich eine Zeit lang in derselben Stadt gelebt hatten. Ich war nach dem Abgang vom Gymnasium in Besançon ans andere Ende des Landes emigriert, um eine Vorbereitungsklasse für die Elite-Militärschule zu besuchen, und er war zu der Zeit Lehrer an diesem Collège in Lille-Sud. Möglicherweise ist er mir an einem Samstagnachmittag in der Fußgängerzone entgegengekommen, während einer meiner langen, einsamen Spaziergänge. Nein, vermutlich mied er diese Straßen schon damals wie die Pest.

Aber vielleicht bei den Bouquinisten auf dem Hof der Vieille Bourse oder im Wazemmes-Viertel: er auf der Suche nach der Taschenbuchausgabe von *Lucien Leuwen* mit einem Vorwort von Claude Roy, und ich auf der Suche nach einem »Lektüreschlüssel« zu meinem Aufsatz über den Geist der Aufklärung? An einem Tag im Jahr 1999 zum Beispiel: er zu der Zeit noch ein gut aussehender Typ, der mit flachem Bauch und vollem Haar auf die Vierzig zuging, und ich eine magere Jugendliche, die ihre Haare schon damals kurz trug, wie ein braver kleiner Soldat, und ihren Körper unter etlichen Pullover-Schichten verbarg. Ich liebte diesen Körper schlicht zu sehr, um ihn allen zeigen zu wollen, außer beim Sport, um die versammelten Jungs zu beeindrucken. Ich war das einzige Mädchen und machte mir einen Spaß daraus sie zu demütigen, indem ich ihnen beim 100-m-Lauf davonlief oder ganz locker einen einarmigen Liegestütz nach dem anderen machte.

Oder vielleicht in einem Programmkino, dem direkt beim Bahnhof, das war das Métropole, glaube ich. Er neben mir in einem dunklen Kinosaal. Was hätten wir in dem Jahr zusammen für einen Film sehen können?

Jetzt, da es keine Smartphones mehr gibt, und, wie ich bei einem Ausritt mit Ada zu einem Hof in der Region Astarac gesehen habe, man alte Computergehäuse in Kaninchenställe umgewandelt hat, muss man sein Gedächtnis wieder anstrengen. Ich meine, 1999 lief *Matrix* im Kino. Wir hätten zusammen *Matrix* sehen können, im fast leeren Kinosaal, denn die Filme im Métropole liefen in Originalversion. Er hätte im Halbdunkel meine Silhouette ausgemacht und mir trotz meiner vielen Pullover und meines Haarschnitts angesehen, dass ich eine durchaus annehmbare und vor allem jüngere Ausgabe von Carrie-Anne Moss war.

Aber womöglich wäre er in Begleitung von Andréa gewesen? Obwohl, in den Chats, die ich auf Facebook mit ihr hatte, wurde deutlich, dass Kino nicht so ihr Ding war. Nein, er ging sicher allein ins Kino. Schon frappierend, was für ein einzelgängerischer Typ er im Grunde war für jemanden, der so oft feste Beziehungen hatte, bis auf seine letzten Jahre in Paris.

Hätte er mich angebaggert, mich zu einer heißen Schokolade ins *Le Président* eingeladen oder zu einer Waffel mit Rohrzucker in die *Maison Méert*? Das war nicht seine Art. Er gehörte zu diesen Schriftstellern, die viel über junge Mädchen redeten, aber im Grunde nur Frauen ihres Alters liebten oder annähernd ihres Alters. Das junge Mädchen, der Mythos des jungen Mädchens, gehörte zum Mythen-Grundinventar bei ihm und bei einigen anderen, zusammen mit dem Cabriolet, den Wochenenden an der normannischen Küste, dem Kino der Nouvelle Vague und der Lektüre von rechten Schriftstellern. Nicht, dass er unempfänglich für den Charme von sechzehn- oder siebzehnjährigen Mädchen gewesen wäre, aber wirklich zur Tat zu schreiten, das hätte ihn angewidert, glaube ich.

Er war schließlich Lehrer in einem sozialen Brennpunkt. Sicher gab es dort auch anmutige Mädchen, aber bestimmt auch einige, die ihm das Leben schwermachten. In einem seiner Notizbücher, die er führte, bevor er einen Computer hatte, und die er in der Schreibtischschublade aufbewahrte, hatte ich in Bezug auf eine gewisse Nadia aus der achten Klasse dieses rot angestrichene Baudelaire-Zitat gelesen: »Was ist das junge Mädchen in Wirklichkeit? Eine kleine dumme Gans und eine kleine Schlampe; das höchste Maß von Hirnlosigkeit im Bunde mit der tiefsten Verderbtheit. Man findet in dem jungen Mädchen die ganze Verworfenheit des Straßenjungen und des Schulbengels.« Und wenn ich ans Internat zurückdenke, kann ich nur sagen, ich habe selten etwas gelesen, aus dem so viel Wahrheit spricht.

Außerdem hat er selbst gesagt, er brauchte Frauen, die stärker waren als er. Er suchte nicht nach einem Mutterersatz, aber er musste sie bewundern können, um einen hochzukriegen. So hatte jeder seine eigenen Perversionen. Er hat alle Frauen bewundert, die er geliebt hat. Nehmen wir mal Sophie, Hélène und Andréa, um es kurz zu machen. Sophie bewunderte er für die Art und Weise, wie sie, sogar mehr als er, die 80er Jahre verachtete, die gerade anbrachen. Sie hatten das Glück, noch das Ende dieses wie aus der Zeit gefallenen Intermezzos der Seventies zu erleben, waren die letzten Zeugen eines Atlantis, das vor ihren Augen unterging. Hélène für ihre Beweglichkeit, ihren Körper, der eins war mit dem Raum, ihre spät entdeckte aber aufrichtige Liebe zu Büchern, ihren freundlichen Zynismus, den Zynismus einer Frau, die morgens nie traurig war. Andréa für ihre Sanftmut und ihre Güte ohne jedes Gehabe, ihr positives Menschenbild und ihre Vorliebe für mittelalterliche Theologie, mit der sie so gut es ging ihre Trauer darüber kaschierte, keine Heilige sein zu können. Angèle de Foligno …

Ein junges Mädchen bewundert ein Mann dagegen nicht, er begehrt es, weil er ihm entwenden möchte, was er selbst verloren hat: seine Jugend. So hatte der Colonel mir erzählt, dass der alternde Mao im Kreise sehr junger Mädchen, oft Tänzerinnen, schlief. Weniger um mit ihnen Sex zu haben, als um die raubtierhafte Energie aufzusaugen, die von diesen geschmeidigen Körpern ausging.

Hätte Trimbert, wenn sich die Gelegenheit ergeben hätte, nicht gespürt, dass ich etwas Besonderes an mir hatte, etwas, das er nicht genau identifizieren konnte, das ihm keine Ruhe ließ, ohne dass er hätte sagen können, warum? Nein, wohl eher nicht, denn auch ich hätte ja nicht gewusst, wer er war und kein besonderes Signal entsandt, auch nicht unwillentlich.

Square Delormel, es gab noch etwas anderes als Dreck und Unordnung, das mich nach meinem ersten Besuch dort von meinem Plan hätte abbringen können, nämlich das genaue Gegenteil davon: Wenn es bei ihm kalt und unpersönlich gewesen wäre, wie aus einem Einrichtungsmagazin. In der letzten Zeit vor der Verdunkelung stieß man immer öfter auf Wohnungen oder Häuser, die keinerlei persönliche Züge trugen. Wir lebten im Airbnb-Zeitalter, in dem eine verarmte Bevölkerung, die sich ihre Verarmung nicht eingestehen wollte, Unbekannte aus der ganzen Welt bei sich logieren ließ und das Gleiche bei anderen tat. Kein Wunder, dass der Zusammenbruch so schnell kam. Man gab etwas als »sympathische Sache« aus, das in Wirklichkeit aus purer ökonomischer Notwendigkeit heraus geschah, genauso wie Wohngemeinschaften. Im Grunde war das nichts anderes als ein Internat für Erwachsene. Oder das Entstehen dieser Ich-AGs. Als alter Linker, der er war, hätte Trimbert erklären können, dass das im Grunde ein Rückfall ins vorindustrielle Zeitalter war, als die Weber zu Hause vor sich hin arbeiteten, also nicht die Möglichkeit hatten sich zusammenzutun, und damit einem permanenten Sozialdumping von Seiten der Arbeitgeber ausgesetzt waren. Wenn man an die Stelle des Webers den Web-Designer setzte, war man auf bestem Weg zurück in die Zukunft.

Nein, Trimberts Wohnung gefiel mir. Sogar mehr als das.

Überall standen überladene Bücherregale herum. In den Lücken zwischen den Regalen hingen hier und da kleinformatige Bilder – mir sprang eine Tuschezeichnung von Alechinsky ins Auge – oder alte Plakate aus den 50er Jahren von der Kommunistischen Partei Frankreichs oder der Kulturrevolution, ein Mitbringsel von einer Chinareise von 1998.

Im Eingangsbereich, im Flur, im Wohnzimmer: Bücher über Bücher. Er wurde ihrer offenkundig nicht mehr Herr. Überall standen ungeordnete Stapel herum, Rezensionsexemplare neben Antiquariatsfunden. Diese bezeichnete er auf seiner Facebook-Seite gerne als »guten Fang« und postete dazu dann beispielsweise ein Foto eines Vernon-Sullivan-Romans in der Scorpion-Ausgabe, oder ein nummeriertes Exemplar eines Gedichtbandes von Jean Follain mit Widmung.

Das Parkett war gut gewienert, vor den Fenstern hatte er Übergardinen, es gab Topfpflanzen, Club-Sessel, deren Leder Patina angesetzt hatte, und ein Sofa im englischen Stil, in einem schönen Rot, auf dem diverse Kissen und Plaids verteilt waren. Darauf lag eine schlafende Katze. Sie öffnete nur kurz ein Auge, als sie mich sah. Mein Auftauchen schien sie nicht weiter zu beunruhigen. Trimbert liebte also Katzen, Trimbert ließ wirklich kein Klischee aus. Ein Schriftsteller ohne Katze war seit Baudelaires Zeiten kein richtiger Schriftsteller.

Seine Plattensammlung verriet einen desaströs schlechten Geschmack, zum Erbarmen. Sampler mit Doo Wop, Soul und Rhythm and Blues, und dann noch eine beeindruckende Zahl von Langspielplatten mit Music-Hall-Schnulzen aus den 60ern und 70ern, die er auf einem Teppaz-Plattenspieler abspielte, der aussah, als wäre er fabrikneu. Offenbar besaß er eine Zeitmaschine.

Im Laufe meiner folgenden Besuche sah ich ihn direkt vor mir, wie er an manchen Abenden entspannt im Sessel saß und in einer Tour »A whiter shade of pale« oder, noch schlimmer, »J'aimerais qu'elle fasse le premier pas« hörte, neben sich ein Glas Bushmills oder Côte-Rôtie, die Katze auf dem Schoß. Rührend und lächerlich zugleich, mal wieder eine typische Trimbert-Mischung.

Ob es ihm dabei wenigstens gelang, sich in die Vergangenheit zurückzuversetzen, in die Zeit seiner ersten Engtänze mit einer Gymnasiastin im gesmokten Kleid im Juni 1974 oder '75 bei einer Fete in Rouen, bei offenstehenden Fenstern, durch die man den durch die Turmspitze der Kathedrale zweigeteilten Himmel sah? Später, als ich zu lesen begann, was er las, verstand ich, warum er André Hardellet so verehrte, warum er vier oder fünf verschiedene Ausgaben von *Seuil du jardin* besaß.

Ich gehörte zu einer Generation, die den Engtanz abgeschafft und durch Pornografie ersetzt hatte. Als ob die Körper, denen in der virtuellen Welt die Orientierung fehlte, nur noch über den Umweg niederer Abnormitäten zusammenkommen könnten, es begann mit Gangbang, es endete mit einem Massengemetzel. Dabei war es so einfach, so unschuldig, so aufregend, sich an einen anderen zu schmiegen, in der Hoffnung, das Lied möge nie enden.

Der Colonel, selbst nicht gerade ein Progressiver, bezeichnete mich oft als reaktionär. Aber er und auch Trimbert konnten noch von Erinnerungen zehren, die ich nicht mehr hatte. Das erklärt vielleicht auch, warum die Dreißigjährigen paradoxerweise zu den letzten gehörten, die sich verdunkelten. Die Älteren trieb noch die Sehnsucht an, etwas wiederzufinden, das sie verloren hatten – mit der patentierten Zeitmaschine von Trimbert –, und die Jüngeren hatten nichts mehr zu verlieren, nicht mal die Illusion, in einer lebenswerten Welt zu leben.

Das Bett in Trimberts Schlafzimmer war ungemacht, und auf einem Stuhl sah ich ein sehr kurzes Kleid liegen, schwarz, und Dessous. Bestimmt von Mariama. Auch im Badezimmer stieß man auf Spuren dieser Frau: Eine zweite Zahnbürste, Parfüm-Proben, ein Tiegel Tagescreme von einer ziemlich kostspieligen Marke. Ich beschloss, sie noch am selben Abend durch unsere Datenbanken zu jagen. Nachdem ich festgestellt hatte, dass sie Trimberts Geliebte war, hatte ich nur ein paar Basisinformationen über sie eingeholt, ich wollte mehr über sie erfahren.

Und so fand ich also heraus, dass Mariama Dos Santos, die wie fünfundzwanzig aussah, schon vierzig war, und bisexuell, was Trimbert wusste, und was für ihn offenbar kein Problem darstellte. Ein flotter Dreier, diese weit verbreitete Sex-Phantasie des westlichen Mannes in der Endzeit, schien ihn nicht sonderlich zu reizen. Ansonsten machte sie die Pressearbeit für mehrere Verlage, die Texte aus der linksextremen Szene veröffentlichten, mit der sie offenbar sympathisierte. Sie war nach gewalttätig endenden Demonstrationen wiederholt in Polizeigewahrsam gewesen, so auch bei der Demonstration 2003 gegen die Rentenkürzungspläne, und hatte 2001 in Genua zum Schwarzen Block gehört. Tavaniello hatte sie Trimbert einige Monate zuvor bei einem mondänen Empfang mit vielen Linken zur Unterstützung von Migranten im *La Bellevilloise* vorgestellt. Rein äußerlich verband die dunkelhäutige Linksradikale im Ethno-Look nichts mit Trimbert, der so aussah wie ein Berater von Präsident Kennedy kurz vor dem Attentat von Dallas. Aber den SMS nach zu urteilen, die sie austauschten, und die mir vorlagen, schienen beide auf ihre Kosten zu kommen, sogar ein wenig mehr als das, zumindest im Bett. Sie amüsierten sich selbst darüber wie über einen guten Witz.

Der Anblick dieses ungemachten Bettes machte mich in dem Moment rasend. Ich spürte, wie ein Gefühl von Frust in mir hochstieg, das sich im nächsten Moment in Wut verwandelte. So absurd es auch war, es ließ sich nicht leugnen: Ich war eifersüchtig. Sogar mehr als das, es fühlte sich animalischer an als bloße Eifersucht. Man hatte mir etwas geraubt und ich reagierte darauf wie ein ausgehungertes Tier, dem man gerade seine Nahrung entzogen hatte.

Das sollte mir später noch oft passieren, nachdem ich den Beschluss gefasst hatte, Trimbert nicht mehr loszulassen und wusste, was ich mit ihm vorhatte. Um mich zu beruhigen, verteilte ich überall in der Wohnung meine Wanzen, ein besonders schönes Exemplar der neuesten Generation auf seinem MacBook, das er nicht mit nach Ostende genommen hatte, zu seinem Liebeswochenende mit Dos Santos, und das durch kein Passwort geschützt war.

All das war kurz vor den Attentaten von 2015, dem Ausnahmezustand und dem Chaos, das danach um sich griff, zwischen den Vorzeichen der Verdunkelung und der albtraumhaften Situation, die danach entstand. Auch wenn der Geheimdienst sich schon damals so gut wie alles erlauben konnte, hatte ich keine Lust, dem Colonel Rechenschaft abzulegen. Aber genau darauf würde es hinauslaufen, wenn ich weiter in diesem Maße die Terminals der Firma anzapfte und Verantwortliche löcherte. Ich sah ihn schon vor mir, wie er mich fragen würde: »Was hast du eigentlich mit diesem Trimbert, *mon Capitaine*?« Das wollte ich um keinen Preis. Um keinen.

Dann durchsuchte ich Trimberts Dateien etwas genauer. Er schien auch in der Hinsicht eher ordnungsliebend zu sein und nicht unter einer Behörden-Phobie zu leiden. Unter den tabellarisch aufgeführten Kontoeingängen sah ich die regelmäßigen Überweisungen der Mäzenin, die bis ins Jahr 2001 zurückreichten. Auch diese Frau wollte ich gerne verstehen. Ich konnte mit Hilfe des Dienstes alles über sie erfahren, und ich wusste schon eine Menge. Aber ich wollte verstehen, und das war schon schwieriger, wie und warum das mit Trimbert begonnen hatte, und wieso es andauerte. Möglicherweise stand das ja in den Notizbüchern, die ein unteres Fach im Bücherregal des Schlafzimmers einnahmen.

Ich würde nochmal wiederkommen müssen.

Das hatte ich so oder so vor: In dem Moment, als ich vorsichtig die Tür hinter mir zuzog, wurde mir klar, was mir an Trimberts Wohnung so ausnehmend gut gefiel.

Es hätte auch meine sein können.

Schlimmer noch, ich fühlte mich dort so wohl, dass ich mir problemlos vorstellen konnte, dort mit ihm zusammen zu leben, mit der Katze, den Filmen, den in Vergessenheit geratenen Chansons.

Wie oft trafen wir einander und schieden im Streit

Zwei Tage mit Mariama in Ostende. Ein Wiedersehen mit der Nordsee. Ob Andréa wohl manchmal noch dorthin fährt? Bestimmt. Ich hoffe es jedenfalls. Und ich hoffe, mit einem Mann, der so ist wie sie. Die These, Ehepartner sollten sich im Idealfall gegenseitig ergänzen, hat mich nie vollends überzeugt. Andréa und ich ergänzten uns, keine Frage: Sie kümmerte sich um alles, und ich mich um gar nichts. Und dennoch ließen wir uns am Ende scheiden.

Ostende zwischen Weihnachten und Silvester, diese Idee gefiel Mariama. Wir taten so, als würden wir uns nur auf sexueller Ebene verstehen, aber das war im Grunde aufgesetzt. Als ich ihr zum Beispiel vorschlug, nach Ostende zu fahren, traf ich insofern ins Schwarze, als dieser Ort für den einzigen Musiker stand, den wir beide gerne mochten, nämlich für Marvin Gaye. Er hatte 1981-82 dort gelebt, dank eines Nachtclubbesitzers aus Ostende, der Soul liebte, Konzerte organisierte und dafür Musiker in London suchte. So war er auf Marvin Gaye gekommen, der zu dem Zeitpunkt hoch verschuldet war, vom Kokskonsum gezeichnet, unter schwerem Liebeskummer litt und es nicht einmal mehr schaffte, seine Gala-Auftritte über die Bühne zu bringen. Er nahm ihn mit nach Ostende, mietete eine Wohnung für ihn an und bot ihm so etwas Ähnliches wie ein Familienleben, ein offenes Haus. Zugleich brachte er seine Karriere wieder in Schwung. In Ostende komponierte Marvin Gaye *Sexual Healing* und spielte es mit Musikern von dort, darunter Arno, der zugleich Koch in einem der Restaurants war, in denen er regelmäßig aß. Und zum Klang von *Sexual Healing* hatten Mariama und ich das erste Mal Sex in ihrer kleinen Wohnung am Père Lachaise, in der überall Poster von Angela Davis und den Black Panthers hingen.

Am ersten Abend, nach zwei Dutzend Austern aus Zeeland – über jede von ihnen mahlten wir etwas frischen Pfeffer, das musste sein – machten wir einen Abendspaziergang. Ich zeigte ihr das Fenster, hinter dem Marvin Gaye *Sexual Healing* komponiert hatte. Sie sagte nur:

»Keine Sorge, ich habe auch Lust auf dich.«

In dieser eisigen und klaren Dezembernacht 2014, während Mariama ihre Hand in einem für diese Eiseskälte völlig unzureichenden scharlachroten Handschuh in die Tasche meines Mantels steckte, um sie aufzuwärmen, und wir so nebeneinander durch die zum Meer hin offene Galeries Royales liefen, die gerade im Mondlicht etwas von einem Chirico-Gemälde hatten, wurde mir mit einem Mal bewusst, dass ich, wenn ich weggehen sollte, einige wichtige Dinge nicht vergessen durfte. Und da ich ein wenig betrunken war – zu den zwei Dutzend Austern aus Zeeland hatten wir zwei Flaschen Quincy getrunken – kamen mir diese Dinge ohne jede Ordnung in den Sinn.

Nicht vergessen, dass die Welt es nicht erträgt oder nicht mehr erträgt, wenn man still vor sich hinschreibt.

Nicht vergessen zu atmen.

Nicht vergessen, jeden Tag ein Gedicht zu lesen. Am Morgen vor unserer Abfahrt, während Mariama duschte, war es Ronsard gewesen:

Wie oft trafen wir einander und schieden im Streit
Wie oft brach ich mit dir und hab dich neu gefunden
Hab die Liebe verflucht und zählte die Stunden
Wie oft kehrt ich dir den Rücken und war doch bereit

Also, nicht Ronsard vergessen.

Nicht vergessen, dem Grauen mit einem Lächeln auf den Lippen zu begegnen.

Nicht vergessen zu singen. Selbst falsch. *Sexual Healing* zum Beispiel, mit Mariama, am Ende der Hafenmole, im Lärm der tosenden Brandung, bei Mondschein. Nicht vergessen zu tanzen. Selbst schlecht. Nicht Lissabon vergessen. Nicht vergessen zu schwimmen. Nicht vergessen wegzugehen ohne Bescheid zu sagen, wenn der Zeitpunkt gekommen ist, denn eines Tages wird man gehen müssen.

Nicht vergessen, nicht erreichbar zu sein. Man würde sich mit Büchern begnügen, Büchern, die man zufällig bei einem Bouquinisten findet, den es in jeder kleinen Stadt in irgendeiner kleinen Seitenstraße gibt. Erinnerst du dich, Guillaume, an die Impasse des Hauts-Mariages, an die Rue du Sang, an die Rue du Chat-qui-danse, an die Rue des Fossés-Louis-VIII?

Und dabei nicht vergessen, bis zuletzt zu kämpfen, gegen das, was wiederkommt, was dieses Mal wirklich wiederkommt.

Nicht vergessen, wenn man dann noch da sein sollte, den Kindern der Überlebenden, die frei in den Gärten der wiedergefundenen Zeit oder an den Stränden des Neubeginns herumtollen werden, zu erzählen, dass die letzten Tage des Warenkapitalismus uns zu einem Leben in einem präfaschistischen Disneyland verdammten, in einer verstrahlten Irrenanstalt, in einem psychischen Koben, voll tödlichem Selbsthass.

Nicht das Vergnügen vergessen.

Nicht den Mauzac-Schaumwein von Plageoles vergessen.

Nicht Mariama vergessen, wie sie an der Mole tanzt, eng an mich geschmiegt, einerseits aus Schutz gegen die beißende Kälte, andererseits aus purer Lust heraus, und mich dabei in eine langsame Bewegung hineinzieht, die eine unausgesprochene Einladung zum Sex ist.

Nicht die Schlösser vergessen, das von Queluz, das von Ardis, das von Naxos, das von Ribelle.

Nicht vergessen die Sperrabteilungen zu kontrollieren.

Nicht den Befehl Nr. 227 vergessen. *Ni schagu nasad!* Nicht einen Schritt zurück! Stalin, 28. Juli 1942, während die Nazis gerade Rostow einnahmen.

Während Mariama atemlos auf meine Brust sank, und ich noch in ihr war, dachte ich, dass Marvin Gaye während seiner ersten Monate in Ostende ebenfalls verschwunden war, so wie ich gerne verschwinden würde. In einer unbekannten Stadt, bei wohlmeinenden Fremden. »Ich bin eine Waise und Ostende ist mein Waisenhaus.« Niemand wusste, dass er dort war, und er war vermutlich glücklich, als er spürte, wie das Leben, eine andere Form des Lebens, noch einmal neu begann. Und dann wurde er abgeholt und alles war wieder wie vorher, bis zu seiner Ermordung durch den eigenen Vater. »Wie oft trafen wir einander und schieden im Streit.«

»Es ist immer seltsam festzustellen, dass einmal so etwas wie Glück existiert hat oder man zumindest glücklich war auf der Welt zu sein.«

»Meinst du etwa, früher war es besser, du alter Reaktionär?«

»Nein, ich sage nur, dass es jetzt schlechter ist, Mariama.«

Der einzige echte Fehler, den ich begangen habe, ist, nicht jeden Tag meines Lebens am Meer verbracht zu haben. Ja, das ist letztendlich der einzige. Aber jetzt ist es zu spät. Ich habe schon lange »unseres Lebensweges Mitte«, wie es der geniale Florentiner Dante ausdrückte, hinter mir.

»Guillaume, glaubst du an Geister?«

»Ja. Wir sind schließlich in Ostende. Kennst du Gérard Prévôt? Ein belgischer Autor phantastischer Novellen und auch ein guter Dichter. Ein hässlicher Kerl und Alkoholiker, aber nichtsdestotrotz ein großer Verführer. Er verbrachte seine letzten Jahre in Ostende. Er starb 1975. Er hatte ein solches Faible für Geister, dass er vermutlich selbst zu einem wurde. Vielleicht sind wir ihm gestern begegnet, so wie Marvin Gaye…«

»Das war ernst gemeint, ich mag diesen ironischen Ton nicht.«

»Jetzt kehr nicht die Afrikanerin heraus, Mariama, es gibt keine Geister.«

»Und kehr du nicht den heterozentristischen Weißen über fünfzig heraus.«

»Da musst du ja wohl selber lachen!«

»Stimmt. Nichtsdestotrotz glaube ich, dass Marvin Gaye wirklich ein Geist geworden und hiergeblieben ist, weil er hier sicher am glücklichsten war.«

»What's going on, Mariama?«

»Seit einiger Zeit, Guillaume, habe ich das Gefühl, dass wir alle Geister sind…«

Diese Unterhaltung fand am nächsten Morgen statt, während sie von unserem Hotelzimmer im *Hôtel des Thermes* auf den Strand hinuntersah. Da stand sie, nackt, mit dem Rücken zu mir, die Umrisse des Fensters bildeten einen idealen Rahmen für sie. In exakt diesem Moment liebte ich sie. Sie wandte sich um, nackt bis auf eine Sonnenbrille. Eine perfekte Einstellung für einen Nouvelle-Vague-Film. Da liebte ich sie noch mehr. Fast hätte ich Mariama von dem Bedürfnis erzählt, das ich seit einiger Zeit verspürte, und das immer stärker wurde.

Eben von meiner Lust, ein Geist zu werden.

Wenn sie auch…

What's going on? What's going on?

Es war nie lange schön in dieser Gegend

Ich habe ein Recht auf Unordnung, ich darf das erzählen, wie es mir in den Sinn kommt. Schließlich hat er sich am Ende auch mit Fragmenten begnügt, als wenn die Texte ihren bevorstehenden Zerfall geahnt hätten, und den der ganzen Welt im Zuge der Verdunkelung.

Ada singt irgendwo in der Nähe des Brunnens und führt dabei ihr Pferd im Kreis herum. Der Morgen schreitet langsam voran. In der Ferne erkennt man die Pyrenäen gestochen scharf. Eigentlich sollte ich sie jetzt mit dem Karren zum Markt in Simorre schicken, mit dem Auftrag, eine ordentliche Menge Kirschen zu besorgen. Ich habe versprochen, für die Versammlung morgen Abend Clafoutis zu machen.

Aber Ada singt und ich möchte ihr Lied nicht unterbrechen.

Ja, ich habe ein Recht auf Unordnung.

An einem Frühlingstag im Jahr 2015, nachdem ich durch unseren Chat auf Facebook Andréa Walkowiaks detaillierten Bericht zum vierzigsten Geburtstag von Trimbert erhalten hatte, wollte ich mir das Schloss ansehen, in dem er ihn begangen hatte. Ich war gerade auf dem Rückweg von einem Einsatz in Brüssel. Da kehrte ich aus einer plötzlichen Anwandlung heraus um. Ein vollkommen unüberlegtes Verhalten und ein eindeutiger Verstoß gegen die Vorschriften.

Die vorhergehenden Monate waren sehr arbeitsintensiv gewesen. Nach den Attentaten auf *Charlie Hebdo* und den *Hyper Casher* gingen wir alle auf dem Zahnfleisch, hatten

18-Stunden-Tage, oft Außendienst. Die sechs Stunden, die mir blieben, nutzte ich dazu, mir ein genaueres Bild von Trimbert zu machen. Wozu gab es schließlich Amphetamine? Ich schlief nicht mehr, was insofern nicht so schlimm war, als mir die Träume, die ich seit meinen letzten Besuchen am Square Delormel hatte, nicht sonderlich gefielen.

Die Amphetamine hatten den Nebeneffekt, dass ich abnahm. Im beschlagenen Spiegel des Badezimmers sah ich wieder so schmal aus wie als Jugendliche, und der Colonel mahnte, ich solle aufpassen, das sei jetzt nicht der Moment, um zusammenzuklappen. Wir hatten nicht einmal mehr die Zeit, miteinander zu schlafen, dabei hätte mir das wirklich geholfen, sein gut erhaltener, großer Körper, sein Kopf mit dem Bürstenschnitt zwischen meinen Schenkeln. Der Colonel hatte es einfach drauf, das musste man ihm lassen, ob es um den Feind ging oder um Cunnilingus.

Ich fuhr an der Küste Flanderns entlang. Ich fand die Landschaft ziemlich schön, in der verstreut puppenhafte Dörfer lagen, mit unaussprechlichen Namen, in denen es nur so wimmelte vor os, es, und ks. Boeschèpe, Esquelbecq, Steenvorde, Rubrouck…

Ich fand diese Region, wie soll ich sagen, ergreifend. Zunächst einmal, weil der Himmel blau war und man spürte, dass es in dieser Gegend nie lange schön war. Und dann, weil man in diesem Teil Europas schon lange ein jahrtausendealtes Landschaftsbild umgekehrt hatte: Man hätte meinen können, die Stadt dehnte sich hier unendlich aus und duldete die Existenz der Natur nur in den wenigen verbliebenen Baulücken, und diese war so entgegenkommend, sich die Stadt nicht komplett einzuverleiben. Andernorts führten die Städte noch eine Art Inseldasein inmitten einer Natur, die sie früher oder später überwuchern würde, wenn die Menschen erst einmal weg wären. Eine Hypothese, die keineswegs abwegig erschien, glaubte man den Memos, die im Dienst die Runde machten, und die sich in der Folge auf eklatante Art und Weise bestätigen sollten.

Mir gefielen diese weiß getünchten Bauernhöfe, die sanft

geschwungenen Hügel Flanderns, die in der flirrenden Hitze daliegenden Hopfenfelder. Und wie so oft, seit ich wusste, wer Trimbert war, bekam ich einen Anfall von Depression, ganz plötzlich und heftig. Eine Angst, die meinen Magen zusammenschnürte. Ich musste den Tatsachen ins Auge blicken, ich wurde langsam abhängig von ihm.

Es gab ihn, er hatte einen Namen, eine Wohnung, die ich wiederholt aufgesucht hatte, einen Computer, den ich dank der Firmen-Spähsoftware aus der Ferne durchsucht hatte, oder auch bei ihm zu Hause, wenn er gerade mal wieder am anderen Ende Frankreichs war und mit anderen Krimiautoren becherte, während sie darauf warteten, dass sich irgendwelche Interessenten für ihre Lesung einfanden, in Niort oder Concarneau.

In dem Moment wurde mir bewusst, was für ein sinnloses Unterfangen es war, sich einen Ort anzusehen, an dem vor fünfzehn Jahren eine Feier stattgefunden hatte, und ich fuhr am Schloss vorbei. Ich fuhr weiter bis ans Meer und gelangte so nach Malo-les-Bains. Ich trieb mich auf der leeren Promenade herum. Der Strand war riesig, und da es ein Wochentag war und später Vormittag, war kein Mensch da. Ich musste daran denken, dass Guillaume Trimbert gerne im *Roi de la Moule* aß, als er noch in der Gegend lebte.

Es gibt nichts Besseres, als auf sämtliche Daten einer Kreditkarte eines Mannes Zugriff zu haben. Das ist noch besser, als sein Tagebuch in den Händen zu halten oder ihn in einem unserer Geheimgefängnisse, unseren kleinen Guantanamos auf Departement-Ebene, erweiterten Verhörtechniken zu unterziehen.

Er ging oft mit Andréa in dieses Restaurant, als sie noch verheiratet waren. Als ich damit beschäftigt war, alle Informationen über ihn zu ordnen, selbst die scheinbar unbedeutendsten (in meinem Beruf gab es keine unbedeutenden Informationen), musste ich beim Namen dieses Restaurants unvermittelt dämlich grinsen, wie ein Teenager, der den ganzen Tag nur eine Obsession hatte: »König der Muscheln«! Warum nicht gleich »Größter Trottel vor Ort«? Ich war mit dreiunddreißig noch genauso albern wie ein Teenager, der nur an das Eine denken konnte. Und dazu ein Teenager, der mit Amphetaminen vollgestopft und komplett frustriert war.

Aber das Lächeln war mir inzwischen vergangen. Meine Obsession hieß Trimbert. Und sie nahm solche Ausmaße an, dass ich mich in aller Ruhe auf seinen Spuren bewegte, ohne auch nur einen Gedanken daran zu verschwenden, dass ich immerhin gerade an einem Angriff auf einen Gefangenentransporter und an der Exekution des Beschuldigten, der sich darin befand, beteiligt gewesen war. Ein Beschuldigter, der kurz davor stand, beim belgischen Generalprokurator für uns sehr unangenehme Dinge auszusagen.

Ich betrat den *Roi de la Moule*. Ich hatte Hunger und ich war wütend.

Weil ich wütend war, hatte ich Hunger.

Ich bestellte Muscheln mit Pommes Dunkerquer Art. Ich war fast der einzige Gast. Ich stellte mir vor, wie er hier mit Andréa saß, an einem tristen, verregneten Sonntagnachmittag, nachdem sie morgens von Lille hierher gekommen waren, um etwas frische Luft zu schnappen, und weil er es nicht lange ohne das Meer aushielt. Andréa und er waren ein melancholisches und verliebtes Paar, glaube ich. Und er hat alles kaputt gemacht. Er hat immer alles kaputt gemacht, aus Unachtsamkeit, aus Blindheit, aus Egoismus. Er hätte mit dieser sanftmütigen Frau zusammenbleiben können, die sicher die einzige Person war, die ihn so liebte, wie er war. Wäre er mit ihr zusammengeblieben, hätte ich diese ganze Geschichte vielleicht aufgegeben. Dann hätte ich ihn in Ruhe gelassen und mich darauf beschränkt, mich um das Weltende zu kümmern, dessen Vorboten sich bereits überall zeigten: In Trimberts Notizbüchern genauso wie in den Nachrichtenkanälen, im leicht verzweifelten Blick des Colonel, wenn er Memos erhielt und sie anschließend in den Reißwolf warf, in dem Verhalten der Menschenmenge in der Metro, das immer irrere Formen annahm, man konnte meinen, sie würde von psychotischen Zuckungen durchlaufen.

Die Menschen erinnerten an Zombies, die ja Unseresgleichen waren, unsere Brüder, die sich damals in Serien, Filmen und Romanen großer Popularität erfreuten.

Im *Roi de la Moule* spielte ein belgischer Radiosender Soul, da musste ich noch intensiver an Trimbert denken. Ich bekam langsam eine Stinkwut auf ihn. Da bestellte ich nochmal Pommes nach. Ich schlang sie in mich hinein. Der Kellner tat leicht verlegen, so als würde er aufs Meer blicken. Ich trank fünf Duvel. Ich rülpste und ging dreimal aufs Klo. Ich betrachtete mein rot glühendes Gesicht und meinen leicht geisteskranken Blick im Spiegel. Die Bilder überschlugen sich. Er und Andréa, die Aktion in Brüssel, die grauen Sonntage und ihre gemurmelten Gespräche vor Nordsee-Panorama, Andréas sanfter Blick, der Blick des Beschuldigten, der versuchte, mir durch die Sehschlitze der Sturmhaube hindurch in die Augen zu sehen, als ich ihm die 9-mm-Pistole auf die Stirn drückte, der Blick des Colonel in seinem Büro, als er daran zweifelte, dass das alles noch lange so weitergehen könne. Ich bestellte zwei *Dames Blanches* zum Dessert, dabei hasste ich Vanilleeis mit Schokoladensauce eigentlich. Wirklich. Und noch zwei Genever.

Mein verschlüsseltes Handy und mein persönliches Handy vibrierten in den Taschen meiner Jeans, direkt an meinen Schenkeln. Der Colonel machte sich offenbar langsam Sorgen. Dabei kannte er mich doch. Oder er machte sich eben gerade deshalb Sorgen, weil er mich kannte.

Als ich das Lokal verließ, war draußen immer noch blauer Himmel und alles strahlte golden. Ich sah in sehr weiter Ferne am Wasser ein Paar mit einem Kinderwagen spazieren. Ich atmete tief durch, um nicht zu kotzen. Ich lief lange über die Promenade bis nach Dunkerque und sah dabei die Industrieanlagen des Hafens immer näher kommen.

Ich lungerte in ein paar Bars herum. Ich weiß nicht mehr in wie vielen. Orte für gestrandete Trinker, Kaschemmen mit puritanisch strengen Resopaltischen, die man allein aufsuchte, um zu vergessen. Ich trank erneut Bier, ging erneut pinkeln, rülpste erneut. Betrunkene, die dort Dauergäste waren, musterten mich. Irgendwann als ich aus dem Hockklo herauskam, kam mir ein Typ zu nahe. Da brach ich ihm den Finger, es war keine böse Absicht.

Er schrie auf und wurde unflätig, wie alle Männer, die in ihrem Stolz verletzt sind. Bei ihm kam sicher hinzu, dass ihm sein Mittelfinger, der in einem unnatürlichen Winkel abstand, ziemliche Schmerzen verursachte. Der Wirt sagte, er wolle hier keinen Ärger haben. Ich sagte »okay, okay« und stellte beim Blick auf eine Werbe-Uhr aus den 70ern fest, dass es neun Uhr abends war, bevor ich in die Dunkelheit verschwand.

Es war Zeit, nach Paris zurückzufahren.

Ich fühlte mich schon besser.

Ein Kinderspiel

Spätestens in fünf Jahren würden alle oder fast alle mit Google-Brillen herumlaufen, in zehn mit einem unter der Haut implantierten Chip. Kein Wunder, dass ich es gar nicht abwarten konnte, eine Zeitmaschine zu erfinden.

Mangels Maschine rief ich François Marcheur in Lille an. Er hatte am nächsten Tag unterrichtsfrei. Ich schlug vor, gemeinsam zu Mittag zu essen. Eine Stunde mit dem TGV. Wie oft habe ich ihn in umgekehrter Richtung genommen, zu Zeiten von Hélène und Andréa, als ich noch Lehrer war.

Paris drückt mich nieder, die Wohnung drückt mich nieder. Muss Constance bitten, mir Geld für meine Steuern zu überweisen.

Lille hat mir immer gefallen. Zwar habe ich dort zwei Ehen in den Sand gesetzt, aber ansonsten ist es eine Stadt nach meinem Geschmack. Das Einzige, was man der Stadt vorhalten kann, ist, dass sie keinen Fluss hat. Wie hätte man unter diesen Bedingungen »Unterm Pont Mirabeau« schreiben sollen? Das wäre meine einzige Existenzberechtigung gewesen, wenn ich »Unterm Pont Mirabeau« geschrieben hätte.

Es war ein ausgesprochen milder Herbst. In diesen Wochen des Jahres konnte man sich mehr als zu jeder anderen Jahreszeit einbilden, hinter dem bläulichen Dunst würden sich unbekannte Orte verstecken. Orte voller Stille, in denen es ein *Café de la Mairie* gab, mit einer großen Terrasse, auf der man in seinem Rücken das Klackern der Billardkugeln hörte und wo der Duft altmodischer Aperitifs in der Luft lag, die man nur in der Hauptstadt des Departements trank. Orte, an denen die Tochter des Grundschullehrers in einem leichten Kleid über den Platz lief, als wollte sie damit die Illusion eines nie endenden Altweibersommers aufrechterhalten. Orte, an denen sich alte Hobby-Radfahrer im Trikot zu ihrer sonntäglichen Trainingsfahrt trafen …

»Unterm Pont Mirabeau« … Es gelingt mir nur noch zu schreiben, wenn ich nicht im Hier und Jetzt bin. Aber es ist schwierig, nicht im Hier und Jetzt zu sein. Es wird immer schwieriger. Außer in diesen Dörfern, die an der Biegung einer Landstraße liegen, hinter der milden Bläue eines Sonntags im Oktober.

Es ist keinesfalls gesagt, dass man dann noch Lust hätte zu schreiben. Leben würde schon genügen. Leben, umgeben von einer Stille wie von früher. Es gibt heute keine Stille mehr. Nur stillere Phasen. Und selbst das nicht unbedingt.

Marcheur ist jünger als ich. Seit einiger Zeit sind alle jünger als ich. Er hat eine hübsche Frau, die Lehrerin ist wie er, und einen kleinen Jungen. Er ist Kommunist und der einzige Freund, der mir aus meiner Zeit an der Schule geblieben ist. Wir aßen im *Épi d'Orge* jeder ein 500-Gramm-Steak, blutig, mit einem Berg Pommes. Dazu tranken wir *Triple-Carmélite*-Bier. In der Bar herrschte fröhliches Stimmengewirr.

So ließ es sich leben. Für einen Moment fühlte sich das Leben gut an. Als hätte die Zeit an einem Tag im späten Oktober kurz mal innegehalten. Das Lokal lag im Fives-Viertel, einer früheren roten Bastion, die noch nicht gentrifiziert, noch nicht einmal von der Alternativszene entdeckt worden war, nur einen Steinwurf von der Place Degeyter entfernt, der nach dem Komponisten der *Internationale* benannt war. Er hatte in dieser Gegend als Arbeiter gelebt. Man fühlte sich ins Jahr 1950 zurückversetzt. Meine Zeitmaschine funktionierte also letztendlich doch ganz gut.

Draußen rauchte ein alter Prolet melancholisch eine Zigarette und schaute dabei in den Himmel.

»Ihr seid Kommunisten? Das ist gut so. Hier ist nichts mehr los, es gibt nicht mal mehr Bistros. Aber ein Stück weiter runter – weißt du, wo die Rue Long Pol ist? – da gibt es einen Kabylen, der ein Couscous-Lokal führt, ein echter Poet. Du wirst sehen, wie schön das da ist, ehrlich.

Gegen 15 Uhr kehrte wieder Ruhe ein im *Épi d'Orge*. Ich erhielt eine SMS einer online-Zeitung, für die ich arbeitete. Ich las Marcheur den Inhalt vor: »Modiano erhält Literatur-Nobelpreis. Kannst du uns bis heute Abend was schreiben?«

Marcheur war zufrieden, ich auch. Wir schätzten beide Modiano sehr. Vermutlich aus den gleichen Gründen. Romanfiguren, die aus dem sozialen Zusammenhang herausfielen, Romanfiguren, die weggehen oder nach langer Zeit zurückkehren. Aber ihre Rückkehr führt nicht zu einem freudigen Wiedersehen, nein, sie ist nur ein anderer Ausdruck für Abwesenheit, eine andere Art nicht mehr da zu sein.

Wir bestellten *Rince-Cochon* vom Fass und tranken es draußen, an die Scheibe gelehnt. Ich hatte keine Lust, nach Paris zurückzufahren. Selbst die Aussicht auf die nackt auf einem Bett liegende Mariama erschien mir kein ausreichender Grund zu sein.

Eben weil ich mit Marcheur zur richtigen Zeit am richtigen Ort war.

Der Himmel war flämisch.

Da man sie nicht besiegen kann, muss man ihnen entkommen. Man muss sie überlisten mit *ihrer* Zeit, *ihren* Neurosen, *ihrer* selbst gewählten, grundlegenden und auf Dauer tödlichen inneren Abwesenheit, sie hören nichts und spüren nichts. Es ist einfach, sie zu erkennen, wenn man ein geschultes Auge hat.

Schloss Queluz in Portugal. Sommer 2000. Mit Andréa. Wir konnten keine Kinder bekommen. Die endgültige ärztliche Bestätigung erhielten wir kurz vor unserer Abreise. Da waren wir sechs Jahre verheiratet. Wenn ich bedenke, dass ich mich 1992 von Hélène scheiden ließ, eben weil sie keine Kinder wollte. Hélène hatte zu viel Cioran, Jaccard und Ceronetti gelesen. Jene Schriftsteller, die für mich nette Stilisten waren, die es verstanden, brillante Paradoxien aufzustellen, die ich ihr zur Unterhaltung vorlas, nahm sie todernst. Hélène war Sportlehrerin. Ihr Spezialgebiet: Kampfsport. Das führte zu interessanten Stellungen im Bett. Man weiß gar nicht, wenn man es nicht am eigenen Körper erlebt hat, welche erotische Kraft von einem Hüftschwung, einem Schenkel-Twist oder einem Würgegriff ausgehen kann. Hélène war stärker als ich. Ich habe immer Frauen geliebt, die stärker waren als ich.

Andréa war es auch, auf ihre Weise, ruhig, einnehmend, geduldig, geradezu von einer Engelsgeduld. Ich war ihr erlegen oder vielmehr ließ mich von ihr trösten, was noch schlimmer war. Zumindest fand ich das damals noch schlimmer. Nach zehn Jahren in Paris, halben Erfolgen und echten Reinfällen, Jahren, in denen ich durchs Land getingelt bin, durch Bibliotheken und Schulen, will ich nur noch ein für alle Mal Schluss machen und mich in einer Kleinstadt niederlassen mit einer Frau, die so ist wie Andréa, die eine sanfte Stimme hat und es versteht, einen einzuwickeln wie in ein seidenweiches, lauwarmes Leichentuch.

Es war Andréas Idee gewesen, nach Portugal zu fahren, nachdem wir die Nachricht erhalten hatten. Wir beide liebten Portugal, sogar ein bisschen mehr als das. Portugal war das andere Land meiner Kindheit. Ich hatte noch einen angeheirateten Onkel dort, der seit seinem Ruhestand in Setúbal lebte. Ich habe seit Jahren nichts mehr von ihm gehört. Wir hatten es sicher beide versäumt, den Kontakt zu halten, weil wir immer irgendetwas anderes zu tun hatten. Er war Ende der 60er Jahre fürs Studium nach Frankreich gekommen. Das hatte sowohl mit seiner Liebe zu Frankreich zu tun als auch mit dem Druck der Polizei unter Salazar: Er war Kommunist in einem Land, in dem das nicht gern gesehen wurde. Ihm, der eine Schwester meiner Mutter heiratete, verdankte ich, dass ich mich als Jugendlicher politisch engagierte, was mir über lange Zeit zu einem Rückgrat verhalf. Ein Engagement, das ich in den letzten Jahren auch ziemlich vernachlässigt habe. Es beschränkt sich inzwischen auf die regelmäßige Entrichtung meiner Beiträge an die Ortsgruppe von Lille, die Lektüre von *L'Humanité* und meine Signierstunde beim alljährlichen Pressefest der Zeitung. Nicht gerade viel.

Dabei habe ich daran geglaubt, denke ich, und in gewisser Weise tue ich es noch immer. Der Kommunismus ist für mich das, was der Strand für Mélina Mercouri in *Sonntags … nie!* ist: Der Ort, an dem man nach Tragödien immer landet, denn der Strand bringt alles ins Lot, vorausgesetzt man bleibt dort. Das blaue Meer, der goldfarbene Sand, Mädchen, die unter Tamarisken tanzen. Und der Privatbesitz eines jeden beschränkt sich auf einen Liegestuhl oder einen Bademantel und eine Pléiade-Ausgabe von Morand, die man drauflegt, damit er nicht hochweht. Kurzum, der Kommunismus war für mich das Ende einer Geschichte, die sexy war, poetisch und an einem Badeort spielte.

Es lag nicht an der Trauer um das Kind – Constance erklärte mir später, dass manche Paare, die kein Baby bekommen können, darunter genauso leiden wie Eltern, die ihr Kind verloren haben –, dass wir uns ein knappes Jahr später scheiden ließen. Zumindest bestand da kein eindeutiger, ursächlicher Zusammenhang. Dass wir keine Kinder bekommen konnten, machte uns beide traurig, aber es äußerte sich bei jedem von uns anders. Andréas Trauer hatte zur Folge, dass sie noch gütiger wurde, als sie sowieso schon war. Permanent hatten wir irgendwelche Kinder oder Jugendlichen zu Gast. Sie war die perfekte Tante. Die Tante, die Konfitüre kochte, die bei der Vorbereitung aufs Abi half, die den frisch Verliebten die Schlüssel unserer Wohnung überließ, wenn wir übers Wochenende wegfuhren.

Meine Trauer hingegen löste bei mir sehr radikale und zugleich zwiespältige Gefühle aus, einerseits ein Gefühl von Nutzlosigkeit und andererseits ein Gefühl von Freiheit. Nutzlosigkeit in Hinblick auf meine Bibliothek oder auch meine Manuskripte. Wen sollte das eines Tages mal interessieren, wem konnte ich all das später hinterlassen? Ich hatte in meinem Leben so viele Bouquinisten aufgesucht, ich wusste, wovon die Erben sich als Erstes trennen: von der Bibliothek des Toten. So würde man dann also in den Bücherkisten auf die bereits verstreuten Überbleibsel des kürzlich Verstorbenen treffen, der zugleich die Lyrik des 16. Jahrhunderts geliebt hatte, die Krimis der 50er Jahre mit den dazugehörigen Schutzumschlägen und die Literatur der Rechten. Louise Labé, David Goodis und Rebatet, eine Anthologie manieristischer Poesie, die französische Ausgabe von *Last Year's snow* von Don Tracy und eine Original-Ausgabe von *Die sieben Farben* von Brasillach. Unter den Nichten und Neffen sah ich niemanden, der sich für die gesammelten Werke ihres Onkels interessieren könnte, oder sich daran erfreuen könnte, eine Originalausgabe von *Contrerimes* sein Eigen zu nennen, einen Brief von Michel Déon oder ein Exemplar von *Paris-Berry* von Frédéric Berthet mit einer herzlichen Widmung darin. Natürlich wäre es, selbst wenn ich einen Sohn oder eine Tochter gehabt hätte, noch die Frage gewesen, ob ihn oder sie das interessiert hätte.

Aber da war noch etwas anderes. Die Aussicht, keine Nachkommen zu haben, entband mich plötzlich von jeder Verpflichtung. Ich verließ den vorgezeichneten Weg, und die Idee zu verschwinden begann mich zu beschäftigen. Eine Idee, die mich sicher seit meiner Kindheit umtrieb, rückte auf einmal in greifbare Nähe. Wenn man nur für sein eigenes Wohl und Wehe verantwortlich ist, dann überkommt einen plötzlich ein Schwindel und man weiß nicht so genau, ob das der Vorgeschmack auf einen Sturz mit tödlichem Ausgang ist oder auf eine seltsame Form von Freiheit. Ich war von nun an ein Niemand, und während ich durch die Alleen des Parks von Queluz lief, eine Art Mini-Versailles, das eine Enklave in einem Vorort von Lissabon bildete, nahm die Idee vielleicht zum ersten Mal eine klare Form an. Ich konnte verschwinden.

Außer uns war niemand im Park, oder fast niemand. Es war bereits Ende August und es herrschte eine brütende Hitze. Irgendwann hatten Andréa und ich in dem Labyrinth aus Springbrunnen, Wasserbecken, Reiterstatuen, Terrassen, Grotten und Kaskaden verschiedene Wege eingeschlagen.

Und auf einmal verstand ich, dass unsichtbar werden ein Kinderspiel war. Man musste nur den richtigen Moment und den richtigen Winkel wählen.

Es genügte, sich in dem einsamen Park eines portugiesischen Palastes aus den Augen zu verlieren.

Aber vor allem beschäftige dich mit etwas anderem

»Darf ich erfahren, was du in Brüssel getrieben hast, *mon Capitaine?*«

»Befehle ausgeführt, Colonel.«

»Stell dich nicht dumm, das passt nicht zu dir. Du lässt fast einen Tag lang nichts von dir hören und bist noch nicht mal zur Nachbesprechung wieder da.«

»Es hat doch alles geklappt, oder nicht?«

»Du weißt genau, dass das nicht das Problem ist. Ich will wissen, was du getrieben hast. Und ich erwarte darauf eine Antwort. Betrachte das als Befehl.«

»Ich habe einen anderen Rückweg genommen.«

»Und warum?«

»Reine Intuition. Normalerweise vertraust du meiner Intuition doch. Erinnerst du dich noch an die Sache mit dem Mord in Syrien? Wäre ich nicht in die Villa zurückgekehrt, hätten die Bullen sich diese Bande von Idioten, die du irgendwo in den Elendsvierteln von Toulon aufgegabelt hattest, am nächsten Morgen geschnappt. Nachdem sie den Typen und seine Frau niedergemetzelt hatten, soffen sie neben den Leichen in aller Seelenruhe ihren Whisky und schnupften ihr Koks. Und ich musste dann für Ordnung sorgen und sie allesamt abknallen. Sonst hätten sie nach 48 Stunden in Polizeigewahrsam geplaudert und wären sie mit etwas Pech an einen starrköpfigen Richter geraten, hätte der das Ganze bis zum Dienst zurückverfolgt. Nun mach nicht so ein finsteres Gesicht, das kann jedem mal passieren, so ein Schnitzer, selbst dir, mein Colonel.«

»Versuch jetzt bloß nicht den Spieß umzudrehen und auf so plumpe Art vom Thema abzulenken. Selbst wenn du einen anderen Rückweg genommen hast, wie du behauptest, ist das noch lange keine Erklärung dafür, warum du uns nicht informiert hast, *mon Capitaine*.«

»Ich ...«

»Wie wäre es, wenn du mir mal erzählst, was wirklich passiert ist, Agnès?«

»Mit wem rede ich da jetzt? Mit meinem Liebhaber oder mit meinem Vorgesetzten?«

»Agnès, ich bitte dich ...«

»Ich bin kurz in Panik geraten und habe ein wenig den Kopf verloren, okay?«

»Während der Aktion? Wir haben von den Belgiern nur Gutes über dich gehört. Und es passt so gar nicht zu dir, den Kopf zu verlieren.«

»Nein, später, bei der Rückfahrt.«

»Und wie kam das?«

»Keine Ahnung. Der Blick des Typen in dem Gefangenentransporter. Und schließlich mussten ja auch noch zwei Polizisten dran glauben.«

»Ich weiß ... Ich habe dich in letzter Zeit vielleicht ein wenig zu stark in Anspruch genommen, seit *Charlie Hebdo*.«

»Vielleicht. Eine Art posttraumatischer Stress ...«

»Möchtest du zu Varlet?«

»Dem Therapeuten?«

»Ja, du gehst nie hin. Dabei ist das verpflichtend, wenn ich dich daran erinnern darf.«

»Du bist doch auch nie da gewesen.«

»Darum geht es nicht.«

»Ich habe ihm nichts zu sagen. Der Hokuspokus, mit dem er arbeitet, den habe ich auch drauf.«

»Da ist was dran. Aber abgesehen davon, dass es unter diesen Umständen schwierig für mich ist, dich wieder in einen Einsatz zu schicken, auch wenn du eine meiner Besten bist, mache ich mir einfach Sorgen um dich. Ich liebe dich, *Capitaine*.«

»Ich liebe dich auch, Colonel.«

»Und was hast du also den ganzen Tag getrieben?«

»Ich war am Meer, in Malo-les-Bains. Malo-les-Bains ist echt schön. Warst du schon mal da?«

»Nein, und es reizt mich ehrlich gesagt auch nicht besonders. Abgesehen davon hat Sanders mich beauftragt, dir meinen Glückwunsch auszusprechen. Er ist zufrieden, trotz der zwei toten Bullen, aber das ging auf das Konto der Belgier und fällt demnach in ihre Verantwortung und nicht in unsere.«

»Na also! Siehst du?«

»Ja, vor allem sehe ich, dass ich dein Fehlen bei der Nachbesprechung gedeckt habe. Und jetzt gebe ich dir einen Befehl. Du gehst noch in dieser Woche zu Varlet und dann ruhst du dich aus.«

»Aber ich darf doch in die Firma kommen?«

»Wenn du möchtest. Aber beschäftige dich vor allem mit etwas anderem, geh ins Kino, kauf dir was Schönes, besuch eine Ausstellung. Gibt es da nicht gerade eine über Bondage im Musée Guimet?«

»Würdest du mich gerne mal nackt fesseln, Colonel?«

»Warum nicht? Ich war bei den Pfadfindern, weißt du. Mit Knoten kenne ich mich aus.«

Während des Transports wird er schlafen

Ein Projekt habe ich noch. Irgendetwas sagt mir, dass es das letzte sein wird. Ich bin mir nicht sicher, ob ich noch Lust habe zu schreiben. Das innere Feuer ist nicht mehr da. Vielleicht noch Gedichte. Ansonsten sehe ich keinen Sinn darin, weitere Bücher zu den bereits existierenden auf den Markt zu werfen. Sind sie gut, gehen sie eh in der allgemeinen Schwemme von Büchern unter, und sind sie schlecht, wird es geradezu obszön.

Also dieses Projekt – ein ziemlich großes Wort dafür – wäre, einen Katalog für eine »Bibliothek des Unerreichbaren« zu erstellen. Ich habe bereits einige Titel zusammen und ohne Nennung des Autorennamens in ein Notizbuch eingetragen. Diejenigen, die das interessiert, müssen nur danach suchen. Diese Arbeit werde ich ihnen nicht auch noch abnehmen.

Seit einiger Zeit habe ich wieder Spaß daran, etwas in ein Notizbuch zu notieren. Ich betrachte das als ersten Schritt der Loslösung. Ich behalte meine Formulierungen in Zukunft für mich, statt mich in den Sozialen Netzwerken zu verbreiten und den anderen anzudienen. Fern von jedem Bildschirm will ich versuchen, noch einmal der Wahrheit der Welt zu begegnen, bevor ich mich davonmache. Es wird zweifellos ein Wiedersehen in aller Stille und Einsamkeit sein wie in diesem Dorf im Gers vor einigen Jahren. Es heißt, glaube ich, Pavie. Ich war dort in einer Schriftsteller-Residenz bei Lombez, kam gerade von der Lesung in einer Bibliothek zurück, ausnahmsweise mal einer, die ganz hübsch war, sie war in einer alten romanischen Kapelle untergebracht. Seit drei Tagen war das Wetter schlecht, und es gibt keinen traurigeren Anblick als dieses eintönige Grauweiß in einem Landstrich, der nicht dafür gemacht ist. Wie ein hübsches Mädchen, das schmollt. Und dann, auf einmal, blitzte ein Sonnenstrahl auf. Ich blieb kurz hinter einer mittelalterlichen Brücke stehen, am Ortsausgang. Die toskanisch anmutende Landschaft mit ihren sanften Hügeln, die weiblichen Formen nachempfunden schienen, die wie mit dem Lineal gezogenen Felder, die in sämtlichen Ockertönen changierten, die schlossartigen Landhäuser, die wirkten wie palladianische Villen, die man aus Versehen zu Festungen ausgebaut hatte, die Zypressen ... All das lag mit einem Mal gestochen scharf vor mir, bis hin zu den Pyrenäen. Für einen kurzen Moment hatte ich das Gefühl, etwas von der Welt zu verstehen, mein ganzes Leben zu verstehen, die Zeit, den Sinn des Ganzen. Ich glaube, die Zen-Buddhisten nennen diesen Augenblick »Satori«. Leider war die Sonne so schnell wieder weg, wie sie gekommen war, das hübsche Mädchen schmollte erneut, und ich fühlte mich meiner Empfindungen mit einem Schlag beraubt, dieser bedeutenden Offenbarung wovon auch immer. Es war mir so vorgekommen, als wäre ich nur eine Haaresbreite von einer eindeutigen Lösung entfernt gewesen. Wie zum Beispiel, wieder ins Auto zu steigen und mich in den Gers zu stürzen, oder gegen eine Platane zu fahren, oder nicht nach Lombez zurückzufahren, sondern bis nach Auch, den Wagen mit den Schlüsseln vorm Bahnhof stehen zu lassen und den ersten Zug nach Toulouse zu nehmen, von dort einen anderen Zug, den ersten, der fahren würde, egal wohin, und so fort.

Ja, zu viele Menschen, die es nur gut meinten, würden, wenn man einen solchen Wunsch offen ausspräche, versuchen, einen bei sich zu behalten, im Netz, bei ihren Partys, in ihren Redaktionsräumen, bei ihren Familientreffen. Die meisten von ihnen täten es weder aus Liebe noch aus Freundschaft, sondern allein weil ihnen die Idee nicht gefiele, dass man plötzlich verschwindet, das Spiel nicht mehr mitspielt. Eine nicht hinzunehmende Gleichgültigkeit gegenüber ihren Klatschgeschichten, ihren Intrigen, ihren Wünschen, ihrem Katzenjammer, ihren kurzen Momenten der Berühmtheit. Constance ließ mir alles durchgehen, außer wenn ich nicht zu ihren Dîners kam, um dort den Kommunisten zu geben und der alten, reaktionären Schwuchtel, die ihr als Ehemann diente, Paroli zu bieten. Oftmals waren das armselige Erwiderungen. Die anderen Gäste waren immer sehr pro alte Schwuchtel. Er kam schließlich dreimal in der Woche im Fernsehen, um zu erklären, dass er nie im Fernsehen zu sehen wäre, und dass seine Ideen bei den Eliten nicht mehrheitsfähig wären, er dafür aber dem Volk aus der Seele spräche. Was spielte es da schon für eine Rolle, dass er in den letzten dreißig Jahren die drei Pariser Arrondissements, in denen er sich bewegte, vermutlich kein einziges Mal verlassen hatte, und dass ich am nächsten Tag im Morgengrauen einen Zug von der Gare de Lyon nehmen würde, um einen Schreibworkshop für Frauen in einer Haftanstalt in Roanne zu leiten oder vor einer 8. Klasse in einem Collège in Bourg-en-Bresse zu lesen und mit ihr zu diskutieren.

Man müsste weggehen, ohne es zu sagen, und zwar weit weg. Also ganz in die Nähe, irgendwo aufs platte Land, wo das, was bevorsteht, erst mit Verzögerung ankommt.

Ansonsten könnten sie leicht auf die Idee kommen, man tue es aus Verachtung für sie. Das stimmt nicht, ich verachte sie nicht. Sie gehen mir manchmal auf die Nerven, aber ich empfinde vor allem, und zwar von Tag zu Tag ein wenig mehr, einen merkwürdigen Überdruss, der nach und nach zu Gleichgültigkeit wird, zu dem Gefühl, nicht mehr wirklich zu ihnen zu gehören, als hätte ich einen falschen Pass in einer Diktatur, in der Ausländer nicht gerne gesehen sind.

Wie soll man ihnen nur erklären, dass ich schlicht das Bedürfnis habe, ganz bei mir zu sein, und dass ich dieses Gefühl habe, wenn ich in einem dieser Hotelzimmer in einer mir mehr oder minder unbekannten Stadt bin, in der ich mit

Teenagern über meine Jugendromane spreche. Teenager, die ich von Mal zu Mal schöner finde, zum Verzweifeln schön, weil ich weiß, dass man, wenn es diese Welt noch eine Weile geben sollte, was keineswegs sicher ist, sehr schnell dafür sorgen wird, ihre Träume zu formatieren, so wie man eine Festplatte formatiert.

Die ersten Titel der »Bibliothek des Unerreichbaren«: *L'humeur vagabonde, La Tête en fuite, Le pays où l'on n'arrive jamais, Albertine disparu, Loin de Rueil, L'Équipe malaise, La Fuite de Monsieur Monde, L'École des absents, Daimler s'en va, Je m'en vais, Cavale, Hors d'atteinte, La Consolation du Voyageur, Sur la route, On liquide et on s'en va, Du vent dans les voiles, Bande à part ...*

Das Einzige, worauf ich ein wenig stolz sein werde angesichts der technologischen Tyrannei, die ihren Siegeszug auf immer irrwitzigere Weise und in einem immer schnelleren Tempo fortsetzt, ist, erst nachgegeben zu haben, als ich keine Wahl mehr hatte. Ich habe sehr lange gebraucht, bis ich einen Anrufbeantworter hatte, sehr lange, bis ich ein Fax hatte, sehr lange, bis ich einen Computer hatte, sehr lange, bis ich Kabelfernsehen hatte, sehr lange, bis ich Internet hatte, sehr lange, bis ich in den Sozialen Netzwerken war.

Aber ich spüre schon den heißen Atem des Ungeheuers, spüre, dass es vor den Toren der Stadt ist, mich in eine virtuelle Welt einschließt, die eine ähnliche Wirkung hat wie die Insel der Lotusesser. Ich entgehe vorerst nicht dem Los aller Normalsterblichen: Ich vergesse meine Misserfolge und vergesse zugleich, dass es andernorts nicht besser ist.

In den Sozialen Netzwerken, die ein Abbild des Lebens geworden sind oder auch das Leben selbst, ist alles gefiltert, gedämpft durch eine gesunde Ironie. Hätte ich doch nur den Drang in mir, wieder wie die anderen zu werden, dann würde ich diese vagen Gefühle beiseite schieben, mich zwingen mich selbst zu ertragen und diese Welt alles in allem sehr lebenswert zu finden und mein Leben befriedigend und erfüllend.

Aber die Fakten sind nun einmal hartnäckig: Ich werde nicht »Unterm Pont Mirabeau« schreiben und angesichts von Umweltkatastrophen, der immer größeren Domestizierung des Menschenparks, von Religionskriegen, Terrorismus und einem Kapitalismus, der, koste es was es wolle, bis zum Schluss retten will, was zu retten ist, um noch möglichst viele Gewinne einzusacken, bevor er endgültig krepiert, macht die Welt einen ziemlich ramponierten Eindruck, das kann man nicht anders sagen.

Wir sind immer noch zu viele.

Wie wäre es, wenn ich zu Tavaniello nach Eymoutiers ginge oder zu Altaï nach Brive? Ich denke, das sind wohl die letzten Orte, zusammen mit den Hotelzimmern, wo in den letzten Jahren dieser Druck, den ich normalerweise in der Magengegend verspüre, etwas nachgelassen hat.

Marcheur, der mich gestern anrief und sagte, es gebe immer noch eine andere Möglichkeit, nämlich die, eine Art Diät einzuhalten – er sagte wirklich Diät – in den Kontakten zu den anderen, und so seine Freiheit zu bewahren, antwortete ich, dass ich das gerne täte, mir aber dennoch eine Hintertür offenlassen wolle, für den Fall der Fälle. Tatsächlich ist es ziemlich kompliziert, seine Netzwerke zu verlassen, alle Netzwerke, die im Netz und die gesellschaftlichen. Man müsste über ein Erbe verfügen oder einen echten Beruf haben, so etwas wie Schmied, Säulenheiliger, Mandinka-Hexer, Revolutionär. Dann ist da noch Constance, Constance sorgt für meinen Komfort. Sie weiß, dass das meine Schwäche ist, dass ich davon abhängig bin, wegen meiner Vorliebe für so simple Dinge wie einen etwas teureren Ausstellungskatalog, Brooks-Hemden in meiner Größe, eine Thalasso-Kur in der

Bretagne, wo ich mich mit heißen Algen massieren lasse. Sie konfrontiert mich in einer Art wilder Analyse mit meinen Widersprüchen, dabei habe ich noch nie bei ihr auf der Couch gelegen, obwohl sie es mir wiederholt vorgeschlagen hat, oder auf der Couch eines ihrer Kollegen. Das ist raffiniert von ihr. Ich würde diese Raffinesse gerne für Liebe halten. Aber es fällt mir schwer, das muss ich zugeben.

Stendhal in den *Privilegien*: »Zehnmal im Jahr kann sich der Privilegierte an einen Ort versetzen, an den er sich wünscht, und zwar mit der Geschwindigkeit von hundert Meilen in der Stunde; während der Reise schläft er.«

Dabei weiß ich, dass es ein Leben *davor* gab, dass ich ein Leben *davor* hatte. Nur habe ich vergessen, wann das *davor* war. Bevor ich nach Paris kam? Vor dem Fall der Mauer? Ist dieser Bruch eine private Angelegenheit, eine historische, beides in einem? Auf jeden Fall habe ich den Eindruck, dass dieses Leben realer gelebt wurde, *davor*, aber ich kann es nicht beschwören.

Allein die Filme, die bis Mitte der 80er Jahre gedreht wurden, könnten bezeugen, dass ich nicht total spinne. Selbst wenn sie schlecht sind. Vermutlich sehe ich sie mir deshalb so zwanghaft an, schaue ein Video-on-Demand nach dem anderen an und ziehe es in dem Fall vor, Mariama zu sagen, ich hätte keine Zeit, dabei ist der eigentliche Grund für meine Absage, dass ich gerade *Charlie und seine zwei Hübschen* von Joël Séria abgerufen habe, und lieber auf den Spuren eines Wachstuch-Verkäufers quer durchs Frankreich der 70er Jahre reise, als sie in einer angesagten Bar bei Oberkampf zu treffen, wo ich die Musik nicht mag und das Bier unverschämt teuer ist. Erst danach kann ich mich in der Stille eines Zimmers, sei es bei ihr oder bei mir, an ihren schönen Lébou-Körper schmiegen, der nach Atlantik und Zimt duftet, und ein wenig zur Ruhe kommen, während ich mein Gesicht in ihren Rastazöpfen versenke. Sieht ganz so aus, als würde ich langsam alt.

Es ist natürlich nur ein Notbehelf: Indem ich mir *Charlie und seine zwei Hübschen* ansehe oder *Das Strandhotel*, statt mit Mariama zu schlafen und anschließend – außer Atem, immer schneller außer Atem – von den Kapverdischen Inseln ihrer Kindheit zu träumen und von *Sans soleil* von Chris Marker, vergesse ich dabei dennoch mehr und mehr dieses Leben *davor*. Noch so ein Coup der Lotusesser. Homer hatte es kommen sehen:

Wer nun die Honigsüße der Lotusfrüchte gekostet,
Dieser dachte nicht mehr an
Kundschaft oder Heimkehr:
Sondern sie wollten stets in der
Lotophagen Gesellschaft
bleiben, und Lotos pflücken, und
ihrer Heimat entsagen.
Aber ich zog mit Gewalt die
Weinenden wieder ans Ufer,
Warf sie unter die Bänke der
Schiffe, und band sie mit Seilen.

Darauf befahl ich und trieb die übrigen Gefährten
Eilend von dannen zu fliehn, und
sich in die Schiffe zu retten,
Daß man nicht, vom Lotus gereizt,
Der Heimat vergäße

Seine grünen Augen, deren Farbe sich je nach Wetter änderte

Am Vorabend des Attentats auf *Charlie Hebdo* am 6. Januar 2015 trennten sich Mariama und Trimbert. Ich weiß es, ich war dabei. Am Nebentisch, im *Repaire Ampère,* im 11. Arrondissement. Der Vorzug dieser gut besuchten Pariser Bistros war, dass man dort beim Mittagessen so dicht nebeneinandersaß, dass man das gesamte Gespräch der Tischnachbarn mithören konnte.

Ich kam in Begleitung einer jungen Kollegin, sie war Lieutenant und Spezialistin für die muslimische Welt. Sie selbst war keine Muslima. Das war immer besser, wenn jemand Spezialist für die muslimische Welt war. Denn wenn man jemanden in eine Szene einschleuste, verdächtigte der Feind zunächst den, der ihm am ähnlichsten war. In den folgenden Monaten sollte so einige Arbeit auf sie zukommen. Noch mehr als auf mich, und das will was heißen. Sie hieß DiCaprio, wie der Schauspieler. Man zog sie regelmäßig damit auf. Militärangehörige, selbst wenn sie im geheimdienstlichen Bereich tätig waren, neigten dazu, immer die gleichen Witze zu machen. Und Lieutenant DiCaprio hatte sich damit abgefunden, dass ihre Kollegen sie zwei- oder dreimal am Tag Leonardo nannten.

DiCaprio bewunderte mich. Ich war ihr Vorbild. Ihre Sanftmut ging mir auf die Nerven, ihre permanente Gutwilligkeit und ihr Wohlerzogenes-Mädchen-Getue auch. Ich hätte ihr öfter gerne mal eine Ohrfeige verpasst. Aber ich zeigte mich zuvorkommend und verständnisvoll, weil es nichts brachte, unfreundlich zu jemandem zu sein. Man wusste nie, wozu man jemanden noch brauchen konnte. Sie fühlte sich ein wenig einsam in Paris, und als ich ihr vorschlug, zusammen Mittag zu essen, errötete sie vor Freude. Der Colonel fand die Initiative gut. Er sagte zu mir, mit dieser Vorahnung, die keine besondere Gabe jener Männer war, die im Geheimen arbeiteten, sondern ihre hervorstechende Eigenschaft, wenn sie ihre Arbeit gut machten: »Bei den Kameltreibern stehen gerade alle Warnzeichen auf Rot. Man muss nett zu DiCaprio sein, sie ist eine exzellente Rekrutin, aber sie ist sensibel und möglicherweise brauchen wir sie in nächster Zeit. Es wäre schlecht, wenn ihr ausgerechnet dann die Nerven versagen.«

Wenn er gewusst hätte, wie Recht er damit hatte, der Colonel.

Lieutenant DiCaprio hatte ein Gesicht wie eine Musterschülerin, noch ein wenig puppenhaft, aus ihrem Haarknoten lösten sich blonde, gelockte Strähnen, und wenn sie in zivil war, kleidete sie sich konservativ-elegant, ein Look, den sie vermutlich von ihrer Mutter übernommen hatte, die Jura-Professorin in Toulouse war. Hahnentritt-Kostüm, dezent geschminkt, Hermès-Tuch und sogar eine Perlenkette. Um ehrlich zu sein, sie war einfach hinreißend, auch wenn sie, wie wir alle beim Dienst, zugleich in der Lage war, in weniger als fünf Sekunden mit bloßen Händen einen Mann zu töten. Nur wenige Wochen später sollte sie auch nicht zögern, in einem Versteck von ein paar radikalisierten Idioten in Seine-Saint-Denis gründlich reinezumachen, um anschließend auf der Toilette des *Claridge* in Dubai einem katharischen Geschäftsmann, mit dem sie die Nacht verbracht hatte, die Kehle durchzuschneiden – ein kleiner Wink an unsere wankelmütigen Verbündeten.

Als wir uns an den Nebentisch setzten, sie auf die Bank neben Mariama, ich neben Trimbert, entging mir nicht, dass Mariama DiCaprio ziemlich unverhohlen musterte. Das kränkte mich. Diese linke Tussi hätte ihren Blick ruhig mal für einen Moment auf meiner Figur verweilen lassen können, auf meinem Gesicht, auch wenn ich überhaupt nicht auf Frauen stand.

Tatsächlich hasste ich Frauen. Ich kannte sie einfach zu gut, schließlich war ich selber eine. Ihre Gesellschaft ging mir immer schon auf die Nerven. Das war auch ein Grund dafür, dass ich mich für die Armee entschieden hatte. Da gab es nicht so viele Frauen, im Geheimdienst genauso wenig. Frauen wurden schnell irre, grausam, irrational.

Ich an allererster Stelle.

Die Idee, ihn mir aus der Nähe anzusehen, nachdem ich seine SMS abgefangen und auf die Art erfahren hatte, dass er mit Mariama Mittag essen würde, war eine einzige triebgesteuerte Schnapsidee. Ich kannte ihn bisher nur indirekt. Durch seine Wohnung, seine Bücher, die ich mir beschafft hatte und die ich las, seit ich wusste, wer er war, die Artikel über ihn oder von ihm und vor allem durch seine Notizbücher und die Textfragmente in seinem Computer, der sich ohne sein Wissen in einen Zombie verwandelt hatte.

Jetzt, da all das keine Bedeutung mehr hat, ist mir klar, dass ich damals mit Trimbert ein Paradebeispiel dafür vor Augen hatte, wie sich die Verdunkelung bei vielen Personen vollzog. Es war wenige Monate, bevor das Phänomen identifiziert wurde, bevor man mehr oder weniger ohnmächtig dabei zusehen musste, wie dieser Virus sich immer weiter ausbreitete. Die Verdunkelung war sicher nicht das spektakulärste Anzeichen des allgemeinen Zusammenbruchs, aber bestimmt das aufschlussreichste.

Ja, neben ihm Mittag zu essen, war eine irre Idee. Eine Sache, die mich Kopf und Kragen kosten konnte, die zur Folge haben konnte, dass ich zur Strafe in einem Abhörraum der französischen Botschaft von Bamako enden würde oder technische Hilfestellung bei der Gegen-Spionage Kasachstans leisten dürfte.

Als Erstes ging ich am Vormittag bei *Repaire Ampère* vorbei. Ich verlangte den Restaurantchef zu sprechen. Ich holte eine hoch offiziell aussehende Visitenkarte mit Trikolore hervor, auf der ein Phantasiename stand. Ich erklärte ihm, um halb eins käme ein Paar, er weiß, sie schwarz. Und ich wolle einen Tisch neben den beiden haben. Und ich würde auf absolute Diskretion zählen. Es gehe um die nationale Sicherheit.

Statt beeindruckt zu sein, wie ich erwartet hatte, wirkte der Wirt vor allem völlig verunsichert.

»Meinen Sie etwa Monsieur Trimbert, Madame…, Madame wie nochmal?«

»Commissaire Labiche. Generaldirektion für Innere Sicherheit.«

»Und in was ist Monsieur Trimbert verwickelt?«

»Es geht uns nicht um ihn, sondern um sie.«

»Die Negerin?«

»Sie sollten Ihren Sprachgebrauch überdenken. Auch wenn es nicht in meiner Verantwortung liegt, Sie wissen ja, wie das läuft. Eine Behörde kann jederzeit eine Schließung anordnen. Da genügt ein Anruf. Also kurzum, tun Sie, was ich sage und vergessen Sie das Ganze gleich wieder.«

»Ich vergesse es. Ich habe es schon vergessen.«

»Sehen Sie, es geht doch.«

Dieser Einfaltspinsel hätte nur ein Spitzel von einem Bullen sein müssen oder auch ein werter Mitarbeiter von uns, was auf viele Inhaber angesagter Restaurants zutraf, in denen Journalisten oder Politiker verkehrten, und ich wäre dran gewesen. Ich hatte zwar mehrere Datenbanken daraufhin überprüft, aber die Kollegen waren ja nicht blöd, die versteckten ihre Quellen genauso, wie ich das tat.

Nicht weniger verrückt war es, an diesem Tag meine Glock 19 mitzunehmen. Ich hatte sehr ernsthaft die Möglichkeit in Erwägung gezogen, Trimbert um die Ecke zu bringen, ihm die Birne wegzupusten, während er seine junge Ente mit Steinpilzen vor sich hatte, und gleich darauf abzuhauen. Damit hätte ich uns beide von einer Last befreit.

Zu der Zeit hatte man die Verdunkelung noch nicht aufgedeckt, aber ich begann bei ihm ein gewisses Ausmaß an Verzweiflung festzustellen, und ich war ebenso verzweifelt wie er. Da ich in dem Moment noch nicht ahnte, wie sich das Phänomen der Verdunkelung auf den Fortgang unserer Geschichte auswirken würde, wäre diese Tat eine Art Euthanasie mit der Bleispritze gewesen. Damit hätte ich seinem trübseligen Leben ein Ende bereitet, und meinem gleich mit, das voller Obsessionen war, von denen ich schon damals wusste, dass sie nicht von alleine wieder verschwinden würden.

DiCaprio, bester Laune, plapperte drauflos und erzählte mir alles über Toulouse, ihre Mutter, den letzten Film, den sie gesehen hatte, und fragte mich, ob ich gute Adressen für Outlets wüsste. Man hätte meinen können, sie wäre ein bisschen minderbemittelt. Nein, sie war nur eine Agentin, die ihre Lektion gelernt hatte. Es verstand sich von selbst, dass wir in diesem gut besuchten, kleinen Lokal nicht über Interna sprachen. Ich antwortete mechanisch. Ich versuchte Trimberts Gesicht im Spiegel gegenüber nicht zu sehr zu fixieren.

Irgendetwas erschien mir auf einmal zum Heulen, aber keiner merkte es.

Weder Mariama noch DiCaprio, obwohl sie uns beiden doch gegenübersaßen. Nicht einmal Trimbert selbst, dessen leicht vernebelter Blick aus seinen grünen Augen, deren Farbe sich vermutlich je nach Wetter änderte, hin und wieder an meinem Spiegelbild hängenblieb, ohne es wirklich zu sehen.

Aber Trimbert war mit etwas anderem beschäftigt. Er kippte den Rest des elsässischen Rotweins in sein Glas, nachdem er Mariama etwas davon angeboten und sie abgelehnt hatte, woraufhin er dem Kellner ein Zeichen gab, noch eine Flasche zu bringen.

Ich stellte die Diktaphon-App auf meinem Handy an.

Aber vor fünf Minuten war er noch da

»Hältst du das für eine gute Idee, eine zweite Flasche Wein?«

»Du verlässt mich, darum habe ich die Absicht, mich sinnlos zu betrinken.«

»Nun sei nicht so melodramatisch. Ich verlasse dich nicht, weil wir gar keine Beziehung hatten.«

»Naja, schon.«

»Aber nein, wir haben nie zusammen gewohnt.«

»Trotzdem liegt bei mir ein Slip von dir rum. Und deine Zahnbürste.«

»Die Zahnbürste kannst du behalten. Den Slip hätte ich gerne zurück. Dessous sind nicht umsonst.«

»Du liebst mich nicht mehr.«

»Ich habe dich nie geliebt, Guillaume, und du mich auch nicht.«

»Doch, manchmal habe ich dich geliebt.«

»Wann denn?«

»In Ostende zum Beispiel, vor zehn Tagen. Als du nackt vorm Fenster standst und über Geister sprachst.«

»Das ist nicht viel.«

»Und dann am Abend der Migranten im *Bellevilloise*, als du alkoholfreien Punsch ausgeschenkt hast. Das will etwas heißen, dass ich dich geliebt habe, obwohl du etwas ohne Alkohol serviert hast, oder?!«

»Zu Beginn und am Ende unserer Liaison also. Nicht gerade viel. Es ging darum, die anwesenden Moslems nicht vor den Kopf zu stoßen, darum der alkoholfreie Punsch, sonst …«

»Die Moslems können mich mal.«

»Du solltest aufhören, für rechte Zeitschriften zu schreiben. Oder diese zweite Flasche nicht austrinken.«

»Mariama?«

»Ja?«

»Wenn es doch keine Beziehung ist, warum willst du mich dann nicht mehr sehen? Und seufze nicht so. Du bist einfach zu sexy, wenn du seufzt. Das bricht mir das Herz.«

»Es ist ja nicht so, dass ich dich nicht mehr sehen will, aber ich will nicht mehr mit dir schlafen.«

»Das läuft aufs Gleiche hinaus.«

»Da ist was dran. Freundschaft zwischen einem Mann und einer Frau, vor allem zwischen einem weißen, heterosexuellen Mann und einer schwarzen LGBT, ist schlicht nicht möglich. Liebe im Übrigen auch nicht.«

»Hat dir der Sex mit mir nicht gefallen?«

»Darum geht es nicht, und ich wäre dir dankbar, wenn du etwas leiser sprechen würdest, Guillaume. Wenn mir der Sex mit dir nicht gefallen hätte, hätten wir nicht so oft welchen gehabt. Aber jetzt, weißt du, stehe ich davor, eine ernsthafte Beziehung zu beginnen.«

»Mit einer Frau?«

»Was macht das für einen Unterschied? Ja, mit einer Frau.«

»Und sie erhebt Anspruch auf Exklusivität? Ich dachte, das wäre nicht dein Fall?«

»Ich erhebe Anspruch auf Exklusivität. Ich bin immerhin vierzig. Es wird Zeit, dass ich mir was aufbaue.«

»Mit Kindern?«

»Ja, mit Kindern.«

»Ich hätte dir auch eins machen können.«

»Das fehlt dir wohl, was, Guillaume? Du sagst nichts? Wenn dein Blick so in die Ferne geht und man denkt, du bist mit den Gedanken ganz woanders, beschäftigt dich im Grunde dein persönliches Drama. Ich will dich nicht verletzen, im Gegenteil. Dein Interesse an anderen Menschen hat mir auf Anhieb gefallen. Wenn man Fotos deiner Lesungen vor Schülern sieht, hat man den Eindruck, du fühlst dich zwischen ihnen wohl.«

»Lehrer oder Jugendbuchautor zu sein ist etwas anderes, als Vater zu sein. Aber es stimmt, ich mag Kinder, Jugendliche. Überleg mal, wenn dieser Satz von jemandem, der es übel mit einem meint, aus dem Zusammenhang gerissen und als Tweet versendet wird, dann wandere ich für zwanzig Jahre in den Knast.«

»...«

»Ich mag es, wenn du lächelst. Wenn ich dich zum Lächeln bringe. Ich mag es aber auch, wenn du schmollst.«

»Im Grunde kamen wir zusammen, weil ich dich an einige deiner Schülerinnen aus Lille-Sud erinnert habe.«

»Das ist nichts Neues, das habe ich dir selbst so gesagt. Damit habe ich sogar im *Bellevilloise* das Gespräch eröffnet. Tavaniello hat sich darüber amüsiert. Und du auch.«

»Stimmt. Danach hast du ein paar sehr schöne Sachen gesagt. Über die Mädchen aus diesen Vierteln, und hast erklärt, wie sehr dich ihre Wut immer bewegt hat, ihr Kampfgeist. Dass du sie dafür bewundert hast, da sie in dieser Scheißgesellschaft am verletzlichsten sind: Sie sind Mädchen, sie sind arm, sie haben die falsche Adresse, sie müssen gegen eine Macho-Kultur kämpfen. Du wirktest dabei sehr aufrichtig, und in dem Moment habe ich verstanden, wieso Tavaniello allen erklärte, man könne dir vertrauen, obwohl du mit zweifelhaften Leuten zu tun hättest. Ja, in dem Moment bin ich schwach geworden ...«

»Scheinbar wirkt der Zauber nicht mehr.«

»Warum bist du nicht Lehrer geblieben, Guillaume? Ich bin mir sicher, dann ginge es dir heute besser ...«

»Wir haben doch schon mehrfach darüber gesprochen. Ich konnte nicht gleichzeitig unterrichten und schreiben. Außerdem hat sich der Beruf gewandelt.«

»Und dann ging deine Ehe in die Brüche.«

»Das auch. Das ist fünfzehn Jahre her ... Das war dann wohl die Midlife-Crisis.«

»Von wegen. Und was ist das dann jetzt? Die 50er-Krise?

Du warst permanent in einer Krise, Guillaume. Von Geburt an.«

»Gehst du deshalb weg?«

»Nein, jetzt gehe ich, weil ich verabredet bin. Bestellst du Kaffee?«

»Jetzt mal ehrlich, warum machen wir Schluss?«

»Ganz ehrlich? Da sind wir wieder beim Thema Geister ...«

»Das heißt?«

»Das ist merkwürdig mit dir, aber je besser es läuft, desto mehr hat man den Eindruck, dass du nicht da bist. Dass du kurz davor bist, dich in Luft aufzulösen. Manchmal, wenn wir miteinander geschlafen hatten, war ich morgens nach dem Aufwachen fast überrascht, dass du noch neben mir lagst. Oder bei einer Party, wenn viele Leute da waren. Wenn ich dich aus den Augen verlor, dachte ich: ›So, jetzt ist er endgültig weg. Für immer.‹ Es hätte mich nicht gewundert, wenn mir Leute auf meine Frage hin gesagt hätten: ›Aber vor fünf Minuten war er noch da!‹ Oder noch schlimmer: ›Trimbert, keine Ahnung, wer soll das sein?‹«

»Du hast mir in Ostende auch gesagt, du hättest das Gefühl, ein Geist zu werden.«

»Eben, das macht mir Angst. Darum möchte ich mit jemandem zusammenleben, der lebendig ist, jemand, der da ist, wirklich da ist, mit dem ich ein Kind haben kann. Jemand, der mich ins Leben zurückholt ...«

»Dich ins Leben zurückholt?«

»Denkst du, das geht nicht?«

»Bei dir vielleicht, aber bei mir, nein, das glaube ich nicht. Und ich habe noch nicht einmal Lust darauf, Mariama.«

»Alles Gute, Guillaume, es war gut, trotz allem ...«

»Alles Gute, Mariama. Ein letzter Kuss?«

»Ein letzter Kuss.«

Mehr schlecht als recht um seinen Hals

Ich sah, wie Mariama von der Bank aufstand und sich ihre Tasche über die Schulter legte. Sie schlängelte sich zwischen den Tischen hindurch, und ihr schöner Po schob sich nur wenige Zentimeter an der Stockfischbrandade von Lieutenant DiCaprio vorbei, die mit einer Hand die Flasche San Pellegrino festhielt.

»Verzeihung«, sagte Mariama mit charmantem Lächeln und leicht traurigem Blick.

Kaum hatte sie das *Repaire Ampère* verlassen, ließ Trimbert die Schultern hängen. Sein Gesicht wirkte für einen kurzen Moment ratlos, bevor sich ein Ausdruck von Bestürzung darin breitmachte. Er trank nach und nach die restliche Flasche aus und blickte dabei von Zeit zu Zeit aufs Etikett, als könne er ihm eine bedeutende Information entlocken.

DiCaprio redete weiter auf mich ein, und ich antwortete mechanisch. Als Trimbert sich mühsam erhob, seinen Mantel nahm und nach vorne ging, um die Rechnung zu begleichen, sagte ich zu DiCaprio:

»Oh nein, du wirst es mir sicher übelnehmen, aber ich habe meinen Termin beim Hautarzt komplett vergessen.«

»Oh, Mist, Agnès. Schaffst du es noch, pünktlich dort zu sein?«

»Ich denke ja. Ich werde bezahlen. Ich lade dich ein. Du bist mir hoffentlich nicht böse?«

»Aber nein, gar nicht, wir holen das baldmöglichst nach. Ich mag solche Essen unter Frauen.«

»Nett von dir. Tut mir wirklich leid.«

Wir waren in der Rue La-Folie-Méricourt. Ich entdeckte Trimbert zwischen den Passanten, er ging Richtung Boulevard Voltaire. Ich beschloss, ihm zu folgen. Er hatte den Kragen seines Kurzmantels aus schwarzem Kaschmir hochgeschlagen. Er lief ohne bestimmtes Ziel über den Boulevard, blieb vorm Schaufenster eines Antiquariats stehen, sah die Kisten durch. Er machte keinen betrunkenen Eindruck, aber ich hatte ein Auge dafür, und seine Art sich zu bewegen wirkte zugleich steif und müde.

Die Glock 19 lag schwer in der Tasche meines Dufflecoats. Eine Kugel in den Nacken, während er in einem Buch blätterte, und die Sache wäre erledigt gewesen. Mit etwas Glück hätte ich mich sogar unbemerkt davonstehlen können. Alles war besser als dieses Mitleid, das in mir hochkam, dieses absurde Verlangen ihn zu trösten. So sollte das auf keinen Fall enden. Vor der Metrostation Voltaire sah ich, dass er zögerte, ob er zur Metro runtergehen oder seinen Weg fortsetzen sollte. Er setzte seinen Weg über die Rue de la Roquette Richtung Bastille fort. Er hielt dabei vor mehreren Buchhandlungen an, die er jedoch nicht betrat, und vor mehreren Bistros, in denen er am Tresen ein Bier trank.

Was ging dir wohl durch den Kopf, Trimbert? Dass du nun keine Frau mehr hattest, keine Mariama?

Als er die Bastille erreichte, wurden seine Schritte immer schwerer. Der Himmel war weiß. Er holte eine Sonnenbrille heraus. Ich tat es ihm nach, weil ich wie er der Meinung war, dass es eine fahle Art von Helligkeit gab, die nicht mit dem fast warmen Grau zu verwechseln war, das herrschte, wenn das Wetter wirklich trüb war und ein leichter Sprühregen niederging, oder mit dem, was die Iren *soft day* nannten. Dieses fahle Licht verlieh der Umgebung und den Menschen etwas Hässliches, es ließ alle Dinge auf eine unbestimmte Art feindselig wirken.

Wie an diesem Tag, als ich mich in seiner Wohnung befand, fühlte ich mich auch jetzt auf merkwürdige Art mit ihm verbunden. Das war eine Art Telepathie, die viel präziser als jede erdenkliche Technologie war, mit deren Hilfe ich ihn in den kommenden Monaten oder Jahren ausspionieren und verfolgen wollte. Ich sah ihm regelrecht an, wie er zögerte, als er mitten auf dem Platz stand. Sollte er nach Hause gehen, eine Schlaftablette oder ein Beruhigungsmittel nehmen – davon hatte ich eine große Schachtel in seinem Arzneischränkchen gesehen – und durchschlafen bis zum nächsten Morgen? Oder sollte er das beginnen, was er und einige andere Schriftsteller, ebensolche Säufer wie er, Umherschweifen nannten?

Er entschied sich fürs Umherschweifen.

Ich sah, wie er ein Taxi nahm und schaltete mein Smartphone ein, um mich in das GPS-System seines Telefons einzuloggen. Er wurde zu diesem kleinen, leuchtenden Punkt auf dem Bildschirm, der sich Richtung Odéon bewegte. Ich beschloss zu Fuß dorthin zu gehen. Ich konnte ihm ruhig ein wenig Vorsprung lassen, so dass er genug Zeit hatte, mich zu vergessen, falls er, und sei es unbewusst, meine Anwesenheit im *Repaire Ampère* bemerkt haben sollte.

Ich ging den Boulevard Henri-IV hoch, lief über den Pont de Sully, warf einen Blick auf die Stadtpalais vom Quai de Béthune, die mich von jeher besonders bezauberten. Ein Traum am Ufer eines Flusses, ein abgeschirmter Ort, Wohnungen voller Bilder und alter, in Leder gebundener Bücher. Sie strahlten eine elegante und melancholische Langeweile aus.

In dieser Hinsicht erinnerten sie mich an die Wohnung in Besançon, in der ich aufgewachsen war, in La Boucle, mit Blick auf die Doubs. Ich träumte vor allem deshalb von dem Leben, das man dort führen könnte, weil ich tatsächlich ziemlich wenig Zeit in der Wohnung meiner Kindheit verbracht habe. Selbst jetzt, wo Mama allein dort lebte, kam ich nur äußerst selten hin. Mittlerweile gar nicht mehr, seit sie mir im Oktober, einen Tag vor Allerheiligen, bei einer Tasse Tee und einem Stück Zitronentarte wie selbstverständlich die Antwort auf eine Frage gab, die ich nicht gestellt hatte.

Trimbert war im *Avant Comptoir*, Place de l'Odéon. Das Lokal bestand allein aus einem Gang mit einem langen Tresen, an dem man dicht an dicht mit angelegten Ellenbogen aß. Und auch trank. Liebenswerte Alkoholiker aus den umliegenden Verlagen führten dort lautstarke Unterhaltungen und tranken dabei, dazu aßen sie Leberkroketten und Bayonner Schinken.

Wie sich bald herausstellte, war das einer seiner Lieblingsorte. Er konnte sicher sein, dort zu jeder Tages- und Nachtzeit seine Trinkkumpanen anzutreffen. Gourvenec und Cénabre zählten auch dazu. Männer, die so waren wie er. Man hätte denken können, sie wären niedergedrückt, aber nein, sie waren von einer grundlosen Heiterkeit, die sie aus der Illusion schöpften, miteinander durch dick und dünn zu gehen, wie einst die *Hussards*, einer der überkommenen Mythen, die sie hochleben ließen.

Typen wie Trimbert, Cénabre und Gourvenec hielten im Grunde verzweifelt an den Dingen fest, für die sie schon mit sechzehn geschwärmt hatten. Zu der Zeit konnte man noch an den Zauber einer sich frivol und arrogant gebenden Literatur glauben, in der sich alles um schnelle Autos, geschliffene Formulierungen und den Reiz der Nachsaison drehte. Zu der Zeit wäre man nicht überrascht gewesen, wenn auf einmal Stendhal, Retz oder Jacques Perret leibhaftig vor einem gestanden und eine Runde ausgegeben hätten, bevor sie ihren Weg durch die Nacht fortsetzten.

Ich war mir nicht sicher und bin es bis heute nicht, ob dieses Gebaren in den 10er Jahren unseres Jahrhunderts bemitleidenswert und rührend war. Schließlich zeigten sich damals schon die ersten Vorzeichen des bevorstehenden Zusammenbruchs. Die Verdunkelung ließ nicht mehr lange auf sich warten oder hatte sogar schon ihren Anfang genommen, wenn auch noch unbemerkt. Man begann ihren Hang zur Nostalgie irgendwann suspekt zu finden, vor allem in der Buch- und Medienbranche. Die Nostalgie, die Trimbert pflegte, war knallrot eingefärbt, auch wenn er seiner ganz eigenen Spielart des Kommunismus anhing, sexy sollte er sein und mit dem Flair eines Badeortes. Cénabres Nostalgie changierte dagegen eher in den Farben eines Kirchenfensters, das die Monarchie als festungsartiges, ländliches Anwesen zeigte, auf dem man wie die Merowinger lebte und in aller Ruhe das Ende der Welt oder das letzte Gericht abwartete. Und Gourvenec, der Jüngste, schwor auf Schauspielerinnen, die mehr oder minder in Vergessenheit geraten waren, auf berüchtigte Drehbuchschreiber der Nouvelle Vague, auf alte Kinozeitschriften. Und er konnte es bis heute nicht verwinden, *Und ewig lockt das Weib* nicht gesehen zu haben, als der Film in die Kinos kam.

Cénabre und Gourvenec waren an diesem Nachmittag also tatsächlich dort, auf ihrem Posten. Trimbert sagte irgendwas von »objektivem Zufall« und die beiden anderen erwiderten, das müsse man feiern und bestellten eine Flasche Foulards Rouges.

Und ich, obschon es so eng war, blieb unsichtbar. Es war mein Beruf, unsichtbar zu sein. Eine relativ leichte Übung. Man musste nur das richtige Tempo finden, es musste im Einklang mit der Atmosphäre des Ortes stehen, an dem man sich befand. Das bedeutete in diesem Fall, weder zu zurückhaltend noch zu überschwänglich zu sein. Es war eine Frage der richtigen Stellung, so wie in der Liebe auch. Hier durfte mein Körper weder durch eine gespielte Schüchternheit zu sehr auffallen, damit hätte ich Aufreißer ermutigen können, noch durch eine zur Schau gestellte Leichtigkeit, damit hätte ich riskiert, befördert durch die Enge, von der Gruppe spontan als neues Mitglied aufgenommen zu werden.

Ich begnügte mich mit einem Glas Weißwein, begann mit dem Kellner einen Smalltalk über den Wein und das Wetter. Trimbert trank mit Gourvenec und Cénabre dort geschlagene zwei Stunden lang. Als ich merkte, dass es länger dauern würde, verließ ich das *Avant Comptoir*, damit sie mich nicht am Ende doch noch bemerkten. Ich setzte mich auf die beheizte Terrasse vom *Les Éditeurs* auf der anderen Straßenseite. Der Rausch von Männern, von diesen Männern da, war für mich fremdes Terrain. Ich hatte keine große Lust, es zu betreten. Ich kannte seine Grenzen und das genügte mir.

Dann wurde es dunkel an diesem Januartag.

Ich sah Trimbert abwechselnd von hinten und im Profil. Der Anflug von Niedergeschlagenheit, den er im *Repaire Ampère* gezeigt hatte, war verflogen. Er lachte und redete mit den anderen, aber mir wurde mit einem Mal klar, was Mariama meinte, als sie sagte, man hätte das Gefühl, er wäre immer kurz davor sich zu verflüchtigen, zu verschwinden. Er war zwar körperlich anwesend, aber ich war mir sicher, dass sein Geist schon längst an einem anderen Ort war. Das hatte nichts mit der Trunkenheit zu tun. Und war er überhaupt betrunken? Also auf die ungezwungene Art betrunken wie Gourvenec, Cénabre und einige andere, die unter Alkoholeinfluss jede Zurückhaltung aufgaben?

Irgendetwas sagte mir, dass dem nicht so war. Er reagierte immer leicht zeitversetzt auf die anderen. Das erkannte ich an seiner Körperhaltung, daran, wie er durch die Scheibe in die Dunkelheit hinaussah, bis ich mich irgendwann fragte, ob er mich entdeckt hatte. Mariama hatte verstanden, was in ihm vorging: Seine Anwesenheit war mehr Schein als Sein. Er gab sich Mühe, so zu tun als ob, vielleicht in der Hoffnung, das sei nur vorübergehend, aber offenbar glaubte er selber nicht mehr daran.

Einige Jahre danach, als es schon zu spät war und niemandem mehr nützte, da das Spiel schon gespielt war, gelang es mir, mich an einem der letzten Computer, die zumindest phasenweise noch funktionierten, einzuloggen. Und dann durchforstete ich ein wenig die Archive der Verdunkelungskommission, vor allem die Berichte der Psychologen, die für den Dienst gearbeitet hatten. Der Colonel hatte wohl versäumt, meine Zugangsdaten zu sperren, oder er war zu Recht der Meinung gewesen, dass das keinerlei Bedeutung mehr hatte.

Diese Spezialisten hatten also a posteriori bei denen, die kurz vor der Verdunkelung standen, genau das festgestellt, was ich von der anderen Straßenseite aus bei Trimbert beobachten konnte. Sie verwendeten komplizierte Bezeichnungen dafür wie »Anomie« oder »Eskapismus«. Ich hatte für dasselbe Phänomen immer ein ganz bestimmtes Bild vor

Augen: Das Bild eines Mannes, der in der Wärme eines Bistros, das wie eine Insel in der Dunkelheit lag, mit seinen Freunden trank, aber innerlich schon weit weg war. Ohne es sich einzugestehen hätte er eben diese Dunkelheit bevorzugt, die ihn anzog wie eine schizophren gewordene Mücke, die das Licht des Tresens scheute. In dem Augenblick dachte ich vor allem, wie sein geliebter Blondin, dass man, selbst wenn man gemeinsam trank, doch immer allein betrunken war.

Keiner von seinen Kameraden sah, dass Trimbert nicht mehr wirklich bei ihnen war. Auch darüber wunderte man sich in den Berichten, die ich anschließend lesen konnte, dass das nahe Umfeld derjenigen, die kurz vor der Verdunkelung standen, nichts mitbekam. Das war umso erstaunlicher, als Cénabre und Gourvenec zum Beispiel, deren Bücher ich wenig später in Trimberts Bibliothek am Square Delormel überfliegen sollte, sich als Meister der genauen Beobachtung und Psychologie erwiesen. Literatur, sowohl die, die sie lasen, als auch die, die sie schrieben, hatte für sie jedoch nur einen entfernten Bezug zu der Welt, in der sie lebten, und diente nicht deren konkreter Beschreibung.

Diesen Schriftstellern, Trimbert inbegriffen, gelang es meisterhaft, Liebe und Freundschaft zu schildern, solange sie nicht selbst betroffen waren. So wie der Schustersohn immer die schlechtesten Schuhe hat.

Gegen 23 Uhr verließen sie das *Avant-Comptoir*, um zu fünft oder sechst im *Moose* weiterzutrinken, einem kanadischen Grillrestaurant mit Bar in der Rue des Quatre-Vents. Ich trat ein, das Lokal war sehr weitläufig mit mehreren Theken, es waren eine Menge Leute da, und auf Flachbildschirmen, die hier und da über den Raum verteilt waren, lief ein Baseballspiel ohne Ton. Als Hintergrundmusik lief Techno-Lounge, betäubend und aufputschend zugleich. Auf Cénabres Rat hin tranken sie ein Bio-Bier von *Cantillon*, glaube ich.

»Das ist die letzte Craftbeer-Brauerei Brüssels, Jungs! Diese Leute sind einfach genial! Ihr Bier ist schier unglaublich! Das hat schon Baudelaire getrunken!«

Dort blieben sie bis zwei Uhr morgens. Ich hörte, wie Cénabre vorschlug, mit dem Taxi nach Rungis zu fahren. Er kannte dort ein paar Händler vom Großmarkt, verbrachte da quasi sein halbes Leben, zumindest war er öfter dort als in seiner Zeitungsredaktion oder bei irgendwelchen Verlagsumtrünken. Er hatte irgendwo, zweifellos in einer kulinarischen Zeitschrift, geschrieben, dass ihm die Landwirtschaftsmesse lieber wäre als die Buchmesse.

Sie machten sich schwankend auf den Weg Richtung Taxistand am Boulevard Saint-Germain. Die Stille der Nacht bildete einen ziemlichen Kontrast zum *Moose*. Schon da lief Trimbert ein Stück hinter ihnen.

»Nun hab dich nicht so, Guillaume, komm mit ... Wir essen Tsarskaya-Austern, die direkt aus Cancale kommen, das wird uns beleben«, sagte Cénabre, als er bemerkte, dass Trimbert immer weiter zurückblieb.

»Ich komme schon, ich komme schon ...«

Nur ein Taxi wartete am Taxistand. Trimbert fügte sich in sein Schicksal. Er ließ die anderen zuerst einsteigen.

»Ich bin kaputt, Jungs. Fahrt ohne mich dahin.«

»Ach was, komm doch, nimm das nächste Taxi. Ich kann mit dir warten«, schlug Gourvenec vor.

»Nein, fahr ruhig mit ihnen mit, wirklich ...«, sagte Trimbert. Er steckte sich eine Zigarette an.

»Du willst ja nur zu deiner schwarzen Schönheit, sei ehrlich!«

»Noch nicht mal das.«

»Dann halt nicht.«

Und Gourvenec stieg zu den anderen ins Auto.

Als Trimbert alleine zurückblieb, wirkte er erleichtert. Er ging Richtung Saint-Michel. Er hatte sicher die vage Absicht, zu Fuß ins 14. Arrondissement zurückzukehren, zum Square Delormel. Aber irgendwann überwältigte ihn die Müdigkeit und er setzte sich auf eine Bank am Boulevard Saint-Germain. Er schaute eine Weile auf sein Smartphone und ließ den Bildschirm, der sein angespanntes Gesicht anstrahlte, herunterscrollen. Keine Ahnung, was er dort zu finden hoffte. Vielleicht eine SMS von Mariama oder einer anderen Frau. Ich spürte förmlich, welch physisches Verlangen er genau in diesem Moment nach dem Körper einer Frau hatte. Nicht unbedingt, um mit ihr zu schlafen, dazu war er sicher nicht mehr in der Lage, aber um nicht alleine schlafen zu müssen. Vielleicht wurde er in dem Moment von einem Schwindel ergriffen, der eher auf seinen Wunsch zu verschwinden zurückging als auf den Alkohol?

Bald 55 Jahre…

Er legte sich kurzerhand auf die Bank und schlief ein, wie ein Obdachloser, zusammengerollt in einer Embryonalhaltung. Es waren nur noch wenige Autos unterwegs. Ein Polizeiwagen kam vorbei, verlangsamte das Tempo, als es auf seine Höhe kam, und fuhr dann mit still blinkendem Blaulicht weiter.

Ich ging zu ihm hin.

Ich holte die Glock raus und drückte sie auf seine Stirn. Den Knall hätte man weithin gehört, aber er hätte vermutlich keine große Aufmerksamkeit erregt. Ich zögerte lange. Ich betrachtete sein Gesicht. Es wäre so einfach gewesen. Vielleicht zu einfach.

Ich spannte den Hahn. Ich hätte nur noch auf den Abzug drücken müssen und alles wäre geregelt gewesen. Für ihn, für mich. Ich weiß nicht warum, aber ich spürte, wie mir die Tränen in die Augen stiegen. Ich brachte den Hahn wieder in seine Ausgangsposition, steckte die Glock weg. Ich sah, dass sein Schal mit dem roten Schottenkaro von der Bank gefallen war. Ich hob ihn auf. Ich schnupperte daran. Er roch nach Tabak, aber vor allem nach *Bel Ami*, seinem Eau de Toilette, das mich schon bei meinem Besuch in seiner Wohnung verwirrt hatte.

Und ich legte ihn mehr schlecht als recht wieder um seinen Hals. Er öffnete einen Moment die Augen, ohne mich zu sehen. Er murmelte ein kaum verständliches »Dankeschön«, und nun liefen mir die Tränen richtig übers Gesicht.

Trimbert, dieser Idiot.

Ich überließ ihn sich selbst.

Es war eine vergleichsweise milde Januarnacht. Es war drei Uhr früh und etwas später am selben Morgen sollten die Journalisten von *Charlie Hebdo* dahingemetzelt werden.

Jetzt, lange Zeit danach, denke ich, meine Geste war sicher der letzte Akt von Mitmenschlichkeit in dieser Pariser Nacht, bevor das Gemetzel losging.

Schlaf, Trimbert, schlaf.

Und bis bald.

Kleine Kriegsfragmente eingebettet ins tägliche Leben

Ich hätte mir niemals vorstellen können, eines Tages in meinem Smartphone den Namen von jemandem gespeichert zu haben, der bei einem Attentat erschossen worden ist. Ich bin schließlich ein Kind der 60er Jahre, aus einem westeuropäischen Land mit gemäßigtem Klima. Geschichte, das war etwas für die anderen, wenn sie denn geruhte, sich ab und an mal blicken zu lassen.

Ich bin dreizehn. Wir haben September 1973. Es ist schönes Wetter, wie oft im Spätsommer in der Normandie. Ich komme in die achte Klasse des Collège Fontenelle in Rouen. Unser Garten ist der Garten einer verträumten, diskreten Familie der Bourgeoisie, eine Enklave, umgeben von hohen, mit Blumen, Efeu und wildem Wein bewachsenen Mauern, voller verborgener Winkel, die wie dafür gemacht sind, sich Träumereien hinzugeben. Wir leben in einem Vorort von Rouen, einem einfachen Vorort, aber eben kurz vor der Ölkrise. Ich gehe mit Söhnen von Arbeitern und Töchtern portugiesischer Einwanderer auf die öffentliche Schule. Meine Eltern schickten mich nicht nur dorthin, weil sie Kommunisten sind, sondern auch weil mein Vater, der Arzt ist, und seine Patienten noch in ein und derselben Welt lebten. Das sollte nicht mehr lange so bleiben.

Ich verbrachte den Sommer 1973 bei meinen Großeltern in Saint-Valéry damit, Dumas zu lesen. Alle drei Musketiere-Bände. Mir blieb kaum noch Zeit dafür, schwimmen zu gehen und Paola, der Tochter des Gärtners, meine Zunge in den Mund zu stecken. Dabei duftete sie wirklich sehr gut. Ihr Vorname passte so gar nicht zu ihrem absolut normannischen Aussehen: Blonde Haare, blaue Augen, rote Wangen und insgesamt so rund und frisch wie ein Apfel.

Am 11. September 1973, in einem Spätsommer, der dafür gemacht war, Mädchen in Espadrilles zu liebkosen, ordnete Pinochet den Sturm auf den Palast von La Moneda in Santiago de Chile an. Ein chilenischer französischsprachiger Arzt, Kommunist, machte zu der Zeit gerade ein Praktikum in Rouen, um sich einen Eindruck davon zu verschaffen, wie man am dortigen Universitätsklinikum Leukämie behandelte. Dort war er meinem Vater begegnet, der eine Urlaubsvertretung in der Pädiatrie machte. Sie freundeten sich an. Und in den Tagen nach dem Militärputsch verfolgte er mit seiner Frau zusammen bei uns die Nachrichten. Ich weiß noch, wie ihm beim Blick auf die wackeligen Schwarz-Weiß-Bilder die Tränen in die Augen stiegen und seine Frau vergeblich versuchte über unser Telefon jemanden in Valparaiso zu erreichen.

»Werktätige meines Landes! Ich glaube an Chile und sein Schicksal. Es werden andere Chilenen kommen. In diesen düsteren und bitteren Augenblicken, in denen sich der Verrat durchsetzt, sollt ihr wissen, dass sich früher oder später, sehr bald, erneut die großen Straßen auftun werden, auf denen der würdige Mensch dem Aufbau einer besseren Gesellschaft entgegengeht.

Es lebe Chile! Es lebe das Volk! Es leben die Werktätigen! Das sind meine letzten Worte und ich habe die Gewissheit, dass mein Opfer nicht vergeblich sein wird.«

Eine Woche später erfuhren sie, dass die meisten aus ihrem engeren Umfeld, Kollegen, Kameraden, Schwestern, Brüder, verhaftet oder getötet worden waren. Sie blieben bis Anfang der 90er Jahre in Frankreich und mein erstes Taschengeld verdiente ich mir als Babysitter für das Baby, das sie unmittelbar danach gezeugt hatten.

Und dann, kein Jahr später, war da dieser portugiesische Onkel. Er saß vor einem neuen Fernseher, inzwischen ein Farbfernseher, wieder bei uns, und verfolgte die Nelkenrevolution. Aber dieses Mal waren die Tränen, die er weinte, Tränen der Freude.

Bereits im Sommer 1975 nahm er mich mit nach Portugal. Heute tröstet mich der Gedanke, dass ich zumindest ein wenig von der Revolution mitbekommen habe und bei der *Avante!*-Feier in Loures die Hand von Alavaro Cunhal schütteln durfte, dem Anführer der Kommunistischen Partei Portugals.

Grandola, braungebrannte Stadt
Heimat der Brüderlichkeit
Das Volk ist es,
das am meisten bestimmt
in Dir, o Stadt

Ich sollte in den folgenden Jahren noch öfter dorthin fahren, mal mit meinen Eltern, mal ohne sie. Auch mit Sophie. Das erste Mal 1979 nach einem Vorbereitungskurs auf die ENA-Aufnahmeprüfung, der uns beide erschöpft hatte. Wieder gab es eine *Avante!*-Feier, aber dieses Mal in Setúbal, glaube ich. Vielleicht ahnte Sophie ja, dass ich, als wir abends im Zimmer einer Pension in der Rua de Angola in der Baixa miteinander schliefen, dieses eine Mal nicht sie, sondern das schöne Gesicht einer Aktivistin der PCP vor mir sah, mit Schatten unter den Augen. Ich hatte sie flüchtig an einem Stand gesehen, an dem sie schwarzkopierte Kassetten verkaufte. Auf einer von ihnen war *Don't Play That Song* von Adriano Celentano. Es begleitete Sophie und mich wie eine Art persönlicher Hymne durch unseren portugiesischen Sommer, durch die Straßen von Lissabon, deren Mauern mit bunten maoistischen Fresken bemalt waren, die so schillernd leuchteten wie Sophies hellhäutiges Gesicht nach der Liebe.

Und in das *Estufa-Fria*-Gewächshaus im *Parqua Edouard VII.*, das wir besonders liebten, weil man sich darin wie in einem nach Farn duftenden Aquarium für Pflanzen fühlte. Dann verließen wir das Gewächshaus, setzten uns an einen Getränkekiosk und lasen *Le Monde* oder *L'Humanité*, die dort mit drei Tagen Verspätung eintrafen. Oder an den Strand von Ericeira, der mit dem Dunst und der Sonne spielte, beim tosenden Lärm des heranrollenden Atlantiks.

Ja, manchmal war die Geschichte da.

Und sie kam zurück, an jenem 8. Januar. Nach einigen Stunden der Ungewissheit wird Stéphanes Tod bestätigt. Mein Kater scheint nicht geringer werden zu wollen und ich sehe den Namen und weiß, dass es sinnlos ist, diese Nummer zu wählen. Ich habe es nie übers Herz gebracht, Verstorbene aus meinem Adressverzeichnis zu streichen. Man weiß nicht, wie die Toten leben. Mit den Jahren wird die Liste immer länger, das ist nur normal. Mein Vater. Zwei Schriftsteller, die mir nahestanden, gemeinsame Freunde von Andréa und mir. Ihr Vater.

Meine SIM-Karte wird zu einem Friedhof. Manchmal wünscht man sich, eine dieser Nummern würde bei einem eingehenden Anruf erscheinen. Es sind in letzter Zeit sogar die einzigen Nummern, die ich gerne auf meinem Display sehen würde. Die Anrufe, die ich bekomme, empfinde ich auf die eine oder andere Art als Angriff, Gefahr, Eindringen in meine Privatsphäre. Man muss reden, so tun als ob, versprechen, vorgeben, dass es einem gutgeht, man gut aufgelegt ist. Wenn die Toten mich anrufen könnten, müsste ich mich nicht verstellen, es wäre weniger anstrengend, sanfter. Nur könnte man nicht über alles reden, es gäbe da dieses heikle Thema, die Frage, was danach kommt. Darüber dürften sie nicht wirklich Auskunft geben, aber immerhin würde man ihre Stimme hören.

Stéphane war kein Freund von mir, nein, das nicht. Wir begegneten uns regelmäßig beim Fest der *Humanité* und vor allem verbrachten wir im Jahr 2008 zusammen vierzehn Tage auf La Réunion, im Rahmen eines Programms einer Organisation für Volksbildung. Die Art von Engagement, die mir das Gefühl gibt, das Gefühl gab, eine wie auch immer geartete Schuld zu begleichen, mich ein Stückchen einer wie auch immer gearteten Vergebung anzunähern. Inzwischen ist mir jede Form von Vergebung ziemlich egal. Ich weiß nicht, was ich mir vorzuwerfen habe angesichts dieser Welt, der Welt, wie sie geworden ist, wie sie werden wird, ohne dass ich irgendetwas dazu könnte. Das jüdisch-christliche und das kommunistische Schuldgefühl nehmen sich im Grunde nicht viel, beide kann man vielleicht fünf Minuten durchhalten. Ich habe keine Ahnung, ob Stéphane bei dieser Aktion auf La Réunion das Gleiche dachte. Er zeigte Kindern im Le-Chaudron-Viertel, wie man Pressezeichnungen macht. Ich hielt einen Schreibworkshop für Obdachlose ab, ehemalige Alkoholiker, die sich um einen großen, selbstverwalteten Garten bei Bras Panon kümmerten, oder für Viehzüchter in den Bergen, die ihre Viehzucht nur heimlich betreiben durften.

Boucan war von dort aus nicht zu sehen, der Himmel über Piton d'Eau wechselte ständig, in fast 2000 Metern Höhe.

Sie lebten die überwiegende Zeit dort oben, aber in ständiger Furcht vor der Forstverwaltung, den Parkwächtern, der Europäischen Union. Es hieß, die traditionelle Viehzucht würde die Umwelt zerstören. Dabei hatten sie mir in den drei Tagen, die ich gemeinsam mit ihnen verbrachte, Dinge angeboten, nach denen man in jedem noch so gut sortierten Supermarkt lange suchen kann: wilden Honig und Gewürze, Ingwer, Granatäpfel, und so weiter und sofort, wie zum Beispiel *Zamal*, Cannabis, den man ohne Tabak raucht, damit er seinen blumigen Geschmack nicht verliert. Zusammen mit dem mit Kampfer, Zitrone, Benzoe-Schalen und Kolanüssen angesetzten Rum katapultierte es einen in Überschallgeschwindigkeit in die Tiefe der Schlucht oder auf den kupferfarbenen Indischen Ozean.

Zamal-Airlines.

Wir, Stéphane und andere Zeichner und Autoren und Musiker, trafen uns regelmäßig abends in einem Restaurant von Saint-Denis. Wenn es dunkel wurde, fing es immer zur selben Zeit an zu regnen. Vollkommen plötzlich und überraschend, und ebenso plötzlich und überraschend erschien am Himmel diese auf dem Kopf stehende Mondsichel. Stéphane und andere Zeichner waren ununterbrochen damit beschäftigt, auf den Papiertischdecken etwas zu zeichnen. Dem Wirt gefiel das. Er gab eine Runde nach der anderen aus, Dodo-Bier und Charrette-Rum.

Und nun ist Stéphane tot. Ich habe eine ganze Weile nach dem Lesezeichen gesucht, das er für mich gezeichnet hat. Darauf bin ich nackt zu sehen, bis auf eine Baskenmütze, anstelle eines Penis habe ich Hammer und Sichel, und darunter steht: »Trimbert, Väterchen Sack.«

Ich glaube, nach La Réunion zu verschwinden, wäre keine Option für mich. Als ich im Oktober 2008 dort war, hatte ich nach vierzehn Tagen das Gefühl, dass ich mich auf dieser Insel relativ schnell eingeschlossen fühlen würde. Ich fand schon damals die Vorstellung exotischer, der Liebhaber einer Apothekerin in einer Kantonshauptstadt in der Xaintrie, im Zentralmassiv, zu werden. Argentat hätte mir schon genügt. In Argentat ist man wirklich sehr weit weg von allem.

Ich habe nur vage Erinnerungen an die letzte Nacht. Ich hatte eigentlich nicht das Gefühl, besonders betrunken zu sein, als ich das *Moose* verließ. Ich glaube, ich war einfach nur müde. Ich erwachte auf einer Bank am Boulevard Saint-

Germain vom zunehmenden Verkehrslärm. Da war es ungefähr 6.30 Uhr. Man hatte mich noch nicht einmal beklaut. Stéphane hatte zu der Zeit noch ein paar Stunden zu leben. Ich vermute, die Killer waren gerade dabei sich vorzubereiten.

Die Überprüfung der Kalaschnikows, auch ein guter Titel.

Es ist Mitternacht. Die Katze hat es sich auf meinem Bademantel bequem gemacht. Ich zappe von einem Nachrichtensender zum anderen. Auf meinem leise gestellten Smartphone gehen immer mehr SMS und Anrufe von der Redaktion ein. Ich müsste jetzt Artikel schreiben, meine Meinung kundtun. Ich habe keine Lust mehr, meine Meinung kundzutun, zu gar nichts mehr. Selbst wenn ich dafür bezahlt werde. Und mitten während eines terroristischen Attentats in Paris habe ich einen fürchterlichen Kater. Mit fünfzig dauert so ein Kater zwei Tage, während er mit zwanzig zwei Stunden dauerte. Fünfzig zu sein im Jahr 2015 heißt also zwei Tage lang verkatert zu sein, während draußen ein Gemetzel stattfindet.

Ich könnte Mariama anrufen. Sie kannte einige von *Charlie Hebdo*. Ich könnte ihr vorschlagen, ihren Slip abzuholen, und dass wir uns gegenseitig Trost spenden. Aber ich bin mir sicher, sie braucht mich nicht zum Trösten. Ich bin kein Mann, der andere trösten kann. Ich bin nur ein Mann, den man viel getröstet hat. Vergeblich. Andréa könnte einiges dazu erzählen. Wie lange habe ich sie nicht mehr angerufen?

Ich war unschlüssig, bevor ich ins Bett ging: Sollte ich es neu beziehen oder mit Mariamas Duft einschlafen? Wir würden also nicht auf die Kapverden fahren. Ich wollte immer schon auf die Kapverden. Inseln, auf denen man Portugiesisch spricht. An Orten, an denen man Portugiesisch spricht, habe ich immer das Gefühl, dass mir dort nichts Schlimmes passieren kann, außer einer Revolution mit Blumen. Aber Revolutionen mit Blumen sind nichts Schlimmes. Im Gegenteil. Und dann gab es auf den Kapverden das Gesicht dieser Frau, auf der Chris Markers Kamera in *Sans soleil – Unsichtbare Sonne* länger verharrt. Ich wäre gerne in den Film hineingegangen und hätte Mariamas Gesicht über ihr Gesicht gelegt.

Am Ende bezog ich das Bett dann doch neu, nahm eine Stilnox und schlief ein, während ich mir auf meinem Tabletcomputer *Sans soleil* ansah, und ließ mich nur zu gerne vom Strudel der Bilder herabziehen, fern von den Massakern und den Toten aus meinem Adressverzeichnis, begleitet von der Stimme von Florence Delay, irgendwo zwischen einem Fischerhafen auf den Kapverden und einer Fähre vor Hokkaido.

»Er schrieb mir: ›Ich komme gerade aus Hokkaido, der Insel im Norden. Reiche Japaner, die es eilig haben, nehmen das Flugzeug, die anderen nehmen die Fähre. Das Warten, die Regungslosigkeit, das Verharren, die zerstückelte Sonne, all das erinnert mich auf seltsame Art an einen vergangenen oder zukünftigen Krieg: Nachtzüge, das Ende des Fliegeralarms, Atomschutzbunker ... Kleine Kriegsfragmente eingebettet in den Alltag.‹ Er liebte das Vergängliche an diesen wie aus der Zeit gefallenen Momenten, diese Erinnerungen, die zu nichts anderem da waren, als eben dazu, Erinnerungen zu hinterlassen. Er schrieb: ›Nachdem ich mehrmals die Welt umrundet habe, interessiert mich nur noch die Banalität. Ich habe sie während dieser Reise mit der Verbissenheit eines Kopfgeldjägers gesucht. Im Morgengrauen werden wir Tokio erreichen.‹«

Ihr Kontakt zu den Vögeln

Du warst im Morgengrauen nicht in Tokio, Trimbert.

Weder am Tag der Attentate, noch am darauffolgenden Tag.

Nachdem ich dir deinen Schal wieder umgelegt hatte, und dabei durchaus mit dem Gedanken gespielt hatte, dir mit meiner Glock die Birne wegzupusten, ging ich nach Hause. Ich musste erst wieder am frühen Nachmittag an meinem Arbeitsplatz erscheinen, aber bereits um 11.40 Uhr rief mich der Colonel an. Die Zeit der Massaker hatte begonnen.

Da ich schon um fünf Uhr wach war, blieb mir noch genug Zeit, an der Stange im Türrahmen des Badezimmers einige Klimmzüge zu machen, mit meinen Hanteln zu trainieren und meine Übungen mit einer Reihe von Liegestützen abzuschließen. Dabei quälte ich mich etwas mehr als normalerweise. Als Strafe für meine Dummheit und Unvorsichtigkeit am Tag zuvor. Und auch dafür, dass ich dich gefunden hatte, Trimbert. Obwohl ich inzwischen das Gefühl hatte, es war genau anders herum. Eigentlich hattest du mich gefunden, denn ich ließ mich von der Person, die mein Opfer sein sollte, nämlich dir, als Geisel nehmen.

Und dann, das machte die Sache nicht besser, hatte ich auch noch deinen ersten Roman gelesen, der 1985 erschienen war, *Gnade ohne Wenn und Aber,* der ganz offen autobiografisch war. Da warst du sechsundzwanzig. Du verfehltest den Prix Nimier um Haaresbreite, wie alles in deinem Leben, darin bewiesest du eine erstaunliche Ausdauer. Da warst du bereits Lehrer an einer Schule in Lille-Sud. Und ich war drei, ein kleines Mädchen, das schon damals vor allem und jedem Angst hatte. Permanent wähnte ich mich in dieser Patrizierwohnung in La Boucle mit den überhohen Decken in Unsicherheit, ohne erkennbaren Grund, ja, es war vollkommen unerklärlich. Auf den Fotos sind meine großen Augen immer umschattet. Wie zum Beispiel auf dem, wo Mama, ganz offensichtlich schwanger, vor den Thermen von Salins-les-Bains einen Arm um mich legt.

Da warst du auch mal, in Salins-les-Bains, das steht in einem deiner Kalender. Aber viel später, etwa 2008, in der hübschen Bibliothek, die man in einem ehemaligen Theater eingerichtet hat, von dem noch Badewannen und Fresken aus dem 18. Jahrhundert erhalten sind. Eine Bonboniere im Stile Watteaus, eine Fête galante. Dir als morbidem Sammler französischer Melancholien hat es dort sicher gefallen. Salins war genau die Art von Ort, von dem du zuletzt geträumt hast. Eine schlafende Schöne, die ihrer alten Größe nachtrauerte, versteckt im früheren Fürstentum Revermont gelegen, in dem die Zeit stehengeblieben war. Für mich stand die Stadt eher für Langeweile, für die alljährlichen elterlichen Kuren im Frühjahr. Wenn es soweit war, wurde ich im Familienvan direkt vom Internat abgeholt. Das ging so, bis ich die Vorbereitungsklasse auf die Saint-Cyr-Akademie besuchte. Da kam ich nicht mehr oft nach Hause, noch seltener als vorher. Als ich dann auf der Militärakademie war, war ich finanziell unabhängig und Delvaux ließ alle seine Kontakte spielen, damit ich hinterher tun konnte, was mir zusagte. All das, um mich nicht mehr sehen zu müssen. Also Salins-les-Bains, das assoziiere ich mit einsamen Spaziergängen der dreizehnjährigen Agnès Delvaux am Ufer der Furieuse, ein Alter, in dem sie begann, die Gründe für die Angst der kleinen dreijährigen Agnès Delvaux in Worte zu fassen.

Aber in *Gnade ohne Wenn und Aber*, das ich gerade durchblätterte, als der Colonel anrief – »Wir haben ein Riesenproblem, *mon Capitaine*« –, fand ich nichts, nicht mal eine Spur dessen, was ich dort gerne gelesen hätte.

Oder was ich fürchtete, dort zu lesen.

Oder was ich hoffte, dort zu lesen.

Tja, Trimbert, da siehst du, in welchen Zustand ich schon damals deinetwegen geriet, ich, die bis dahin einen schnurgeraden Weg verfolgt, nur makellose Kreise gezogen hatte, innerhalb derer ich ganz legal den Hang zur Gewalt ausleben konnte, der schon immer in mir geschlummert und bis dahin kein passendes Ziel gefunden hatte. Wie ein Orgasmus, der sich auf frustrierende, nervtötende und manchmal auch wunderbare Art in jedem Atom meines Körpers und meines Gehirns herumtrieb, ohne je eine alles vernichtende Einheit bilden zu können.

Ich trug eine frigide Form von Gewaltbereitschaft in mir, Trimbert, und ich hoffte, dass jetzt, wo ich dich gefunden hatte, durch dich alles anders werden würde. Dass ich von nun an einen echten Orgasmus haben würde bei dem Gedanken, dass du unter meiner ständigen Beobachtung standst, in jedem noch so unbedeutenden Moment deines Lebens, Opfer einer permanenten und minutiös durchgeführten Vergewaltigung.

Ich trank schwarzen Tee und musste daran denken, dass ich den gleichen in deiner Küche gesehen hatte, am Square Delormel. Ich bedauerte, dass ich keine Katze hatte, so wie du. Später, als der Colonel anrief, musste ich wohl oder übel meinen Job machen und dich für einen Moment vergessen. Erst danach konnte ich durch die Ortungsdaten deines Handys und die Auswertung der Bilder der Überwachungskameras rekonstruieren, was du tatst, nachdem du auf deiner Bank am Boulevard Saint-Germain erwacht warst.

Da warst du offensichtlich immer noch betrunken, oder in diesem Zustand, der auf den Rausch folgt, noch vor dem Kater. Diese kurze Phase der Euphorie, in der man meint, alles sei möglich, alles lasse sich augenblicklich regeln, alle Probleme ließen sich lösen. Ein Zustand, der nie von langer Dauer ist.

An diesem Januarmorgen bist du im Morgengrauen zunächst ziellos durch die Gegend gelaufen, wie ich später rekonstruieren konnte. Dafür, dass du die Nacht draußen verbracht hattest, machtest du keine schlechte Figur: Der schwarze, gut geschnittene Kaschmirmantel, der Schal mit dem Schottenkaro, der sich als roter Fleck abhob. Der sprießende Bart, den ich erst sah, als ich dich an einem Dienst-Terminal näher heranzoomte, stand dir jedoch nicht wirklich. Du warst zu alt, um eine Karriere als Hipster zu beginnen. Da musste ich unwillkürlich lächeln. Du gehörtest noch einer Generation an, in der ein Mann nur dann unrasiert war, wenn er eine ausschweifende Nacht hinter sich hatte, oder Eheprobleme, aber nicht, weil er modern sein wollte.

Du liefst fast anderthalb Stunden ohne erkennbares Ziel durch die Gegend. Du kamst mir auf den Bildern der Überwachungskameras wie der Held eines minimalistischen Autorenfilms vor, oder schlicht eines schlecht geschnittenen Films: Eine nur ungenügend verpixelte Figur in Schwarz-Weiß, die zeitweise mit dem Grau der Umgebung zu verschmelzen oder für immer in einem toten Winkel zu verschwinden schien. Sicherlich hatte ich da schon eine unausgesprochene Ahnung deiner bevorstehenden Verdunkelung.

Dann kamst du an die Gare d'Austerlitz. Es war immer noch dunkel. Es wollte scheinbar gar nicht hell werden. Du triebst dich in der Bahnhofshalle herum, betrachtetest lange, sehr lange, die Anzeigetafel mit den abfahrenden Zügen und trankst dabei Tee aus einem Pappbecher mit Deckel. Erst später wurde mir durch die Lektüre deiner Texte und der Texte des Geheimdienstes über die Verdunkelten klar, was dir dabei durch den Kopf ging.

Du dachtest, dass es dir eigentlich nur gutging, wenn du im Zug saßt, auf dem Weg in eine kleine Stadt, in der du in einer Bücherei oder Buchhandlung vor vier oder fünf Interessierten lesen und, wenn es hochkam, zwei Bücher signieren würdest. Danach würdest du in Begleitung des Buchhändlers oder eines Ortsansässigen auf der Suche nach einer letzten noch geöffneten Kneipe durch die Straßen laufen. Es gab immer eine Kneipe, die noch aufhatte, egal wo in Frankreich, und war die Stadt noch so klein. Oftmals war es ein pseudo-englischer oder irischer Pub. Dort saßen die Trinker vor ihrem Glas, Schlaflose, Gymnasiasten, die das Gesetz missachteten, Durchreisende, Nachtarbeiter, die Pause machten. Und du stelltest dir vor, dass es angenehm sein müsse, dort zu leben, sich in einer kleinen Wohnung in der Altstadt neue Lebensgewohnheiten zuzulegen. Wie wäre es zum Beispiel hier, in der obersten Etage dieses Fachwerkhauses mit Erker? Ein Leben wie eine Figur aus einem Simenon-Roman führen, von einer bescheidenen Rente, jeden Abend im *Café de Paris* Billard spielen, erzählen, du seist Schriftsteller, falls dich wirklich mal jemand fragen sollte. Aber in den kleinen Provinzorten zeigte man in der Regel keine offene Neugier. Die Unterhaltungen kreisten meist um unverfängliche Dinge. Solange man sich nicht bei Schulschluss vor einer Schule herumtrieb oder die Polizei einen im Morgengrauen aus einem Bach fischen musste, fiel man nicht weiter auf.

Gare d'Austerlitz, in dem Zustand, in dem du warst, hättest du glatt den ersten Zug nach Limoges genommen, wärst von dort weiter nach Brive zu Altaï gefahren. Du wärst gerade richtig zum Aperitif angekommen, in der Bar, die neben seinem türkischen Restaurant lag. Du hättest dich dort mit deinen Freunden unterhalten, denen du dich eigentlich viel mehr verbunden fühltest als denen, mit denen du am Vorabend getrunken hattest, mit Ausnahme von Gourvenec und Cénabre. Türkische Arbeiter, portugiesische Fernfahrer, aktive Gewerkschaftsmitglieder. Alle hätten fröhlich geraucht und sich nicht um das Gesetz geschert, selbst wenn die örtlichen Polizisten vorbeigekommen wären, um einen Salers-Enzianlikör zu trinken, während auf dem Flachbildschirm wahlweise eine kitschige Unterhaltungsshow im typisch türkischen Stil lief oder ein Fußballspiel zwischen zwei Mannschaften aus Anatolien, deren Namen du dir nicht merken konntest. Du hättest *La Montagne* oder *L'Écho du Centre* durchgeblättert – es handelte sich um eine eher linksgerichtete Bar, in unmittelbarer Nähe zur Rue Fieyre, der »Straße der Gewerkschaften« –, und wenn das Lokal dichtgemacht hätte, hätte Altaï gesagt: »Es kommt gar nicht in Frage, dass du im Hotel schläfst! Du spinnst ja wohl! Du willst doch nicht, dass Aynur wütend wird. Das Gästezimmer ist schon vorbereitet. Und die Kinder werden dich sicher nicht wecken, wenn sie zur Schule gehen. Nun sei kein Idiot, Guillaume!«

Oder du hättest auf einen Zug nach Eymoutiers gewartet, um ein paar Tage bei Tavaniello zu verbringen. Auch da hattest du dein Zimmer, wenn du wolltest, und dazu noch eine schöne Bibliothek. Ganz abgesehen davon, dass der Handyempfang dort sehr schlecht war, was für dich der Inbegriff von Luxus war. Morgens hättest du das Zentrum von Eymoutiers betrachtet, mit seiner Stiftskirche, die eingerahmt wurde von bewaldeten Hügeln, während zu deinen Füßen das abschüssige, schwer zugängliche Gelände bis zur Vienne hinunterging: Bäume, Blumen, Hühnerstall, Gemüsegarten.

In diesen Ecken bereitete man sich schon seit geraumer Zeit auf eine sanfte Form des Überlebenskampfes vor. Und ich glaube, sie haben tatsächlich überlebt, diese jungen Freunde von Tavaniello, die Anfang der 2000er Jahre begannen, ihre Kommunen auf dem Plateau de Millevaches einzurichten. Das waren eben die, die einige unserer Kollegen als gefährliche Terroristen darzustellen versuchten, womit sie sich wirklich lächerlich machten. Aber durch das Jahr 2015 wurde dann so einiges relativiert, als auf einen Schlag ein Redaktionsraum, ein Konzertsaal und Caféterrassen zu Massengräbern wurden. So auch die Idee, dass ein paar scharfsinnige junge Leute, die ein makelloses Französisch schrieben, Terroristen sein sollten, selbst wenn sie sich ein paar TGV-Oberleitungen vorgenommen hatten.

Da wusste ich noch nicht, dass ich deine Freunde so gut kennenlernen sollte. Sie halfen mir, ohne zu ahnen, wer ich war. Sag mir, wen du jagst, und ich sage dir, wer du bist. Ein linksradikaler Schriftsteller, ein Inhaber eines türkischen Restaurants …

Deine beiden gegensätzlichen Sehnsuchtsorte für deine spätere Verdunkelung: Dich in einer Stadt, einem Umfeld abzuschaffen, das dir durch deine Sozialisation ziemlich fern lag, oder in der Hoffnung auf eine bevorstehende Revolution, in einer auf der gleichen politischen Überzeugung beruhenden Gemeinschaft, wie Tavaniello es gerne ausdrückte. Auch da lag Tavaniello mal wieder richtig. Er lag richtig mit seiner Vermutung über die Art und Weise, wie das System in sich zusammenbrechen würde, für das die Demokratie nur noch eine Attrappe war und in dem Leute wie ich, Agnès Delvaux, einer Maschinerie dienten, die außer Rand und Band geraten und deren einziges Ziel es war, immer mehr Kontrolle über eine Bevölkerung zu gewinnen, der man keinesfalls die Wahrheit über den Zustand der Welt zumuten durfte. Wäre die Verdunkelung nicht so schnell gekommen, hätten wir noch eine Weile durchhalten können, ein oder zwei Generationen vielleicht. Er lag auch richtig in Bezug auf das, was danach kommen könnte, bezüglich dieser konkreten Utopie, die aus den Ruinen spross oder vielmehr *neben* den Ruinen, für die Ada steht. Ada, die im Garten am Rande des Brunnens liegt, auf ihrem Schoß eine schnurrende Katze, die sie streichelt. Ada, die durch ihre Jugend, ihren Körper, ihre Freiheit, ihre Beziehung zu den Vögeln, Bäumen, zu ihren Mitmenschen, genau diese neue Art des Miteinanders symbolisierte, die wir jetzt pflegen und die man beim Geheimdienst und den anderen zur Terrorabwehr eingerichteten Brutzellen als »anarcho-autonome Verschwörung« eingestuft hätte. Wie dumm waren wir eigentlich, mich inbegriffen?

Schließlich hast du deinen Irrweg fortgesetzt und bist in Montparnasse gelandet, als wären die Bahnhöfe die letzten Orte in Paris, die dich noch interessierten, deine einzigen echten Bezugspunkte oder Notausgänge. Du nahmst die Linie 6 und stiegst am Trocadéro aus.

Du gingst zu deiner Mäzenin, Constance Soligny, die in einer riesigen Maisonette-Wohnung mit Dachterrasse lebte, in der Avenue Paul-Doumer, mit unverbaubarem Blick auf das Palais de Chaillot, den Garten, den Fluss, den Eiffelturm. Du hattest, ich weiß nicht mehr in welchem deiner

Romane, ein paar schöne Seiten über das Dolce Vita der wohlhabenden Viertel geschrieben, dieses wohlige Gefühl von Luxus, das sie ausstrahlten, das nichts Ostentatives hatte, über die blauen, schier endlosen Juniabende dort, wie sehr weit oben auf einer Terrasse die Silhouette einer rauchenden Frau erschien, eine schmale, geschmeidige Figur, wie von Modigliani. Da fühltest du dich für einen kurzen, aber intensiven Moment im Einklang mit der Welt, eine Art Satori im 16. Arrondissement, um einen Begriff aufzugreifen, den du gerne verwendetest. Du sprachst davon, oder dein Held sprach davon, wo auch immer da der Unterschied sein soll, dass er gerne mit einer Geliebten durch diese Stille gelaufen wäre, für einen Moment ihre Taille umschlungen und ihr seinen Atem zwischen Ohr und Hals gehaucht hätte.

Du gabst den Code an der Eingangstür des Gebäudes von Constance Soligny ein, aber sie war nicht da, oder sie und ihr Mann wollten dir nicht öffnen, nachdem sie durch die Kamera oberhalb ihrer Wohnungstür gesehen hatten, in welchem Zustand du warst.

Du zucktest die Achseln, stiegst die Treppen wieder herunter, winktest ein Taxi heran.

Da es 11.27 Uhr war, als du ins Taxi stiegst, hast du sicher dort, auf dem Weg zum Square Delormel, während du im Halbschlaf auf der Rückbank saßt, eingelullt vom Rauschen des Verkehrs, erfahren, wie die Zeit der Massaker begonnen hatte.

Zweiter Teil

Man liquidiert und geht von dannen

Schließ die Augen, um sie besser zu sehen
Jene, die dir ein Dorn im Auge ist
Jene, die du dein Leben nennst
Und die dich erst
Am Ende der großen Verblendung freigibt
Am Ende dieser taumelnden Welt
Dort drüben, wo die Sonne aufgeht

Georges Perros, *Poèmes bleus*

Mit einem kleinen Salat aus frischen Kräutern

»Und, was war nun mit dieser Besprechung, Colonel?«

»Du siehst heute sehr hübsch aus, *mon petit Capitaine*. Was nimmst du als Vorspeise?«

»Du willst mich wohl zum Erröten bringen?«

»Ich weiß, dass mir das nicht gelingen wird. Also, was nimmst du?«

»Das Thunfisch-Carpaccio mit einem kleinem Salat aus frischen Kräutern.«

»Ich denke, ich nehme den frittierten Gründling mit Sauce Tartare. Und was nimmst du danach?«

»Ich schwanke noch. Die machen doch eine gute Bouillabaisse hier, oder?«

»Ja, die ist ziemlich gut. Die nehme ich auch. Und was trinken wir?«

»Das überlasse ich dir. Ich bin in der Hinsicht ein echtes Gender-Opfer, wie man heute sagt.«

»Den Sancerre von Riffault. Das tut uns sicher gut nach dem, was ich gerade erfahren habe.«

»Dass ich ein Gender-Opfer bin? Ein hässlicher Ausdruck, das kann ich hier ja ganz offen sagen …«

»Nein, *Capitaine*, mir gefällt es, wenn du ein Gender-Opfer bist. In der Beziehung bin ich sehr Old School. Ich mag es, wenn Frauen Kleider tragen, Priester Soutanen und Soldaten Uniformen. Mein Pech, dass wir fast immer in Zivil sind. Schließlich war mir gleich aufgefallen, wie gut dein Busen im Drillich zur Geltung kommt.«

»Und mein Po. Mein Po gefällt dir doch?«

»Der auch. Können wir jetzt vielleicht auf die Sitzung zu sprechen kommen? Wenn ich daran erinnern darf, ist sie der Grund für dieses Essen.«

»Schlafen wir danach etwa nicht miteinander? Ich mag das, nachdem ich gut gegessen und ein bisschen zu viel getrunken habe. Vor allem am Nachmittag. Und dieser Sancerre ist wirklich hervorragend.«

»Ich habe nichts dagegen einzuwenden. Ich habe nie etwas dagegen einzuwenden, mit dir ins Bett zu gehen.«

»Das beruhigt mich.«

»Mich auch, das ist allerdings auch das Einzige, das ich momentan beruhigend finde angesichts der Zeiten, in denen wir leben und dessen, was auf uns zukommt. Immerhin bin ich fast fünfundzwanzig Jahre älter als du, und du scheinst mich wirklich gernzuhaben und Gefallen an dem zu finden, was wir gemeinsam im Bett anstellen, auch wenn ich mir dabei ein wenig wie Colonel Cantwell in *Über den Fluss und in die Wälder* vorkomme. Kennst du das?«

»Der alte Soldat und die junge Comtessa im Nachkriegsvenedig. Sie sagt ihm, dass sie ihn liebt, weil er morgens nie traurig ist.«

»Manchmal erstaunst du mich, *Capitaine*. Verbringst du deine Abende mit Lesen oder was?«

»Kann man sagen, ich bin da vor einiger Zeit auf eine gute Bibliothek gestoßen ...«

»Diese Besprechung war schon sehr seltsam, weißt du. Die packen jetzt die Artillerie aus, wie bei den Anschlägen von 2015 und 2016: Drei Kabinettchefs, einer vom Matignon, einer vom Verteidigungs- und einer vom Innenministerium. Außerdem waren noch Soziologen und Psychologen dabei, verdiente Mitarbeiter von uns, und Vertreter der Haupteinheiten. Alle waren sie da, sogar die Obergurus waren zur Anwesenheit verdonnert worden: Laborie, Sanders, Joubert ...«

»Laborie ... Na, das will was heißen.«

»Du sagst es, *Capitaine*. Wir durften in dem großen, abhörsicheren Raum im Untergeschoss eine dreistündige Powerpoint-Präsentation über uns ergehen lassen. Diese ganzen Grafiken und Schaubilder haben scheinbar eine beruhigende Wirkung auf Politiker. Sie geben ihnen das Gefühl, die Realität ließe sich in Form einer simplen Gleichung abbilden und die Politiker glauben daraufhin, sie hätten verstanden, was los ist. Ich bekomme es dagegen mit der Angst zu tun, wenn ich das sehe.«

»Du bist eher der Mann an der Front.«

»Mach dich nur lustig! Kurzum, was dabei rauskam, war, dass wir einen neuen Feind haben, *Capitaine*.«

»Ob nun einer mehr oder weniger. Und wer ist es dieses Mal? Eine neue Islamisten-Gruppe? Militante Umweltaktivisten? Die von der ZAD? Linksextreme, die es in den bewaffneten Kampf zieht? Streikende, die zum Aufstand aufrufen? Da fällt mir ein, hast du die Müllsäcke gesehen, die sich an der Place de l'Odéon auftürmen?«

»Du kommst nicht drauf, *Capitaine* Delvaux. Mir wäre auch lieber, das alles wäre nur ein Spiel, weil ich es einfach nicht glauben kann, nicht glauben will …«

»Äußerer oder innerer Feind?«

»Bei deinem Gehalt solltest du eigentlich wissen, dass diese Grenze seit 2015 immer mehr verschwimmt. Wie gesagt, es sind keine Islamisten. Die werden uns sicher auch noch eine ganze Weile beschäftigen, aber ich fürchte, sie werden den obersten Platz auf dem Treppchen im Wettstreit darum, wer uns am meisten das Fürchten lehrt, bald abtreten müssen. Wer hätte gedacht, dass sie mir eines Tages nochmal leidtun würden … Noch ein bisschen Sancerre?«

»Gerne … Nordkorea hat Agenten geschickt, die einen mutierenden Virus einschleppen?«

»Für eine Agentin aus dem 21. Jahrhundert denkst du in sehr althergebrachten Mustern … Schon als ich beim Dienst anfing, steuerte der Kalte Krieg auf sein Ende zu. Ich kann dir sagen, das war die gute alte Zeit. Im Grunde war der Mauerfall eine echte Katastrophe. Vorher teilte sich die Welt wenigstens in zwei klare Lager: Die Roten und wir. Ich will jetzt nicht behaupten, dass es da nicht auch zu Konfrontationen gekommen ist, aber keiner war so verrückt, seine Atombomben wirklich zu zünden oder seine biologischen Waffen zum Einsatz zu bringen.«

»Das hatte ich in Geschichte, Opilein, das nannte man Gleichgewicht des Schreckens.«

»So ist es, mein Kind. Den Schrecken haben wir immer noch, aber das Gleichgewicht ist uns komplett abhanden gekommen. Wir haben überall Feinde, wirklich überall, und zwar Feinde, die bereit sind für ihren Sieg zu sterben, ja denen es sogar scheißegal ist, ob sie siegen, solange sie uns nur zerstören, denn ihr Reich ist nicht auf Erden. Der Kalte Krieg war dagegen eine klare Sache. Drei Flugstunden von Paris entfernt standen ein paar tausend Panzer des Warschauer Paktes, es gab Spione in Maßanzügen, die ihren Five o'clock Tea im *Le Berkeley* einnahmen. Berlin habe ich auch noch erlebt. Wer nicht den Checkpoint Charlie im Morgengrauen bei einem Agentenaustausch gesehen hat, der weiß nicht, wie schön das Leben sein kann ...«

»So ein Quatsch ...«

»Du hast Recht. Wenn man nostalgisch wird, redet man Unfug. Aber so oder so, du kommst nicht drauf ... Und hätte man mir das bei dieser Besprechung nicht verklickert, wäre ich vermutlich auch nie drauf gekommen, beziehungsweise hätte niemals die eigentliche Tragweite des Ganzen erfasst.«

»Hochbegabte Hacker, die das Wirtschaftssystem der westlichen Welt zum Kollabieren bringen wollen?«

»Das Wirtschaftssystem der westlichen Welt kollabiert von ganz allein, da muss niemand nachhelfen ... Wo du gerade davon sprichst, das ist auch so ein unglückseliger Nebeneffekt des Untergangs des Ostblocks: Im Kapitalismus ist man so dermaßen überzeugt davon, das beste aller Systeme zu haben, weil der Kommunismus besiegt wurde, dass man glaubt, sich alles erlauben zu können. Da müssen erst ein paar durchgeknallte Gotteskrieger kommen, mit Maschinengewehren auf Caféterrassen feuern, ein Gymnasium mit einem Laster voller Sprengstoff in die Luft jagen, oder ihren Geiseln live im Fernsehen die Kehle durchschneiden, um leise Zweifel zu wecken. Aber auch nur ganz leise … Na komm schon, beweis mir, dass du im Dienst zu Recht für deine legendäre Intuition berühmt bist.«

»Mach dich nur lustig, Colonel, mach dich nur lustig. Ich glaube, ich muss passen … Prepper-Sekten, die im Vexin Plutonium gebunkert haben? Außerirdische, die drohen, den Planeten zu zerstören, wenn wir ihnen nicht eine gewisse Zahl von Menschenopfern darbringen?«

»Schön wär's. Ich bin mir sicher, zwei oder drei unserer Lage-Analysten haben bereits über solchen Szenarien gebrütet, bezahlt von unseren Steuergeldern … Nein, all das haben wir mehr oder weniger im Griff. Es ist nicht einfach, aber bisher halten wir noch stand. Zumal wir seit 2015 erweiterte Befugnisse zur Kontrolle der Bevölkerung haben. Aber da erzähle ich dir ja nichts Neues. Und eben dank dieser Kontrollen und unserem flächendeckenden Überwachungsarsenal ist die Sache ans Licht gekommen. Das heißt, ans Licht gekommen ist in diesem Fall nicht wörtlich zu verstehen, denn die Bedrohung ist, um es genau zu sagen, tatsächlich sehr vage, sehr ungreifbar … Ich glaube sogar, dass ich zum ersten Mal in meiner Karriere so etwas wie Angst verspürt habe.«

»Du erstaunst mich, Colonel. Du und Angst?«

»Ja, Agnès, Angst.«

»Stimmt, du siehst tatsächlich etwas mitgenommen aus! Also, spuckst du es nun aus? Dieses Rätselraten ist auf Dauer etwas ermüdend, und da kommt die Bouillabaisse. Sie duftet wunderbar, und ich kann es gar nicht abwarten, danach mit dir zu schlafen.«

»Tja, wie soll ich sagen, wenn ich das Problem, mit dem wir konfrontiert sind, in einem Satz zusammenfassen sollte, dann könnte ich sagen, es ist soweit …«

»Spuckst du es jetzt bitte endlich aus, Colonel? Wenn du so weitermachst, bekomme ich es auch noch mit der Angst zu tun …«

»Oh, die Sache ist verflucht einfach, *mon petit Capitaine*: Die Leute gehen weg …«

Auch diese Fertigkeit ist uns verlorengegangen

Marcheur ist verschwunden. Er hat sich buchstäblich in Luft aufgelöst. Ich wollte ihn eigentlich in Lille besuchen, weil wir uns eine ganze Weile nicht gesehen haben. Ich war kurz davor, das Cabriolet aus der Garage in der Avenue du Maine zu holen, da momentan kein Ende der Streiks in Sicht ist. Zu meiner großen Freude sorgen sie im gesamten Land für Chaos und die TGVs fahren nur unregelmäßig.

Ich brauche im Moment zwei Tage für die Rückfahrt von einem Schreibworkshop oder einer Lesung in einem Gymnasium, sofern es nicht auch bestreikt wird. Aber letzten Endes kann ich dem durchaus etwas abgewinnen. Es ist warm. Es macht mir nichts aus, in Angers auf der Terrasse des Bahnhofscafés auf den Anschlusszug zu warten. Vor mir ein Bier, einen Roman von André Dhôtel, blicke ich den Frauen nach, die vorbeigehen, oder, was mir hin und wieder passiert, entdecke Leute, die entfernte Ähnlichkeit mit meinem Vater, Großvater oder einer verstorbenen Cousine haben. So als wäre den Toten gestattet, zumindest eine Sache bis in alle Ewigkeit fortzusetzen: Durch ihnen unbekannte Städte zu laufen, in die sie zu Lebzeiten nie einen Fuß gesetzt haben, unter der Bedingung, dass sie ihr Äußeres leicht verändern.

Vor drei Wochen habe ich das letzte Mal mit Marcheur telefoniert, da streikte gerade sein gesamtes Gymnasium. Es stand sogar zur Debatte, die Beaufsichtigung und die Korrektur der anstehenden Abiturklausuren zu boykottieren. Er wirkte sehr enthusiastisch auf mich. Er fragte mich, wie es in Paris sei. Ob es wirklich so gewaltsam zugehen würde, wie man allgemein hörte. Ja, das tat es, vor allem seit vor vierzehn Tagen bei einer besonders brutalen Einkesselungsaktion der Bereitschaftspolizei drei Demonstranten ums Leben gekommen waren. Ansonsten tummelten sich jetzt auch in den wohlhabenden Vierteln Ratten zwischen den Müllsäcken, die sich seit dem Streik der Müllwerker dort auftürmten. Ich konnte Marcheur sogar mit einer kleinen Anekdote zum Lachen bringen, der zufolge die Übergabe eines Literaturpreises in einem berühmten Pariser Rive-Gauche-Café wegen der Ratten abgesagt werden musste, die plötzlich aus allen Ecken hervorkamen.

»Sie wollten wohl dem Preisträger gratulieren. Sie sahen ihm ähnlich, übrigens.«

Dann war die Verbindung unterbrochen. Kein Netz mehr. Das kam jetzt immer häufiger vor. Die Streiks eben.

Wie sehr die Zeichen auf Chaos stehen, kann man daran sehen, dass Tavaniello seinen Rückzugsort in Eymoutiers verlassen hat und nach Paris zurückgekehrt ist. Er wohnt mal bei mir, mal bei alten Freunden aus seiner Zeit als Autonomer. Er lässt keine Demo aus, keine spontane Versammlung auf irgendeinem Platz, keine Protestaktion. Die Aufrührer behandeln ihn wie einen alten Kämpen und stellen sich schützend vor ihn, wenn die Bereitschaftspolizei ihre Wasserwerfer auffährt. Das bringt ihn zum Lachen. Neunzehnjährige Mädchen mit Mofahelm auf dem Kopf ziehen kurz ihr Tuch weg, um ihm einen Kuss aufzudrücken, Küsse, die nach Adrenalin und Hoffnung schmecken.

Wenn er zurückkommt, ist er heiser und hat gerötete Augen vom Tränengas. Er sieht aus, als hätte er sich erkältet, dabei herrscht brütende Hitze. Tavaniello ist zwölf Jahre älter als ich und hat den Glauben noch nicht verloren. Er lebt sogar auf inmitten dieser jungen, maskierten Rebellen, deren Slogans und Graffiti, die sie trotz Tränengas hinterlassen, manchmal wie improvisierte Gedichte wirken: »50 Shades of Spray«, »Wir sind in Gedanken bei den Familien der Glasbruch-Opfer«, »Wir sind alle Schläger und Sammler«. Er schreibt Kommentare auf linksradikalen Plattformen. Er versteht es, seine Wut in Worte zu fassen, dabei verfällt er nie ins Deklamieren, ist ironisch, schonungslos und präzise. Zugleich sind seine Beiträge immer eine Ode an die Lebensfreude. Er meint, das grundlegende Problem von Revolutionen bestehe darin – entgegen dem, was Baudelaire sagt, der sich auch mal irren darf –, dass sie nicht von sinnesfreudigen Menschen gemacht würden, sondern von Miesepetern. Tavaniello hat italienische Wurzeln, es will ihm einfach nicht in den Kopf, warum ein Umsturz der bestehenden Ordnung und das Dolce Vita einander ausschließen sollten.

Ich hatte das dumpfe Gefühl, dass bei mir auch in dieser Hinsicht irgendetwas zerbrochen und nicht mehr zu kitten war. Zu anderen Zeiten hätte ich ihn begleitet. Ich ging früher gerne auf Demos, ich mochte es, wenn es am Schluss hoch her ging, man anschließend an einem Bartresen sein Transparent zusammenrollte, um mit den Kumpels einen zu trinken. Oder wenn man nach einigen Stunden in Polizeigewahrsam unter lautem Jubel die überfüllte Zelle verließ. Aber ich glaube nicht mehr daran. Nein, das ist falsch ausgedrückt. Ich glaube immer noch daran, ich hoffe sogar, dass es gelingen möge, denn Tava, seine jungen Freunde und ich haben schließlich die gleiche Vorstellung vom Paradies, eben das, was ich als eine Spielart des Kommunismus bezeichne, die sexy ist, poetisch und das Flair eines Badeortes hat. Aber ich sehe nicht, oder nicht mehr, welchen Platz ich darin habe, welche Rolle ich darin spielen könnte.

Und so oder so würde es zu lange dauern. Ich habe das Gefühl, keine Luft mehr zu bekommen, und das liegt nicht nur am Tränengas. Es liegt an meinem persönlichen Ausnahmezustand. Ich bin müde. Eine Müdigkeit, die ich in dieser Form noch nicht erlebt habe. Ich magere ab, bin so schlank wie früher, das ist ganz ungewohnt. Ich wiege wieder so viel wie damals, als Hélène mich nötigte, Sport zu treiben. »Du hast mir Bücher gegeben, im Tausch bekommst du Muskelkater.« Gourvenec war direkt besorgt. Er redete auf mich ein, ich solle zum Arzt gehen, mich untersuchen lassen. Aber körperlich geht es mir so gut wie lange nicht mehr. Ich schlafe viel, immer besser. Die Schlaflosigkeit, meine alte Gefährtin seit Urzeiten, hat mich verlassen, wie es aussieht. Ich weine ihr zwar keine Träne nach, aber wenn man sich vierzig Jahre lang umschmeichelt und beharkt hat, das verbindet.

Und wenn ich aufwache, widme ich mich dem Doo Wop, der Poesie, den Bouquinisten. Das sind schon immer die einzigen Dinge gewesen, die mir gefallen haben, aber mittlerweile beschäftige ich mich mit nichts anderem mehr. Ich treffe niemanden, oder nur, wenn es sich nicht vermeiden lässt. Auch Constance habe ich seit den Tagen der ersten Attentate nicht gesehen, noch nicht mal mit ihr telefoniert. Vor allem gehe ich zu keinem ihrer Dîners mehr, bei denen ich nur der reaktionären Schwuchtel zu Aufmerksamkeit verhelfen soll. Sie überweist mir kein Geld mehr, vermutlich zur Strafe, aber die Miete ist so niedrig geblieben, wie sie war. Zum Glück ist mein letzter Roman, *Sommerquartier*, für den ich aus lauter Überdruss keinerlei PR gemacht habe, ganz gut gelaufen und mein Agent hat mir ein paar Schecks für ein Drehbuch geschickt, das ich verfasst habe. Ich frage mich, ob ich nicht einfach zufrieden sein sollte, dass es so gut läuft. In anderen Zeiten hätte sich in mir eine feige Erleichterung darüber breitgemacht. Und nun kommt es mir so vor, als würde mir das Schicksal einen Streich spielen, indem es mir suggeriert, dass es kein Problem wäre, so weiterzuleben wie bisher.

»Man sieht dich ja gar nicht mehr, Guillaume!« Umso besser. Das bedeutet, dass ich mein Diplom in Unsichtbarwerden wohl mit Erfolg ablegen werde. Sobald ich es mit Auszeichnung bestanden habe, kann ich weggehen. Und ich denke, ich werde es haben, lange bevor eine gelungene Revolution mich umstimmen könnte. In gewisser Weise bin ich schon weg.

Ich habe Tavaniello zu ein paar Demos begleitet und mich bemüht, mit Begeisterung bei der Sache zu sein, sogar zwei oder drei Sprints hingelegt, um Schlagstöcken auszuweichen. Ich war überrascht, wie viel Puste ich hatte, und das, obwohl ich mich doch nicht mehr viel bewege. Vermutlich, weil ich abgenommen habe. Ich habe an verräucherten Debatten in irgendwelchen Antifa-Unterschlüpfen teilgenommen, ein oder zwei Artikel geschrieben, in denen ich alles nur erdenklich Positive zu dieser meiner Ansicht nach legitimen Form der Gewaltausübung geäußert habe, und zwar in der rechten Presse. Immer schon ein probates und vergnügliches Mittel, um Hasskommentare zu ernten. Kurzum, ich habe mein Spiel so gut es ging kaschiert, aber Tavaniello ist schließlich kein Idiot.

»Was ist los, Guillaume?«

»Nichts, Tava, nichts ... Nimmst du noch was von dem Drappier-Champagner? Erst die Arbeit, dann das Vergnügen, und für die Arbeiterklasse immer nur das Beste.«

»Du hast Recht. Aber trotzdem, du bist gerade nicht gut drauf. Hast du Probleme?«

»Habe ich doch immer, wie du weißt. Mein erstes Problem ist, dass ich auf die Sechzig zugehe.«

»Na, dann sag dir, dass die Revolution deine Probleme schon regeln wird!«

»Meinst du das ernst?«

»Ach, wer weiß, vielleicht wird sie ja dieses Mal ein Erfolg. Klar, das sagt man jedes Mal... Aber die Gewerkschaften und ihre Apparatschiks trauen sich nicht, jetzt noch einen Rückzieher zu machen, aus Angst, dass ihnen ihre Basis sonst die Bude einrennt. Außerdem kommt es immer häufiger zu solchen Massenprotesten, an verschiedenen Orten in Europa.«

»Ich muss gestehen, ich habe mich schon bei den *Nuits Debouts* ziemlich gelangweilt.«

»Ich auch, aber wie du siehst, war das nur ein Anfang. Das Feuer ist nicht erloschen, es hat unter der Asche weitergeglüht. Das zeigt sich jetzt. Und wenn es nicht auf Anhieb gelingt, dann komm nach Eymoutiers. Dann warten wir gemeinsam auf die nächste Gelegenheit, auf unsere Kosten zu kommen, und essen derweil Steinpilzomelette und trinken Chinon. Ich habe gerade ein paar Kisten geholt.«

»Es kann gut sein, dass ich darauf zurückkomme.«

»Aber bevor es soweit ist, und wir als altes Männerpaar in der Haute-Vienne enden, komm mit. Wir wollen uns mal die Besetzung des Henri-IV-Gymnasiums ansehen.«

Von meiner Wohnung aus höre ich dumpfen Lärm aus Richtung Denfert. Noch eine Demonstration, die aus dem Ruder läuft. Ich kann nur hoffen, dass Tava nicht zusammengeknüppelt wird. Schlimm genug, dass Marcheur weg ist. Und außerdem hat Tava einen Gefährdervermerk. Wenn die Bullen ihn erwischen, dann bekommt er sicher für eine Weile Hausarrest. Und durch die vor einigen Monaten beschlossenen Anti-Terror-Maßnahmen ist die Lage nicht gerade besser geworden. Von einem Freund der Bewegung, der Bulle ist oder dort sehr subtil eingeschleust wurde, weiß ich, dass ich offenbar auch einen Gefährdervermerk habe. Das freut mich. Das ist doch mindestens so gut wie eine literarische Auszeichnung. Cénabre zieht die Winzer den Verlegern vor, und ich ziehe die Gesellschaft von Feinden des Systems, von Schwarzsehern, derjenigen der Bildungselite vor. Zugegeben, auch die Winzer, mit denen Cénabre zu tun hat, sind Feinde des Systems. Ihren Wein trinken wir dann an den Stränden der Freiheit, sollte die Bewegung zufällig doch gewinnen und damit das Schicksal dieser dem Untergang geweihten Welt besiegeln. Wenn das alles zu lange dauert, ziehe ich mich in irgendeinen Schlupfwinkel zurück, einen der weißen Flecken auf der Landkarte.

Marcheur also. Ich habe mit seiner Frau Céline telefoniert. Das Gespräch verlief nicht besonders gut, was nicht wirklich überraschend war.

»Hallo, Céline?«

»Guillaume, bist du das?«

»Sag mal, hat dein Mann ein Problem mit seinem Handy? Ich versuche seit drei Tagen, ihn zu erreichen. Ich habe ihm auch schon Mails geschickt und sogar private Nachrichten auf Facebook. Ich wollte mich mit ihm in Lille zum Essen treffen und in die Wesselmann-Ausstellung im Villeneuve-d'Ascq-Museum gehen, solange die nicht auch noch streiken.«

»François ist verschwunden, Guillaume.«

»Wie, verschwunden? Nun wein doch bitte nicht.«

»Er ist verschwunden. Hat sich in Luft aufgelöst.«

»Seit wann?«

»Seit drei Wochen …«

»Warum hast du mir nicht Bescheid gesagt?«

»Weil ich dich nicht ausstehen kann, Guillaume, ich konnte dich noch nie ausstehen. Ich konnte dich schon nicht ausstehen, als du noch Lehrer warst, ich mag dich als Schriftsteller nicht, mir gefällt nicht, wie du Andréa behandelt hast. Im Grunde bist du für mich der Inbegriff des Arschlochs, egozentrisch und unsensibel. Du bezeichnest François als deinen Freund, dabei ist er nur dein gutes Gewissen. Der Kontakt zu deiner Vergangenheit. Und nun, stell dir vor, hat dein Kontakt seine Koffer gepackt …«

»Das ist eine sehr schiefe Metapher, Céline.«

»Halt die Klappe, Trimbert. Ich hasse dich.«

»Das habe ich jetzt verstanden.«

»Wenn du das verstanden hast, dann lass mich gefälligst in Ruhe. Ich lege jetzt auf. Ich muss Elias von der Schule abholen und ihm zum wiederholten Mal erklären, dass er sich keine Sorgen machen muss und Papa bald zurückkommt. Seine Grundschullehrerin ist nicht in den Streik getreten, noch so eine Sozialverräterin …«

»Willst du mir nicht erklären, was passiert ist?«

»Was gibt es da groß zu erklären? Er ist verschwunden. Und ich komme um vor Sorge. Ich habe sogar schon die Bullen angerufen. Sie haben eine Suchanzeige rausgegeben, mal sehen, ob das irgendetwas bringt. Aber die sind gerade durch die Streiks total überlastet. Es ist ein einziger Albtraum. Vielleicht haben die Bullen ihn ja bei einer Demo übel zugerichtet und unternehmen nichts, weil sie ihren Kollegen nicht schaden wollen. Man fühlt sich wie in einem deiner beschissenen Krimis. Seine Freunde und Kollegen sagen nur, ich würde mich da hysterisch reinsteigern, und dass es an dem Tag, an dem er nicht nach Hause kam, keine Demo gegeben hätte. Keiner will es offen sagen, aber sie denken, er betrügt mich. Hinter meinem Rücken wird getuschelt, François wäre mit einer hübschen Demonstrantin auf und davon. Und dass er schon zurückkommen würde, wenn die Lage sich wieder beruhigt hätte. Ich habe bei sämtlichen Freunden nachgefragt, bei allen Verwandten, meinen und seinen. Aber am meisten überrascht mich dabei, dass er sich nicht mal um Elias schert, seinen Kleinen, in den er so vernarrt ist …«

»Eine andere Frau, das ist nicht seine Art. Er hat dich noch nie betrogen, Céline. Und du hast Recht, er vergöttert Elias.«

»Ich weiß, da erzählst du mir nichts Neues.«

»Hat er keinen Brief hinterlassen, irgendetwas? Soll ich vielleicht später nochmal anrufen? Du weinst. Das ist ja auch kein Wunder.«

»Nun spiel bloß nicht den Mitfühlenden, bitte. Nein, er hat keinen Brief dagelassen, ansonsten hat er alles dagelassen: sein Handy, seinen Computer, seine Klamotten. Es fehlen nur seine Schultasche, ein paar Hemden und Unterwäsche, seine Zahnbürste, seine Kreditkarte. Aber abgesehen von einer größeren Summe, die er in einer Bank in Saint-Pierre-des-Corps zwei Tage nach seinem Verschwinden abgehoben hat, gibt es kein Lebenszeichen von ihm. Und die Pléiade-Ausgabe von Larbaud, die du ihm zu seinem vierzigsten Geburtstag geschenkt hast. Ich hasse dich, Trimbert. Wirklich, ich hasse dich …«

Irgendwann musste es ja passieren. Gestern wurde Tavaniello verhaftet, in Polizeigewahrsam genommen und sofort dem Strafrichter vorgeführt. Als ich das hörte, begann ich gleich herumzutelefonieren. Ich rief eine Menge Leute an, vor allem Krimiautoren. Wir versammelten uns vor dem Gerichtsgebäude auf der Île de la Cité. Es waren auch ein paar Linksextreme dabei, alte Italiener, die während der Bleiernen Jahre hierher geflohen sind. Also die, die unter Sarkozy nicht geschnappt wurden, wie Cesare Battisti. Wir bildeten ein überschaubares Grüppchen. Mariama war auch dabei. Ich hatte sie seit unserem Essen im *Repaire Ampère* nicht mehr gesehen. Sie strahlte regelrecht, trug vor sich in einem Tragetuch ein Baby. Ihre blonde, hoch gewachsene Begleiterin machte einen etwas verlorenen Eindruck hinter ihren dicken Brillengläsern. Sie wirkten auf mich sehr sympathisch, offen und entschieden. Ich verspürte noch nicht einmal einen kleinen Stich in der Herzgegend. Da dachte ich mir, dass meine Ablösung offenbar Fortschritte machte. Sehr langsame Fortschritte, aber immerhin. Während ich sie mit Küsschen begrüßte und sie mir die Namen der hübschen Kurzsichtigen und des Babys sagte, die ich mir nicht gemerkt habe, fiel mir mit einem Mal auf, dass Marcheur mich überholt hatte, und das in die Tat umgesetzt hatte, was ich seit vielen Jahren in Erwägung zog.

Ich thematisiere das zwar immer wieder, zumindest in meinen Notizbüchern und Textfragmenten, aber schreite nicht zur Tat. François hat den Sprung gewagt. Ich konnte mich ihm unmöglich anschließen. Verschwinden ist klassischerweise eine Sache, die man alleine macht, und dabei sollte es bleiben.

Der erste Roman von Morand heißt *Die Extravaganten*. Er hebt den etymologischen Sinn des Wortes hervor. Jemand, der extravagant ist, tut nicht unbedingt verrückte oder skandalöse Dinge, sondern er verlässt die ausgetretenen Pfade und fährt stattdessen lieber querfeldein. Demnach wäre es extravagant, von Lille nach Marseille nur Landstraße zu fahren und sich dabei den Spaß zu gönnen, sein GPS in den Wahnsinn zu treiben. Nachdem es hunderte Male die Route neu berechnet hätte, um den unerhört störrischen Fahrer zurück auf die großen Straßen zu bringen, würde es irgendwann bei einem Zwischenstopp in Saint-Flour schließlich gänzlich den Geist aufgeben.

Und wieder, während wir auf Tava warteten, hieß es: »Man sieht dich ja gar nicht mehr, Guillaume!« Doch, doch, man sieht mich noch.

Tavaniello wurde auf freien Fuß gesetzt, aber, so verlangten es die neuen Anti-Terror-Gesetze, er war verpflichtet, am nächsten Tag und an den Folgetagen vor zwölf Uhr auf der Wache in Eymoutiers zu erscheinen, bis sein Hausarrest von der Präfektur Haute-Vienne aufgehoben würde.

Da es schön war und die Metro streikte, gingen wir zu Fuß zurück ins 14. Arrondissement. Mariama war dabei, ihre Lebensgefährtin, das Baby, Tava und sein Anwalt, ein paar Autonome und zwei befreundete Krimiautoren. Wir spürten die Entfernung gar nicht, denn Paris in der Sonne hatte trotz der Polizeisirenen etwas von einer befreiten Stadt. Wir machten uns nicht die Mühe, die eingeschlagenen Scheiben der verwüsteten Banken, Maklerbüros, Mobilfunkanbieter und Zeitarbeitsfirmen zu zählen. Alle waren guter Dinge und von einem Gefühl der Leichtigkeit erfüllt, das sogar auf mich übersprang.

Wir nahmen die Terrasse von *Perret* in der Rue Daguerre in Beschlag. Wir bestellten *Communards*, dem Ereignis angemessen, und Rillettes-Sandwiches. Mariamas Lebensgefährtin ernährte sich nicht vegan, auch wenn sie so aussah, das machte sie mir gleich noch sympathischer. Tava haderte mit seinem Hausarrest und überlegte, in Paris zu bleiben. Sein Anwalt, ein ziemlich junger Typ, riet ihm davon ab, zumindest vorerst. Er wollte eine Aufhebung des Hausarrests beantragen. Er war voller Elan und trank gerade seinen dritten *Communard,* so erleichtert war er über das Urteil. Mir gefiel, dass er aussah wie ein Musterschüler und sich dabei auf die Verteidigung von Autonomen spezialisiert hatte. Deshalb wurde er in der Presse regelmäßig als »Terroristen-Anwalt« verunglimpft.

Und mir gefiel auch, wie Mariama schützend die Hand vor die Stirn des Babys legte, ihre schwarze Hand auf der kleinen, weißen Stirn.

»Geht's dir gut, Guillaume?«

»Aber ja, Mariama.«

»Es geht ihm überhaupt nicht gut«, sagte Tavaniello.

»Ich weiß, dass es ihm überhaupt nicht gutgeht, Tava. Ich kenne ihn schließlich ein wenig, unseren Trimbert. Aber du hast abgenommen, das steht dir.«

»Wer nimmt noch einen *Communard*?«, fragte ich.

Alle hoben die Hand. Einer der Krimiautoren fragte, ob er rauchen dürfe, Mariama nickte. Er bot mir auch eine an, ich nahm sie, und für einen kurzen Moment fühlte ich mich gut, wie ich da so in der Sonne saß, während das Baby vor sich hin brabbelte, mein Rauch gerade in den blauen Himmel aufstieg, die Stirn des Anwalts sich in der Sonne bedenklich rot färbte, Tava mit der blonden Kurzsichtigen über die Revolution diskutierte und ich Mariama im Profil betrachtete. Da fühlte ich mich wirklich gut, aber zugleich kämpfte ich mit den Tränen, weil es wie ein letztes, ironisches Zeichen war, das die Welt mir schickte: »Siehst du, wenn du nur gewollt oder gekonnt hättest, hätte ich einen glücklichen Menschen aus dir machen können. Dann eben nicht, Trimbert, dann eben nicht …«

Am nächsten Morgen in aller Frühe begleitete ich Tavaniello zur Gare d'Austerlitz. Dort lag haufenweise Müll herum und durch die Hitze stank es bestialisch.

»Das ist der Verwesungsgeruch der alten Welt …«, sagte Tava.

»Sie braucht ganz schön lange zum Sterben, findest du nicht?«

Sein Intercity nach Limoges fuhr zwar, aber mit Verspätung. Wir mussten zwei Stunden warten. Wir gingen in ein Bistro, dessen Schaufenster wundersamerweise verschont geblieben war, in den Lokalen daneben hatte man Bretter davorgenagelt.

Wir bestellten am Tresen einen Kaffee. Tava blätterte *Le Parisien* durch, im Aufmacher ging es um die soziale Bewegung. Das war das große Thema neben den Attentaten und dem FC Paris Saint-Germain.

»Du bist niemals bis mittags in der Gendarmerie von Eymoutiers … Ich könnte den 504er aus der Garage holen, aber ich fürchte, das geht auch nicht schneller. Zumal ich erst einmal tanken müsste, sonst geht uns noch irgendwo im Berry das Benzin aus.«

»Du träumst wohl insgeheim immer noch davon, als allseits geachtete Persönlichkeit in Argenton-sur-Creuse zu leben … Keine Sorge, der Anwalt hat sie bereits benachrichtigt. Ich habe keinen Führerschein. Dazu kommt die derzeitige Protestwelle, der Commandant hat mir sechsunddreißig Stunden Aufschub gewährt.«

»Nett von ihm.«

»Wir kennen uns von früher, aus der Zeit, als die Polizei anfing, mit den Kids aus den Vorstädten Zielschießübungen zu veranstalten und besetzte Häuser mit Hilfe von Hartgummigeschossen von Hausbesetzern zu befreien …«

»Sag mal, leidest du unter Gedächtnisschwund? Meinst du die Geschichte mit dem Vorhängeschloss an der Gendarmerie, als wir die Gendarmen eingeschlossen haben? Da war ich doch dabei … Und viele Gruppen auf dem Plateau de Millevaches haben das Gleiche gemacht, sogar in Guéret. ›Lasst uns die Polizei wegsperren, sie ist einfach zu gefährlich.‹ Da hatten wir unseren Spaß.«

»Ja, stimmt, dass du dabei warst, aber seit ein paar Jahren

sehe ich dich kaum noch. Man hat das Gefühl, dass du so langsam von der Bildfläche verschwindest ... Und dabei hatte ich nicht den Eindruck, dass du in letzter Zeit unheimlich viel zu tun hattest. Bist du dir auch sicher, dass du nicht gerade eine verdeckte Depression durchmachst oder etwas in der Art?«

»Ganz sicher, Tava, ganz sicher. Ich schlafe in letzter Zeit wieder wie ein Baby, das spricht für sich. Ich nehme keine Schlaftabletten mehr, keine Beruhigungsmittel und ich träume wieder.«

»Schöne Träume?«

»Keine Ahnung, ich träume von Dingen, die ich schon vergessen hatte, die teils lange zurückliegen. Ich träume von Sophie. Die hast du nie kennengelernt. Meine erste Liebe. Ich dachte, ich hätte ihr Gesicht vergessen, und jetzt sehe ich es wieder vor mir. Ich träume von der Zeit, als ich Lehrer war, ich sehe auch Gesichter von Schülern vor mir, Schüler, die weder besonders gut noch besonders schlecht noch besonders große Störer waren, nein, von den Unsichtbaren, die in den meisten Klassen die Mehrheit stellen. Mit einem Mal sehe ich sie wieder vor mir. Ich erinnere mich sogar an ihre Namen, aber wenn ich aufwache, habe ich sie vergessen. Das ist das Einzige, das mich traurig macht.«

»Du solltest mit deiner Mäzenin drüber reden, wie heißt sie noch mal? Die ist doch Psychotherapeutin, oder?«

»Constance? Die sehe ich nicht mehr. Oder sie sieht mich nicht mehr.«

»Ist vielleicht auch gut so. Wie interpretierst du deine Träume?«

»Sie geben mir das Gefühl, dass ich mal ein Leben gehabt habe. Und dass ich ihm keine Beachtung geschenkt habe. Ganz einfach.«

»Nun übertreib nicht ... Du hast deine Bücher, und dann hast du geliebt und bist geliebt worden. Du bist ein wenig in der Welt rumgekommen, du hast dich eine Zeit lang auch politisch engagiert ... Das ist doch nicht nichts in dieser Gesellschaft von lebenden Toten.«

»Sicher, aber ich habe das Gefühl, mich in einer Art andauernder Gegenwart verfangen zu haben. Offenbar habe ich eine Veranlagung dazu, eine schlechte Veranlagung, und die jetzige Zeit befördert das zusätzlich. Neben sich selbst herleben, um sich keine Fragen stellen zu müssen. Meine Bücher, wie du sagst, waren auch nur ein raffinierteres, perverseres Mittel, es nicht zu tun, und alles in ein mehr oder minder gut verschnürtes Päckchen zu verpacken, das ich an den Leser weiterreichte.«

»Willst du deshalb weg?«

»Weg? Wohin?«

»Du weißt genau, was ich meine, Guillaume. Weggehen. Schluss, aus! Ich glaube nicht, dass du dir das Leben nehmen willst. Oder höchstens auf symbolische Art. Aber ich glaube, dass du weggehen willst. Das Ziel spielt dabei keine große Rolle, nur irgendwo am Rande leben oder anderswo. Nicht einmal, um einen Neuanfang zu machen, nein, sondern um dich von dieser Welt hier zu erholen, und um dich von dir selbst in dieser Welt hier zu erholen. Du brauchst gar nicht so ein Gesicht zu ziehen, ich bin dein Freund, und ich kann zwischen den Zeilen lesen, vor allem in deinen Gedichten. Du hast viele Schwächen, Guillaume, aber du schreibst nicht ohne Grund. Und weißt du was, ich würde mich freuen, wenn die erste Etappe deiner Rundreise ins Nirgendwo Eymoutiers wäre. Eymoutiers ist in gewisser Weise der offizielle Grenzposten zum Nirgendwo ...«

»Willst du mich davon abbringen?«

»Du vergisst, mein lieber Genosse, dass ich im Gegensatz zu dir altem Stalinisten immer antiautoritär eingestellt war. Du kannst tun und lassen, was du willst. Aber komm vorbei, einverstanden?«

»Einverstanden, Tava, einverstanden.«

Als ich vom Bahnhof zurückkam, öffnete ich den Briefkasten: Zwei Rezensionsexemplare, eine Rechnung, ein Aviso für ein Zeilenhonorar und ein ganz schlichter Briefumschlag. Er war vor über zehn Tagen abgeschickt worden. Ein sehr kurzer Brief von Marcheur:

Mein lieber Guillaume,
es geht mir sehr gut. Ich habe eine Stelle als Kellner in einem Café in einem kleinen, bretonischen Hafen. Ich denke, du wirst das Feingefühl besitzen, mich nicht zu suchen und vor allem niemandem, nicht einmal Céline, zu sagen, wo ich bin. Ich werde wohl für einige Zeit hierbleiben, vielleicht noch die anstehende Saison machen, vorausgesetzt der Wirt findet nicht, dass ich zu viele Gläser zerbreche. Ich schlafe in einem einfachen, sauberen Zimmer mit weiß gekalkten Wänden über dem Bistro. Der Lohn ist mager, aber mir ging es noch nie so gut wie jetzt. Die Pléiade-Ausgabe von Larbaud, die du mir geschenkt hast, ist mein einziger Luxus. Larbaud ist wirklich gut. Der Ort würde dir gefallen und die Arbeit sicher auch. Das ist das wahre Leben. Mir fehlt nichts und niemand. Nicht mal Elias. Ich weiß nicht, ob ich jede Menschlichkeit verloren habe oder ob ich endlich beginne ein wirklich menschliches Leben zu leben.
Dein Freund
François M.

P.S. Ich weiß nicht, wie lange ich keinen Brief mehr verschickt habe, einen handgeschriebenen, meine ich. Entschuldige die Schrift. Auch diese Fertigkeit ist uns verlorengegangen.

»Céline?«

»Trimbert? Hast du einen Brief bekommen?«

»Ja.«

»Ich auch.«

»Und was schreibt er?«

»Es sind nur zwei Zeilen, Trimbert, zwei Zeilen nach siebzehn Jahren ... Er schreibt, es ginge ihm gut und er käme nicht zurück. Das ist alles. Und dir?«

»Auch nicht mehr, Céline.«

»Lügst du mich auch nicht an, du Dreckskerl?«

»Nein, ich lüge dich nicht an, mehr schreibt er nicht.«

Auf einer Chaiselongue

»Hat's dir gefallen?«

»Das Essen? Ja, sehr. Und dieser Sancerre war wirklich ausgezeichnet.«

»Nein, ich meine, ob dir gefallen hat, was wir gerade gemacht haben.«

»Hat man das nicht gemerkt? Weißt du, Colonel, diese Frage ist nicht mal Old School, die ist einfach nur prollig. Oder kindisch, nenn es wie du willst.«

»Dann bin ich also ein kindischer Proll. Ein fünfzigjähriger, kindischer Proll. Gib mir eine Zigarette …«

»Und dann rauchst du auch noch nach dem Sex! Du lässt heute wirklich kein Klischee aus. Hat dir die Besprechung so zugesetzt, oder was?«

»Du musst zugeben, dass man es da mit der Angst zu tun bekommt.«

»Und wenn das nur Hirngespinste von ein paar paranoiden Spezialisten sind, die so lange an ihren Super-Computern herumgespielt haben, bis ihre unglaublich hoch entwickelten Programme gefunden haben, was sie finden sollten?«

»Das habe ich ja auch erst gedacht. Das haben wir alle erst gedacht. Aber es war Sanders, der uns das dargelegt hat. Klar, er ist ein Paranoiker, wie alle beim Geheimdienst. Ich würde sogar behaupten, dass wir dafür bezahlt werden, paranoid zu sein. Allerdings kann man Sanders beim besten Willen nicht als Träumer und auch nicht als Romantiker bezeichnen, im Gegensatz zu vielen anderen bei uns.«

»Das heißt, du glaubst, er hat Recht?«

»Ja, *mon petit Capitaine*, das tue ich.«

»Letztlich ist es kein Wunder, dass die Leute weggehen.«

»Warum?«

»Sieh dir doch mal an, wie ihr Leben, wie unser Leben aussieht. Da möchte man schon manchmal alles hinter sich lassen.»

»Du auch?«

»Ich habe mal dran gedacht, flüchtig. Nur so ein Traum ... Der Traum, sich in Luft aufzulösen.«

»Wenn alle aufhören, wenn alle weggehen, dann bricht unsere Gesellschaft in wenigen Jahren zusammen. In acht bis zehn Jahren, sagen die Experten. Und das ist noch optimistisch geschätzt ...«

»Und das ist keine konzertierte Bewegung?«

»Nein, das ist ja so beunruhigend daran. Wenn ein Politiker dazu aufgerufen hätte, ein philosophischer Thinktank dahinterstünde, eine Splittergruppe aus der autonomen Szene oder von den Preppers, wären wir auf vertrautem Terrain. Dann wäre es eine Mode, mehr nicht ... Aber nein. Diese Sache ist nicht organisiert, es kann jeden treffen. Das kann ein leitender Angestellter sein, der seinen Arbeitsplatz verlässt, obwohl er gerade Karriere macht; ein Lehrer, der eines schönen Morgens nicht mehr seine Schüler in Empfang nimmt; eine Mutter, die ihre Kinder nicht von der Schule abholt. Es ist ja nichts Neues, dass Leute verschwinden, abhauen, schwänzen, aber dafür hatten sie bisher immer mehr oder minder klare Motive: Junge Leute, die Häuser oder unerschlossenes Bauland besetzen, weil sie lieber in einem selbstbestimmten Prekariat leben wollen als in einem, das ihnen vom System auferlegt wird. Arbeitslose, die es in den Süden zieht, weil Armut in der Sonne leichter zu ertragen ist, wie es schon in dem Chanson von Charles Aznavour heißt. Du weißt, welches ich meine? Man kann es ihnen nicht verübeln. In Montpellier von Sozialhilfe zu leben ist allemal angenehmer als in Roubaix. Aber schon jetzt kommt es dadurch zu einer demografischen Schieflage im Land, man glaubt es nicht. Und dann gibt es noch diese Aussteiger, die gut bezahlte Jobs aufgeben, um aufs Land zu ziehen und dort Kommunen zu gründen, die sich selbst versorgen wollen. All das kannte man bereits, wenn auch nicht in dem Ausmaß, das wir seit einigen Monaten erleben. Aber dieses Mal, glaub mir, kann es jeden treffen. Es trifft auch Leute, von denen man meint, sie hätten ihren Platz in unserer Gesellschaft gefunden und würden zu den Gewinnern gehören, davon gibt es schließlich nicht so viele. Da hilft uns auch der Ausnahmezustand nicht weiter. Wir können sie überwachen, ja, aber wir können das nicht verhindern. Wir sind wie diese Spezialisten, die über extrem feine Messgeräte verfügen, um ein Hochwasser oder ein Erdbeben zu messen, und die sogar voraussagen können, wann der Scheitelpunkt des Hochwassers erreicht wird, oder es zu Nachbeben kommt, aber denen die Hände gebunden sind.«

»Aber dadurch wird doch nicht gleich das System lahmgelegt …«

»Tja, stell dir vor, *Capitaine*, letzte Woche zum Beispiel hat der für die Sicherheit von sämtlichen Atomkraftwerken im Land Verantwortliche eines Morgens angerufen und gesagt, er käme nicht mehr zur Arbeit. Der ist vierzig. Er ist nach Vierzon gezogen. Überleg mal, Agnès, Vierzon! Als man ihn fragte, warum ausgerechnet Vierzon, antwortete er, er habe gesehen, wie ein Kind in der Yèvre angelte, bei einer Brücke, an der Stelle, wo sie in die Cher fließt. Es sei zwei Uhr nachmittags gewesen, und er habe einfach Lust gehabt, es ihm nachzutun. Es sei ganz offenkundig das, was er bis ans Ende seiner Tage tun wolle: In der Yèvre angeln, im Stadtzentrum von Vierzon, gemeinsam mit Kindern.«

»Und …«

»Er hat sich dort eine Wohnung gemietet und verbringt seine Zeit nun mit Angeln. Und dann fängt er noch nicht mal was, dieser Idiot, wie uns unser Agent erzählt hat, der für seine Überwachung zuständig ist. Schließlich wollen wir wissen, ob er sein Knowhow an irgendeinen multinationalen Konzern oder eine ausländische Macht verkauft …«

»Ich gehe mal davon aus, dass man ihn mühelos ersetzen kann?«

»Ja, vorläufig schon, aber wenn das so weitergeht, dann haben wir ein Problem. Wir haben schon jetzt ein ziemlich großes Problem. Du kennst doch Delaigue, Sébastien Delaigue, oder?«

»Den Minister für den ländlichen Raum? Diesen jungen, ultraliberalen Ehrgeizling, der immer superdynamisch ist und so …«

»Ja, genau den, aber er ist nicht mehr Minister … Es ist noch nicht bis zu den Medien durchgesickert, aber wir haben maximal achtundvierzig Stunden, um uns eine Verlautbarung aus den Fingern zu saugen. Spätestens dann wird es auffallen. Und das mitten während der laufenden Proteste, das macht einen schlechten Eindruck in der Öffentlichkeit, einen ganz schlechten.«

»Ist er zurückgetreten?«

»Offiziell jedenfalls nicht. Er ist seit einer Woche nicht mehr im Ministerium erschienen. Ohne Erklärung. Seine Frau wusste auch nicht, wo er abgeblieben war. Wir haben dann sämtliche Möglichkeiten durchgespielt. Wir dachten sogar an eine Entführung.«

»Ja und?«

»Von wegen! Er war im Haus seiner Familie, in das seit dem Tod seiner Eltern niemand mehr fährt. Es liegt in der Bretagne, in der Nähe von Cancale. Er saß auf einer Chaiselongue und las Proust, mit Blick aufs Meer. Als seine Personenschützer ihn schließlich gefunden hatten, mussten sie ihn regelrecht zwingen, das abhörsichere Handy entgegenzunehmen, um mit Matignon zu sprechen. Wir haben bei den Personenschützern aller wichtigen Politiker einen von unseren Leuten eingeschleust. Der hat es uns erzählt. Er hat gehört, wie der Premierminister ins Telefon gebrüllt hat. Er muss regelrecht die Nerven verloren haben … Und Delaigue, die Ruhe selbst, sagte immer nur: ›Ja, aber das ist mir mittlerweile, ehrlich gesagt, ziemlich egal.‹ Wenn man bedenkt, dass dieser Typ als Mehrheitsführer in der Nationalversammlung gehandelt wurde oder als Kandidat für das Wirtschafts- und Finanzministerium bei der nächsten Regierungsumbildung ... Er ist einer der Hoffnungsträger der französischen Politik.«

»Das will nicht viel heißen.«

»Spar dir bitte solch billige Bemerkungen ... Und es steckte weder eine Geliebte dahinter, noch Drogensucht, noch ein Traumjob in der Privatwirtschaft, noch eine Depression. Es sei denn, es handelt sich um eine Form von Depression, die wir noch nicht kennen. ›Ja, aber das ist mir mittlerweile, ehrlich gesagt, ziemlich egal.‹ Scheiße nochmal.«

»Und seine Frau?«

»Seine Frau ist am Boden zerstört. Sie ist hingefahren, hat versucht zu verstehen, was mit ihm los ist. Bei ihrer Rückkehr hat sie dem Premierminister erzählt, dass sie das Gefühl hatte, mit einem Fremden zu sprechen, gegen eine Wand zu reden. Eine sehr höfliche Wand, das schon, aber eine vollkommen gleichgültige Wand. Es war Delaigue auch egal, ob sie dablieb oder wieder abfuhr. Er reagierte noch nicht einmal, als sie ihm erzählte, dass ihr einziger Sohn, der neun Jahre alt ist und den er abgöttisch liebt, einen Fecht-Wettbewerb gewonnen hat.«

»Wenn ich das richtig verstehe, besteht die Lösung des Dienstes darin, ihn umzulegen. War das deine Idee?«

»Nein, ich habe mich dem Vorschlag nur angeschlossen, weil ich keine andere Lösung sehe, zumindest im Moment. Natürlich sollen nicht alle, die auf diese Art weggehen, beseitigt werden. Das würde auffallen. Wir verzeichnen immerhin dreißig Fälle am Tag, seit wir das Phänomen identifiziert haben. Der erste Fall liegt etwa achtzehn Monate zurück, möglicherweise sogar schon zwei Jahre. Nein, wir wollen gezielt Entscheidungsträger ins Visier nehmen, Prominente, Leute, über die regelmäßig in den Medien berichtet wird. Auch von denen soll es nicht alle treffen und nicht alle auf einen Schlag. Aber gut, du weißt ja, wie wir das machen: Hier ein Autounfall, da eine Einweisung in die Psychiatrie auf Anordnung eines Dritten. Oder auch mal ein Attentat, Tod durch Ertrinken, Selbstmord. Wenn wir eins beherrschen, dann ist es das Vertuschen von unnatürlichen Todesursachen. Bei Delaigue ist es einfach. Wenn er nicht gerade in Begleitung seiner Comtesse de Guermantes ist, dann macht er auf seiner 13-Meter-Yacht eine Spritztour nach Jersey. Wir schmeißen ihn einfach ins Meer, das ist keine große Sache … Morgen Nachmittag, schätze ich.«

»Denkst du, das genügt?«

»Keine Ahnung, aber eins ist klar, wenn allgemein bekannt wird, dass dieses Verhalten in den Eliten um sich greift, dann kommt es zu einem Schneeballeffekt. Du hast mir selbst gerade gesagt, dass dich das schon mal gereizt hat, diese Idee: ›Ich lasse alles hinter mir, ich gehe weg‹. Also stell dir nur mal vor, was passiert, wenn Hunderttausende entscheiden, dass so jemand wie Delaigue Recht hat, dass das alles keinen Sinn mehr hat, dass es Zeit ist, damit aufzuhören, vom Radarschirm zu verschwinden, dass all das sie nicht mehr interessiert … Findest du das witzig?«

»Ein bisschen schon. Das sollte ich nicht, ich weiß. Aber seit ich beim Dienst bin, malt man mir aus, welche Gefahren dem System drohen. Da dachte man an ein sehr viel spektakuläreres Ende: Eine Klimakatastrophe, einen Atomunfall, großflächige, terroristische Angriffe mit Bio-Waffen, zum Beispiel mit einem in der Metro von Paris, Lyon oder Marseille verbreiteten, genveränderten Ebola-Virus. Wir hatten sogar einen Notfallplan für den Fall, dass ein gigantischer Hackerangriff zu einem Blackout führen würde. Man war auf alles gefasst, aber nicht auf diese Art von schleichender Abspaltung, von der du berichtest. Daran hätte doch im Traum niemand gedacht!«

»Das eine schließt das andere leider nicht aus. Verstehst du jetzt, warum ich Muffensausen habe?«

»Ja, verstehe ich. Aber was machst du da eigentlich, Colonel? Du weißt, dass mich das richtig heiß macht.«

»Ich weiß, *mon petit Capitaine*, eben darum mache ich es ja.«

»Gute Idee von dir.«

Du solltest es doch lassen, Trimbert,
also lass es …

Sechsundneunzig Stunden in Porto. Den Douro und den Atlantik wiedersehen, mit Schülern vom Französischen Gymnasium über Gedichte im Allgemeinen und meine Gedichte im Besonderen reden, sie dazu auffordern, selbst ein Gedicht zu verfassen … Nimm dich in Acht, Trimbert, vor der Schönheit des Augenblicks, bitte, nimm dich in Acht vor der Schönheit des Augenblicks.

Schon vor drei Jahren hörtest du an eben diesem Gymnasium den weichen Akzent der jungen Mädchen aus der portugiesischen Oberschicht. Wäre die gesamte Menschheit so gewesen, vielleicht wäre das Leben dann erträglich gewesen: Dieses Lächeln wie aus einem Gemälde von Correggio; diese Hände, die vergeblich eine widerspenstige Haarsträhne hinters Ohr steckten; diese aufmerksamen und klaren Gesichter, deren Profil sich vor dem Nachmittagshimmel abzeichnete; diese Geste, mit der sie ihre teuren Stifte an die Lippen führten, während ihr Blick in die Ferne ging und wie er aufleuchtete, wenn ihnen ein zündender Gedanke gekommen war; und wie sich ihr Nacken erneut herabbeugte: Das Entstehen eines Gedichtes, ein Moment voller Anmut.

Hätte ich eine Tochter gehabt, hätte ich mir gewünscht, sie wäre so wie sie: Schön, intelligent, melancholisch und mit der Saudade im Blut. Hässlich zu sein ist für eine Heranwachsende eine echte Tragödie, eine Ungerechtigkeit, gegen die man nicht aufbegehren kann.

Dir ist schon klar, Trimbert, dass diese Zeilen empörend sind. Überhaupt ist man in dieser Welt viel empört, auch wenn nicht unbedingt über die Dinge, über die man sich empören sollte, aber wie auch immer, das ist nun einmal die bevorzugte Haltung deiner Zeitgenossen. Man würde dir erklären, dass Schönheit und Hässlichkeit etwas rein Subjektives seien, und dich als Arschloch bezeichnen. Was nichts daran ändert, dass Schönheit nun einmal existiert und mir im Französischen Gymnasium von Porto begegnet ist. Schon als das Flugzeug der TAP von Roissy abhob, war ich voller Vorfreude.

Wenn ich mehrere Tage Portugiesisch höre, dieses Gezwitscher, dem zugleich etwas Musikalisches, Beschwingtes und Mattes innewohnt, dann denke ich, dass der Turmbau zu Babel ein echter Glücksfall war. Man stelle sich nur einmal vor, Gottes Sprache wäre zum Beispiel Deutsch gewesen, oder noch schlimmer, Niederländisch …

War's das jetzt, Trimbert? Deutsch ist eine sehr schöne Sprache, das Niederländische genauso. Reiß dich zusammen, alter Junge.

Dieser Ausflug kommt genau zum rechten Zeitpunkt. Paris ist in jeder Hinsicht zum Ersticken. Durch die Hitze erreicht die Luftverschmutzung permanent Höchstwerte, die Streiks dauern an, aber die Regierung gibt nicht nach. Als wäre das nicht genug, kommt es in den Vorstädten zu Krawallen und vereinzelt auch zu Anschlägen. Sie werden immer häufiger. Es handelt sich um einen Terrorismus der Armut, einen Terrorismus der Armen: Man sticht jemanden in der Metro nieder, man rast mit dem Auto in einen Kindergarten und schreit dabei Allahu Akbar, bevor man von der Menge gelyncht oder von den Bullen erschossen wird. Es heißt, im

Essonne und im Val-de-Marne wären Todesschwadronen unterwegs. Der Kampf der Kulturen, der Bürgerkrieg, nachdem man beides so lange gefürchtet oder auch herbeigeredet hat, das weiß man nicht mehr so genau, hat man es nun bekommen. Der Mann von Constance und seinesgleichen verbreiten sich wie gewohnt in den Medien, im Sinne von: ›Wir haben es euch ja gesagt‹, Tattergreise, die sich als warnende Nachtigallen gerieren, die schon früh vor drohenden Massengräbern gewarnt haben.

Da Tavaniello abgereist ist, muss ich zumindest nicht weiterhin so tun, als würde ich mich noch für die soziale Bewegung interessieren. Ich bleibe in meiner Wohnung am Square Delormel, bei weit geöffneten Fenstern, damit die Luft ein wenig zirkulieren kann. Ganate, der Katze, ist genauso warm wie mir, und sie wirft mir vorwurfsvolle Blicke zu. Ganate ist alt. Ich habe sie, seit ich nach Paris gekommen bin. Das ist jetzt fast siebzehn Jahre her. Ich glaube, ich hatte bisher zu keinem anderen Lebewesen eine so langjährige Beziehung. Als ich beim Blick in meinen Kalender sah, dass da über vier Tage hinweg »Porto« stand, ein Termin, den ich ehrlich gesagt vergessen hatte, war ich beglückt über die Aussicht, an den Atlantik zu reisen. Ich hatte schon den Duft des Ozeans an der Promenade de l'Avenida do Brasil in der Nase.

Kann man in Porto verschwinden? In Lissabon ja, das weiß ich. Das habe ich als junger Mann bereits einmal ausprobiert. Wann war das noch? Ein Jahr nach meiner Entlassung aus der Armee? Ja, das muss 1983 gewesen sein, im Juli 1983. Ich hatte noch während meines Militärdienstes die Aufnahmeprüfung fürs Lehramt gemacht und in Rouen ein Praktikum absolviert. Zu Beginn des nächsten Schuljahres im September sollte ich nach Lille gehen. Ich befand mich in einer Übergangszeit, die mir ganz gut gefiel. 1981 hatten Sophie und ich uns getrennt, sie hatte mir einen jungen Ehrgeizling von den Sozialisten vorgezogen, der später Minister werden sollte, während sie Karriere in der PR-Branche machte – ein Begriff, der damals noch neu war. Das ersparte ihr einen Umzug an einen 500 km entfernten Ort, um dort zu unterrichten, und zugleich verdiente sie damit sehr viel mehr Geld. Die 80er Jahre hatten begonnen. Das Albtraum-Jahrzehnt. In dieser Zeit, zwischen dem Ende meiner Beziehung zu Sophie und meiner Abreise gen Norden, stand mein Leben im Zeichen eines gewissen Chaos. Ich vertickte Artikel an die *Nouvelles littéraires*, versuchte einen Roman zu schreiben, Rouen gefiel mir, und mit meiner halben Stelle als Hilfslehrer verdiente ich mehr als genug und konnte mir eine Einzimmerwohnung in einem alten Haus mit einer reich verzierten Fassade im Croix-de-Pierre-Viertel leisten. Ein Viertel, in dem viele Arme lebten, für die es damals noch bezahlbaren Wohnraum in den Innenstädten gab. Ich verbrachte meine Zeit in den Betten diverser Mädchen. Es war die Ära vor Aids. Sex mit Unbekannten stellte damals noch keine tödliche Gefahr da. Wie habe ich in diesen zwei Jahren gelacht, getrunken, geliebt, gelesen, die Zeit des Militärdienstes inbegriffen. Marcheur, der vierzehn Jahre jünger ist als ich – wir haben das oft thematisiert – hat eine komplett andere Welt vorgefunden. Er hatte diese alte Welt nicht mehr erlebt, trauerte ihr aber genauso nach wie ich. Vielleicht steigerte er sich sogar noch mehr hinein als ich. Es gibt nichts Nostalgischeres als einen Kommunisten, denn der möchte nichts Geringeres als das verlorene Paradies für alle wiederfinden. Das klingt jetzt wie ein Nachruf. Dabei bin ich mir sicher, dass er da, wo er jetzt ist, so lebendig, ruhig und heiter ist wie nie zuvor. Ich sehe ihn direkt vor mir, wie er seine Larbaud-Lektüre nur unterbricht, um ab und an über einen Tisch zu wischen und den alten Belote-Spielern, die unken, dass es in der Nacht Sturm geben wird, ihren Weißwein oder ihr Bier hinzustellen.

Ich war gerne bei der Armee. Tavaniello würde sagen, da kommt meine stalinistische Seite zum Vorschein. Dabei hat das viel mehr mit Stendhal als mit Stalin zu tun. Ich war der kleine Lieutenant, der nicht viel mehr zu tun hatte als Offiziersanwärtern aus Schwarzafrika, die genauso gut Französisch sprachen wie er, ein paar Stunden Französischunterricht zu geben. Das war in Coëtquidan. Wirklich eine sehr glückliche Zeit. Da konnte ich endlich meinen ersten Roman schreiben, *Gnade ohne Wenn und Aber,* zwischen zwei Schießübungen mit der MAC-50 und Geländeläufen durch den Brocéliande-Wald, in dem man jederzeit hoffte, Elfen oder Feen zu begegnen, während die Helikopter der Heeresflieger im Tiefflug über die Baumwipfel hinwegflogen.

Ja, ich hatte mich in Lissabon mutwillig verirrt, in diesem Sommer 1983. Eigentlich wollte ich drei Tage bleiben und anschließend zu meinem Onkel an die Algarve fahren. Aus den drei Tagen wurden zehn. Ich hing in der Falle, wie der Seemann in *In der weißen Stadt* von Alain Tanner, ein Film, den ich erst sehr viel später sehen sollte. Ich gehörte einer Generation an, für die VHS-Kassetten noch etwas Neues waren. Wir hatten nur Filmclubs, um Filme anzuschauen. In Lissabon wandelte ich auf den Spuren des Jahres 1979, auf der Suche nach Orten, die ich gemeinsam mit Sophie besucht hatte. Aber schon bald interessierte mich selbst diese Suche nicht mehr. Ich war nur noch ein Wanderer, der zwölf Stunden am Tag durch die Stadt lief, sich in immer entlegenere Viertel verirrte, in kleinen Bistros Sardinen aß, in denen auf Schwarzweißfernsehern Fußballspiele oder brasilianische Soap-Operas liefen.

Und ich blieb einfach sitzen und sah zu, wie die Sonne mit den Azulejos des gegenüberliegenden Hauses spielte. Das Haus besaß keinen besonderen Charme, außer dem, sich in Lissabon zu befinden. An der Fassade hing ein verblichener Zettel, eine Todesanzeige, ich hatte keine Ahnung, wie die Straße hieß. Ich fühlte mich zutiefst glücklich und wie berauscht (was nicht auf den Weißwein zurückzuführen war) bei dem Gedanken, mich an diesem 22. Juli 1983 um 17.04 Uhr irgendwo in Lissabon verlaufen zu haben, nicht erreichbar zu sein, nicht auffindbar, da niemand wusste, dass ich hier war, wodurch mir alle Möglichkeiten offenstanden, inklusive der, für immer hierzubleiben, auf diesem Stuhl sitzen zu bleiben, mein Glas auszutrinken und mir dabei eine SG Gigante anzuzünden. Dann würde ich aufstehen und ohne große Betroffenheit feststellen, dass auf der Todesanzeige mein Name stand.

Man merkt gleich, das ist eine Weile her.

Erster Abend in Porto. Mein Koffer ist verschütt gegangen. Ich stehe da mit einem Chinesen, dem es genauso ergeht, und der weder Französisch noch Portugiesisch noch Englisch spricht. Die beiden Angestellten in Uniform in ihrem Büro voller verloren gegangener Gepäckstücke haben eine Engelsgeduld. Wenn das kein Zeichen sein soll? Eine Aufforderung, den Flughafen zu verlassen, aufs Geratewohl loszugehen, ein Reisender ohne Gepäck. Das Einzige, was mich zurückhält, ist vermutlich die Aussicht auf die Gymnasiastinnen, den Akzent, der einer Liebkosung gleicht, ihre in die Ferne gehenden Blicke.

Ich bin immer wieder überrascht festzustellen – und dabei kann ich verallgemeinernde Aussagen über Völker eigentlich nicht ausstehen –, nach den fünfundzwanzig oder dreißig Reisen, die ich innerhalb von vierzig Jahren nach Portugal gemacht habe, darunter auch längere Aufenthalte, dass die Portugiesen, egal in welcher Situation, immer die Ruhe bewahren und freundlich bleiben. Dabei muss es im April, Mai 1975 zwischen den Großgrundbesitzern im Alentejo und den kommunistischen Bauern ziemlich zur Sache gegangen sein. Aber die Portugiesen haben keinen aufbrausenden Charakter und verabscheuen Gewalt. Ihre Revolutionen, und da gab es einige, töten nicht, wie ein portugiesisches Sprichwort besagt, das Larbaud in *Gelb Blau Weiß* an irgendeiner Stelle zitiert. Und die Saudade, dieser unübersetzbare Ausdruck, ist ein melancholischer Zustand, den man zwar nicht überwinden kann, der aber nicht mit Verzweiflung oder Selbsthass zu verwechseln ist.

Nachdem ich meine Verlustanzeige aufgegeben habe – man versichert mir, das Problem schnell lösen zu können –, werde ich von der Medienbeauftragten des Gymnasiums in Empfang genommen. Ich möchte noch ein paar Dinge besorgen, bevor sie mich ins Hotel fährt. Das Erste, was ich in Porto zu sehen bekomme, sind also Einkaufspassagen, die leider auch immer zahlreicher werden. An ein paar Details kann ich ablesen, dass der Neoliberalismus, obschon das Land sich dagegen wehrt, auch hier immer bessere Arbeit leistet. Diese Einkaufszentren haben alle täglich bis 22 Uhr geöffnet. Man sieht viele bewaffnete Wachleute vor den Parkplätzen. Das Austeritätsdiktat hat seinen Preis.

Ich wohne im *Hotel Boa Vista*, das, wie der Name schon sagt, von seiner Dachterrasse aus einen großartigen Blick auf die Mündung des Douro bietet, auf den Ozean, das Forte de São João Baptista, das als Riegel für meine geliebte Avenida do Brasil fungiert, die kilometerlang am Meer entlangführt. Dieser Juniabend nimmt kein Ende, und hinter mir liegt das Gassengewirr von Foz Velha, einem ehemaligen Fischerdorf, das vor hundert Jahren von Porto geschluckt wurde. Das erinnert mich daran, dass man unweigerlich immer von seiner Vergangenheit oder seiner Zukunft eingeholt wird, was aufs Gleiche hinausläuft.

Es ist nur natürlich, dass mich diese Landstriche ansprechen, die maritimer nicht sein könnten. Das hat sicherlich mit meiner normannischen Herkunft zu tun, aber mindestens genauso viel mit der frühen Lektüre von *Der Hafen* von Baudelaire, ein Prosa-Gedicht, das mich geprägt hat, das ich schon nach dem ersten Lesen fast auswendig konnte, das war vor … Lass es, Trimbert, lass es.

»Ein Hafen ist ein schöner Zufluchtsort, Aufenthalt für eine von den Lebenskämpfen müde Seele. Die Weite des Himmels, die bewegliche Architektur der Wolken, die wechselnden Farben des Meeres, das Strahlen der Leuchttürme, sind ein wunderbar geeignetes Prisma, die Augen zu fesseln, ohne sie jemals zu ermüden …«

Du solltest es doch lassen, Trimbert, also lass es.

Da ich die Bücher und das MacBook im Handgepäck habe, kaufe ich mir nur Unterwäsche, Socken, Hemden und etwas Waschzeug. Und schon allein zur Bestätigung von Tavaniello, der sagte, ich sähe immer so aus, als würde ich einen Anzug tragen, selbst wenn ich keinen trage, kann ich einer wunderbar strengen Krawatte nicht widerstehen, im Stil eines protestantischen Bankers. So: Bücher, saubere Anziehsachen und etwas zu schreiben: Mehr brauche ich nicht.

Das Französische Gymnasium von Porto liegt in einer breiten, ruhigen Straße, man kann zwischen den Häusern hindurchblicken und das Meer erahnen. Man sieht es nicht, aber da ständig eine frische Brise weht, ist es allgegenwärtig. Die Schule liegt inmitten eines Koniferen-Wäldchens, und man hat von dort einen wunderbaren Blick auf die in der Ferne liegende Stadt. Es hat etwas von einem Countryclub, nur dass diese Golfer hier noch jugendlichen Alters sind. In der Bibliothek, einem verglasten Halbrund mit Blick auf den Horizont, umgeben von einem Säulengang, würde man sich gerne länger aufhalten um zu lesen oder, wie bei meiner ersten Begegnung mit Schülern aus der zwölften Klasse, ohne Ende über Morand und Pessoa zu sprechen.

Nur zwei portugiesische Polizisten vorm Eingang in schusssicheren Westen und mit Maschinenpistolen sind ein Hinweis darauf, dass wir in schwierigen Zeiten leben.

»Ich glaube, Monsieur Trimbert, man müsste das Meer und die Frauen und die Länder immer so sehen können, wie ein Gedicht das Meer, die Frauen und die Länder sieht.«

»Ich denke, ich weiß was du meinst, Miguel, aber kannst du das noch etwas ausführen? Aber vielleicht genügt das auch, vielleicht ist es gar nicht nötig, das weiter auszuführen.«

Am dritten Abend in Porto esse ich alleine im *A Capoeira*, nur ein paar Schritte vom *Boa Vista* entfernt. Der *bacalhau a braz* ist gut, das leichte Bier vom Fass, *Imperial* oder *Super Bock* (ich habe heute Abend keine Lust auf *vinho verde*) erfrischt meinen Gaumen. Schlechten Bacalhau in Portugal zu finden ist ungefähr genauso schwer, wie jemanden zu finden, der unfreundlich ist. Das gibt es sicher, aber man muss schon danach suchen oder einfach Pech haben. Im Grunde esse ich nicht wirklich allein, da ich meinen alten Gallimard-Band mit Gedichten von Pessoa dabeihabe, den ich in Lille gekauft und 1987 im Zug von Paris nach Rom zu lesen begonnen habe, auf Hélènes und meiner Hochzeitsreise. Da lebte ich bereits zwei Jahre mit meiner Kampfsportlehrerin zusammen. Sie wollte diese Hochzeit unbedingt, dabei scherte sie sich ansonsten überhaupt nicht um Konventionen. Auch da, im Liegewagen, konnte ich die gelesenen Verse fast augenblicklich auswendig. Verse, mit denen man würde leben müssen. Sie hatten fast etwas Frustrierendes, denn sie gaben genau wieder, was ich empfand. Es war also überflüssig, dass ich es noch aufschrieb. Mein »Pont-Mirabeau«-Syndrom.

Ich weiß nicht, ob das Leben zu wenig ist für mich oder
zu viel.
Ich weiß nicht, ob ich zu viel oder zu wenig fühle,
ich weiß nicht,
Ob es mir an geistigem Skrupel fehlt, einem Fixpunkt
in meinem Verstand,
Einer Blutsverwandtschaft mit dem Geheimnis der Dinge,
an Erschütterung
Bei Begegnungen, an Blut unter Schlägen, an Empfindsamkeit
gegenüber Geräuschen,
Oder ob es eine andere Erklärung gibt dafür, einfacher
und glücklicher.

Du triffst es auf den Punkt, Fernando, besser kann man es nicht ausdrücken.

Als ich von einem Essen mit den Lehrern vom Französischen Gymnasium in einem Fischerrestaurant in Matosinhos zurückkam, teilte man mir am Empfang im *Boa Vista* mit, dass mein Koffer wieder aufgetaucht sei. Man kann nicht behaupten, dass ich begeistert gewesen wäre. Das hieß, es gab kein Zeichen mehr. Mein blauer Koffer hatte mich eingeholt, so wie Porto einst Foz Velha eingeholt hatte. Als ich ihn auf der Kofferablage im Zimmer liegen sah, war ich direkt traurig. War es also so schwer zu verschwinden, mit allem zu brechen, die Anker zu lichten? Ich hätte das Adressetikett herausziehen sollen, das mir zunehmend sinnentleert erschien. Wer war dieser Guillaume Trimbert, wohnhaft 7, Square Henri Delormel, 75014 Paris? Dahinter stand eine Handynummer, die ich nach fünfzehn Jahren immer noch nicht auswendig kannte.

Ich seufzte, öffnete die Minibar, machte ein Sagres auf und legte mich aufs Bett, um am Computer die Gedichte der Schüler zu lesen und zu überarbeiten. Da tauchte ein anderes Zeichen auf, als sollte es das Zeichen des verlorenen Koffers ersetzen. Ich überprüfte routinemäßig, da ich es seit Monaten nicht getan hatte, die Mailbox meines Blogs, Trimbert scopitones, in dem ich nur noch sporadisch etwas postete, und öffnete folgende Nachricht:

Guten Abend, Monsieur Trimbert,

Ich habe gerade »Sommerquartier« zu Ende gelesen. Es hat mir sehr gut gefallen.

Es ist schon merkwürdig, seinen Namen in einem Roman zu lesen.

Als ich das Apollinaire-Zitat gelesen habe, das Sie vorangestellt haben, »Öffnet diese Tür, oder ich schlage weinend dagegen«, sind Erinnerungen hochgekommen. Sehr gute Erinnerungen.

Danke, Monsieur Trimbert.
Ich hoffe, ich sehe Sie mal wieder.
Ich denke, ich sollte eine Widmung bekommen …
Leïla Khider.

Die Nachricht war zwei Tage alt und war die letzte auf einer beeindruckend langen Liste von Nachrichten, die sich unter trimbertscopitones@gmail.com angesammelt hatten.

Ich habe keine Ahnung, was mich in dieser Nacht, während ich die Wellen des Atlantiks draußen hörte und das Nebelhorn an der Mündung des Douro, dazu getrieben hat, auf diesen Blog zu gehen, um den ich mich nicht mehr kümmerte, und die Nachrichten darauf zu lesen. Leïla Khider schickte mir ein Zeichen aus der Tiefe der Vergangenheit. Ich wusste nur noch nicht, was für eins.

Sommerquartier war mein letzter Roman, im Herbst 2015 erschienen. Und ich denke der letzte, den ich überhaupt geschrieben habe. Es ist ein Kriminalroman, der erzählt, wie ein Mädchen mit Migrationshintergrund in einer Phantasie-Stadt in irgendeiner Unterpräfektur der Normandie hin- und hergerissen ist zwischen seiner Familie und dem Wunsch nach Unabhängigkeit, und so unter die Fuchtel eines Mannes gerät, der als Linksextremist an bewaffneten Aktionen beteiligt war und nun, nach zwanzig Jahren Gefängnis, als Streetworker in ihrem Viertel arbeitet. Es nimmt kein gutes Ende für sie. Sie wird zum Lustobjekt dieses narzisstischen Perversen, der durch viele Jahre Isolationshaft verrückt geworden ist. Während seiner Haftzeit hat er darüber hinaus ein Auge und mehrere Finger verloren. Der Roman fand die übliche Leserschaft, die nach wie vor so klein war, dass es zum Verzweifeln war. Dabei warfen einige Kritiker mir vor, durch meine Darstellung der Banlieue die Leute dort zu »stigmatisieren«. Andere Kritiker warfen mir vor, frühere Mitglieder von Gruppen wie der *Action Directe* überzeichnet dargestellt zu haben, und wieder andere, nicht die wahren

Probleme anzusprechen, will heißen, den radikalen Islamismus, der für so viele Todesopfer verantwortlich war. Der Mann von Constance sagte das zum Beispiel. Er hatte sich dazu herabgelassen einen Krimi zu lesen, diese Nischenliteratur, und äußerte sich bei einem Dîner in der Avenue Paul-Doumer äußerst abfällig darüber, einem Dîner, bei dem ich nicht war, da ich dort nicht mehr hinging, was ich kein bisschen vermisste.

Ich hatte mit diesem Roman Noir etwas viel Einfacheres erzählen wollen, nämlich die Geschichte einer ungeheuerlichen Liebe und zugleich den Mädchen aus Lille-Sud und ihrem Mut eine Hommage erweisen, meinen früheren Schülerinnen. Diese Mädchen kämpften gegen sämtliche soziale Determinationen, die man sich nur vorstellen konnte. Und eben mit meinen Äußerungen zu diesem Thema, Äußerungen, die wirklich von Herzen kamen, hatte ich Mariama verführt, nicht mit meinen sexuellen Heldentaten, wenn ich es recht bedachte. Diese jungen Mädchen hatten oftmals keine andere Wahl, als sich entweder zu unterwerfen oder, wenn sie ihre Weiblichkeit und Unabhängigkeit auch nur ansatzweise zeigen wollten, als Schlampe zu gelten. Wenn ich sie in meinem Collège in Lille-Sud so ankommen sah in ihren engen Jeans, mit offenem Haar und Schuhen mit Keilabsatz, dachte ich immer, dass sie etwas Heldenhaftes hatten. Sie waren meist gut gelaunt, hatten ihre Hausaufgaben erledigt, obwohl sie in den überfüllten Wohnungen kaum Platz zum Lernen hatten, und von ihren Brüdern, die keinen Finger krümmten und darauf beharrten »ihren Umgang« zu überwachen, wie bessere Dienstmädchen behandelt wurden. Ich nannte sie insgeheim »meine kleinen Kämpferinnen« oder »meine kleinen Rebellinnen«. Und Leïla Khider beeindruckte mich am meisten von allen. Ihr Name war mir im Gedächtnis geblieben und zwanzig Jahre später wie selbstverständlich aus der Feder geflossen, als ich einen Namen für meine Romanfigur brauchte.

Guten Abend Leïla,

das freut mich wirklich, weißt du. Natürlich solltest du eine Widmung erhalten! Wo arbeitest du denn? Ich habe deine Mail in Portugal gelesen. Ich bin für ein paar Tage am Französischen Gymnasium in Porto für einen Workshop mit Schülern. Da kommt mit einem Mal wieder ein ganzes Stück Vergangenheit hoch, und das, wo ich doch weit weg bin.

Mit besten Wünschen, bis ganz bald,

Guillaume T.

Am nächsten Morgen, als ich auf der Dachterrasse des *Boa Vista* beim Frühstück saß, in einem bläulichen Dunst, der meinen Eindruck noch verstärkte, mich außerhalb der Zeit zu befinden, ertappte ich mich dabei, wie ich wie irgend so ein Geek nervös mein Handy zur Hand nahm, um zu sehen, ob Leïla mir geantwortet hatte. Ihre Antwort kam gerade in dem Moment, als der Wagen des Französischen Gymnasiums eintraf, um mich abzuholen.

Hallo,

ich freue mich über die Antwort. Ich würde ja auch nach Portugal kommen, um mir meine Widmung abzuholen, aber ich habe gerade andere Verpflichtungen.

Ich arbeite in Sarrant im Gers.

Noch einen schönen Aufenthalt in Porto,

Leïla

Ich hatte mich schon lange nicht mehr so gut gefühlt. Der Tag im Französischen Gymnasium, der ebenfalls in diesen bläulich-goldenen Dunst gehüllt war, der über der Mündung des Douro lag, hatte etwas von einem Traum und war frei von jedem Missklang. Erst wurden die Gedichte vorgelesen, in dieser zwitschernden Sprache. Dann folgte das Essen mit den Lehrern in einem kleinen Restaurant, das eingezwängt zwischen den Patriziervillen des Viertels wie ein Fremdkörper wirkte. Es strahlte eine ganz eigene Art von abgestumpfter Routine aus, die insofern anders war, als sie portugiesisch war. Dort nahmen seit ewigen Zeiten die scheinbar immer gleichen alten Damen ihre Medikamente ein und verspeisten dazu ihren *arroz doce*. Während ich mit wieder erwachtem Appetit mein *prato do dia* aß, ein *porco a l'alentejana*, erschien Leïla vor meinem geistigen Auge. Ich war mir nicht mehr sicher, aber das muss wohl 1998 gewesen sein, eines meiner letzten Jahre am Collège von Lille-Sud. Leïla Khider…

Aber ich schiebe es auf später auf, mich genauer an sie zu erinnern, um es besser auskosten zu können. Nach so vielen Jahren wieder von ihr zu hören, beglückt mich einfach.

Ich antwortete den Lehrern, die sehr charmant waren, wie alle Emigranten, wenn sie jemanden aus ihrem Herkunftsland treffen, und die angenehm gleichförmige Unterhaltung verstärkte das Gefühl von Irrealität. Sie fragten mich, was ich über die Lage in Frankreich dächte, über das eigenartige und beängstigende Klima dort, zwischen Attentaten, Massenprotesten und Streiks. »Darum haben wir auch einen TAP-Flug für dich gebucht.« Wir duzten uns ganz selbstverständlich, schon bei meinem ersten Aufenthalt. Schließlich war ich ein ehemaliger Kollege, und auch ich gehe gerne schnell zum Du über. Sie fragten mich nach meinen nächsten Projekten. Fast hätte ich geantwortet, Leïla in Sarrant treffen und gleich nach meiner Ankunft dort mein Handy wegwerfen. Ich sagte nur, ich hätte einen Gedichtband geplant, ohne überhaupt zu wissen, ob das stimmte, ob ich wirklich Lust dazu hätte. Sie fragten mich nach dem Titel und ich sagte, ich zögerte noch zwischen *Die Verdunkelten* und *Die Überlebenden kontaktieren*.

Irgendwann fiel mir auf, dass die Lehrerin, die mich das erste Mal eingeladen hatte, eine Frau namens Sarah Rafaël-Marecos, die halb Französin und halb Portugiesin war, eine sehr schöne Frau, nicht mehr am Gymnasium war. Sie hatte mich damals am Flughafen abgeholt in einem 204er Cabriolet, in dem überall Zeitungen herumlagen, darunter

Avante!, und Bücher, auf denen lauter Katzenhaare waren. Sarah Rafaël-Marecos war eine Frau, in die ich mich hätte verlieben können. Es gab aber leider schon einen Mann in ihrem Leben, der Lehrer in Lissabon war. Sie mochte meine Bücher wirklich, und am ersten Abend gingen wir zusammen essen, bei Villa Nova de Gaia. Wir gelangten über die Gustave-Eiffel-Brücke, die den Douro überspannt, in die Ecke von Porto, wo die großen Portwein-Firmen ihre Niederlassungen und Lager hatten. Wir redeten über alles Mögliche, von Katzen über Kommunismus und Paul-Jean Toulet bis hin zu Peugeot-Cabriolets. Als ich so an sie dachte, nahm ich es ihr direkt krumm, dass ich Lust bekam, länger auf dieser Welt zu verweilen, weil man dort jungen Frauen wir ihr begegnen konnte.

»Hat sie sich versetzen lassen?«

Kurz herrschte betretenes Schweigen am Tisch.

»Wir wissen es nicht, Guillaume …«

»Das heißt?«

»Sie ist weg, ohne Bescheid zu sagen. Im April letzten Jahres. Sie hat sich förmlich in Luft aufgelöst. Sie hat dem Gymnasium keinen Grund genannt, ihr Mann in Lissabon wusste von nichts, und Clara, die den Schlüssel zu ihrer Wohnung in Lordelo do Ouro hatte, um die Katze zu füttern, wenn sie nicht da war, hat nur gesehen, dass sie etwas Kleidung mitgenommen hat und ihren alten 204er. Sie hat sogar ihr Handy liegen lassen, von dem sie offenbar zuvor alle Daten gelöscht hatte. Clara hat Sarahs Katze mitgenommen, das war's.«

Ich gab mich überrascht, und betonte, wie seltsam das wäre, während mir all das angesichts meines gegenwärtigen Gemütszustands und in Gedanken an den kurzen Brief von Marcheur nur logisch erschien. Und ich fragte mich, wann ich mich entscheiden würde, wirklich entscheiden, und frage es mich immer noch, während ich hier in der Abflughalle auf meinen Flug nach Paris warte.

Und statt der Tafel, auf der angekündigt wird, dass sich der Abflug um unbestimmte Zeit verschiebt, weil die Piste wegen einer Terrorwarnung nicht freigegeben werden kann, sehe ich den bläulich-goldenen Dunst vor mir, der immer noch da war, als wir das Restaurant verließen. Seine laue Frische lag in der Luft, umfing die Stadt, und ließ dabei ihre Umrisse hervortreten, wie ein Laken den Körper einer Frau. Und in eben diesem Dunst sehe ich ein 204er Cabriolet vor mir, mit Sarah Rafaël-Marecos am Steuer und Leïla Khider auf dem Beifahrersitz, wie sie durchs gleißende Licht fahren und dabei, warum eigentlich nicht, Marvin Gaye hören.

Ich denke, ich werde ein Gedicht schreiben. Und eigentlich ist *Die Überlebenden kontaktieren* kein schlechter Titel.

Ich kannte immer noch nicht die Beschaffenheit seiner Haut

Als der Colonel mir von dem Phänomen der Verdunkelung erzählte, dachte ich natürlich gleich an Trimbert. Endlich konnte ich sein unstetes Verhalten benennen, es in eine Schublade stecken. Aber auch in dieser Hinsicht war er ganz der Alte. Er brauchte eine halbe Ewigkeit, bis er sich in Bewegung setzte. Er war langsam, willensschwach, im Grunde ein wenig feige.

Er ging nicht weg. Er verdunkelte sich nicht, obwohl alles dafür sprach, dass er genau das tun wollte.

Um ihn herum schritt man dagegen offensichtlich zur Tat. Natürlich lebte er auch in einem Umfeld, das sehr anfällig dafür war: Dichter, politische Aktivisten, die für aussichtslose Anliegen kämpften, Trinker, Schwärmer. Sie wussten nichts voneinander. So erfuhr Trimbert bei seiner Rückkehr aus Porto, dass Cénabre ins Benediktiner-Kloster von Saint-Wandrille eingetreten war und sein Noviziat begonnen hatte. Cénabre hatte fünf Kinder, die immerhin inzwischen groß und aus dem Gröbsten raus waren, und eine wunderbare Frau, eine echte Schriftstellerfrau. Sie hatte ihren Mann, der unter Alkohol zu lyrischer Höchstform auflief, all die Jahre ertragen und unterstützt, seine ständigen nächtlichen Eskapaden ebenso wie seine Provokationen, durch die er sich dem Literaturbetrieb entfremdet hatte. Sie hatte dafür gesorgt, dass ihren Familien gegenüber – sie entstammten beide alten Nantaiser Militärdynastien – der Schein gewahrt wurde. Das hieß, sie machten immer Urlaub in La Baule oder

Saint Malo, mit um die Schultern geworfenen marineblauen Pullovern und aßen ihre Meeresfrüchteplatten immer bei *Roellinger*. Das war sicher ganz nach Trimberts Geschmack.

Cénabres Frau informierte Trimbert. Er stellte gerade seinen blauen Koffer in seiner Wohnung ab und streichelte die alte Ganate, die immer gichtkranker wurde und durch die Hitze noch weiter abgemagert war. Da klingelte das Telefon.

»Er ist weg, Guillaume. Er ist Mönch geworden. Man kann es drehen und wenden wie man will, im Grunde hat er mich verlassen. Für Gott. Du magst das vielleicht originell finden. Schließlich lässt man in seinem Alter seine Olle normalerweise für ein junges Püppchen sitzen. Aber ich muss sagen, ich bin schon überrascht, wie plötzlich das kam. Auf eine Erklärung kann ich im Übrigen lange warten, er hat ein Schweigegelübde abgelegt. Ich gebe zu, ich hätte mir gerne mal angesehen, wie es aussieht, wenn Cénabre schweigt. Du weißt ja so gut wie ich, aus den Zeiten, als du noch häufiger bei uns zu Gast warst, dass er immer monologisiert hat.«

Man konnte meinen, es gingen nur Männer weg, aber das täuschte. Der Colonel führte zur gleichen Zeit gemeinsam mit den Briten eine geheimdienstliche Aktion durch, mit der die Verdunkelung ihrer Premierministerin verschleiert werden sollte. Sie befand sich seit drei Tagen auf einem Bauernhof im Avesnois und hatte ganz offensichtlich nicht die Absicht, ihn wieder zu verlassen.

Ich hörte nach wie vor Trimberts Telefon ab, las nach wie vor seine Mails und vor allen Dingen seine Notizbücher, aus denen ich mir ganze Passagen abschrieb. Je mehr er schrieb, desto mehr nahm das Geschriebene die Gestalt einer Erzählung an, oder eines Requiems.

Ich hatte mir mittlerweile angewöhnt bei ihm zu wohnen, sobald er unterwegs war. Voller Wollust schnupperte ich an seinen Kissen, die nach *Bel Ami* dufteten, aber ich schlief auf dem englischen Sofa, auf meinem Schoß Ganate, die so schnurrte, wie vorhin unsere Katze schnurrte, als sie auf Ada lag, als die beiden sich am Brunnenrand aufwärmten.

Ich denke, ich werde Ada doch zum Markt nach Simorre begleiten. Dann kann ich neben dem Karren herreiten und mir ansehen, wie sich das hübsche Profil meiner Tochter vor den Pyrenäen abzeichnet – dieses Profil, das ihm sicherlich bekannt vorkommen dürfte –, während der Milan und der Sperber im Himmel ihre Kreise ziehen und ich mal wieder, wie üblich, nicht weiß, wie man sie unterscheiden kann. Einer von beiden hat einen v-förmigen Schwanz, aber ich weiß nie welcher. Ada wird es mir in vorwurfsvollem Ton sagen und mich dabei aus ihren schönen Augen ansehen, deren Farbe sich mit dem Wetter ändert: »Wie oft soll ich dir das noch sagen, Agnès, der Milan hat einen v-förmigen Schwanz!« Netterweise verzichtet sie auf den Hinweis, ich sei verkalkt und eine Analphabetin der alten Welt, auch wenn ich weiß, dass sie das denkt. Meine Tochter, meine geliebte Tochter, die mich nicht mehr Mama nennen möchte, weil auch das der alten Welt angehört.

Trimberts Wohnung wurde während seiner Abwesenheit zu meiner zweiten Behausung. Ich machte mir einen Spaß daraus, ein paar Zeichen meiner Anwesenheit zu hinterlassen, als wollte ich das Schicksal herausfordern und ihn endlich dazu bringen, ins Grübeln zu geraten: Ein Glas Mineralwasser auf dem niedrigen Tischchen, unaufgeräumte Bücher, meine braunen Haare in der Badewanne, nachdem ich dort geduscht hatte. Aber bisher hatte es nichts gebracht. Dieser Krimischriftsteller hätte einen miserablen Bullen abgegeben, einen katastrophalen Spion, einen erbärmlichen Kriminellen.

Wenn die Nachbarin kam, um die Katze zu füttern, versteckte ich mich im Schlafzimmer. Das erste Mal hätte sie mich fast erwischt, so vertieft war ich in die Lektüre seiner Notizbücher. Aber inzwischen achtete ich auf das Knacken des Parketts im Flur, das ihr Kommen ankündigte.

Ich war etwas frustriert, als Tavaniello sich zeitweise bei ihm einquartierte, aber durch das Abhören der Unterhaltung zwischen Trimbert und ihm konnte ich durch diskrete Kanäle die Information an die Polizeipräfektur weitergeben:

Der Schriftsteller Simon Tavaniello, mit Gefährdervermerk, polizeibekannt, immer noch sehr aktiv in den sozialen Netzwerken und auf den Websites der Autonomen, lief bei sämtlichen Demonstrationen ganz vorne mit, vor allem bei denen, die in Krawallen mündeten. Er hatte sogar im Schwarzen Block inzwischen den Status eines Gurus oder Maskottchens erworben. Man sollte ihn vorsichtshalber aus dem Einsatzgebiet entfernen.

All das konnte mein grundsätzliches Problem nicht lösen: Es lag über zweieinhalb Jahre zurück, dass ich Trimbert gefunden hatte, und ich wusste immer noch nicht, wie ich vorgehen sollte. Die Monate vergingen, ja, seit Januar 2015 konnte man sogar von Jahren sprechen. Sein Rückzug aus dem Leben stagnierte, ging nur im Schneckentempo voran. Das gab mir Zeit, mir meine eigene Unentschiedenheit vor Augen zu führen. Was erhoffte ich mir? Was wollte ich? Mich rächen? Ihn lieben? Beides auf einmal? Nach und nach entwickelte ich eine Idee, wie ich mich an ihm rächen und ihm zugleich einen Liebesbeweis geben könnte. Ich würde ihn quälen, indem ich ihm Hoffnung machte, ihn durch Fleischeslust brechen, ihm den Todesstoß versetzen, indem ich ihm klarmachte, dass ich niemals jemanden geliebt hatte, der so war wie er.

Aber dieser Plan war schwer in die Tat umzusetzen, zumal wie durch eine Ironie des Schicksals in dem Moment, als ich ihn aufgespürt hatte, alle im Land und auf der ganzen Welt durchzudrehen begannen. Das neueste Ereignis, und das war keine Nebensächlichkeit, war die Identifizierung des Phänomens der Verdunkelung, das man auch in den anderen Industrieländern entdeckt, aber geheim gehalten hatte. Man nannte es unterschiedlich, meinte aber überall das Gleiche: Die Leute gingen weg, stiegen aus, oder »machten den Abgang«, wie es die jungen Leute so passend formulierten.

Früher oder später musste ich eine Entscheidung treffen, und als die Verdunkelung offiziell identifiziert war, keimte in mir eine paradoxe Hoffnung auf. Trimbert würde sicherlich zu den Verdunkelten gehören und sich irgendwann auf den Weg machen. Die Einträge in seinen Notizbüchern schrien förmlich danach. Zu dem Zeitpunkt dachte ich noch, ich könnte vielleicht sogar den Colonel, wenn ich ihm einen Teil der Wahrheit enthüllte, davon überzeugen, Trimbert am Leben zu lassen. Dennoch hatte ich meine Zweifel. Mein schöner Geliebter war dafür einfach zu pfiffig und würde natürlich fragen: »Warum gerade der und kein anderer?« Und dann selbst nach der Antwort suchen.

Am Tag vor Trimberts Rückkehr aus Porto war ich erneut in seiner Wohnung. Es war früher Morgen, ich kam gerade aus der Dusche und hatte eines seiner Leinenhemden übergezogen, das mir das Gefühl gab, als würde er selbst mich streicheln. Ihn aus der Ferne zu beobachten war eine Sache, aber ich kannte immer noch nicht die Beschaffenheit seiner Haut, die Wärme seiner Hände. Offenbar war seine Haut weich, beinahe feminin, das konnte man den Mails seiner Ex-Frauen oder kurzen Liebschaften entnehmen. In dem Moment erhielt ich einen Anruf vom Colonel auf dem verschlüsselten Handy.

»*Capitaine*?«

»Ja, Colonel?«

»Bist du zu Hause?«

»Ja.«

Mein »Ja« war ganz aufrichtig und hätte mühelos jedem Wahrheitsserum standgehalten, so sehr glaubte ich daran, während ich mich auf dem englischen Sofa räkelte, sein Leinenhemd auf meinem Körper trocknete und ein alter Band mit dem Titel *Dichter von heute*, der Marcel Béalu gewidmet war, aufgeschlagen auf meinem Bauch lag, und Ganate schnurrend über mir auf der Lehne thronte.

»Du hast einen Auftrag. Keine schöne Sache.«

»Gibt es denn schöne Aufträge, mein Colonel?«

»Dieser hier ist speziell. Die Verdunkelung macht auch vor dem Dienst nicht halt.«

»Scheiße, wer denn?«

»Lieutenant DiCaprio.«

»So eine Scheiße. Sicher?«

»Ein Irrtum ist ausgeschlossen. Du kennst sie, oder?«

»Ich weiß schon, worauf du hinauswillst, Colonel.«

»Das ist unser erster Fall. Bei dir wird sie weniger Verdacht schöpfen. Wir können sie nicht davonkommen lassen. Sie weiß zu viel.«

»Kann mir nicht vorstellen, dass sie gleich losballern wird, wenn sie eine Verdunkelte ist. Oder irgendjemandem etwas verrät.«

»Dieses Risiko können wir nicht eingehen. Du weißt es. Ich weiß es. Also, was ist nun? Ich habe alle Hände voll zu tun mit Downing Street 10, falls du verstehst, was ich meine.«

»Ich kümmere mich gleich drum.«

»Ich schicke dir den Bericht zu. Danke, Agnès...«

Ich verließ Trimberts Wohnung und ging zu meinem Auto. Bevor ich losfuhr, las ich auf meinem verschlüsselten Handy den Bericht, prägte mir die Informationen ein und löschte ihn dann. Ich schaute an der Fassade von Trimberts Wohnhaus hoch. Ich hätte diesen wunderschönen Morgen lieber dort oben verbracht, mit Marcel Béalu und dem Wind, der durch die doppelten Gardinen fuhr. Zweifelsohne hätte ich irgendwann begonnen mich zu streicheln, um beim Blick auf den blauen Himmel und mit dem Duft von *Bel Ami* im Leinenhemd zum Höhepunkt zu kommen, und all das.

Stattdessen schob ich einen Sampler, den ich Trimbert gemopst hatte, in den CD-Player. Ich fuhr beim Klang von *Duke of Earl* von Gene Chandler durch die Porte d'Orléans aus Paris heraus, wo ein unerträglicher Fäulnisgeruch in der Luft hing und die Spuren der permanenten Krawalle immer deutlicher in Erscheinung traten, da die Männer von der Stadtreinigung überarbeitet waren oder streikten. Dann düste ich los.

Vier Stunden später erreichte ich den Ort, an dem DiCaprio sich jetzt aufhalten sollte. Entweder war ich viel zu selbstsicher oder noch mit Trimbert beschäftigt, vielleicht trauerte ich auch schlicht der Tatsache hinterher, diesen

Sommermorgen nicht in seiner Wohnung verbringen zu können, dass ich keine der üblichen Vorsichtsmaßnahmen ergriff, als ich das Hotelzimmer in Saint-Pourçain-sur-Sioule betrat, nachdem ich mit der entschlossenen Miene eines Hotelgastes die Rezeption passiert und damit jede Frage im Keim erstickt hatte. Zu der Zeit gab es noch *Chêne-Vert*-Hotels in den Kleinstädten, für die Verdunkelte und insbesondere Trimbert eine besondere Vorliebe hegten. Während ich meine Stute sattle, um Ada nach Simorre zu begleiten, denke ich, dass ich nach all den Jahren endlich verstanden habe, was sie daran fanden. Eine bestimmte Art von Stille. Eine Stille aus der Welt davor, eine Stille, die das Gegenteil der sterilen Stille war, die in den Filialen der Hotelketten oder auch den internationalen Luxushotels herrschte. Eine Stille, die an die Nachmittage der Kindheit erinnerte, ohne Handyklingeln, ohne die permanente Geräuschkulisse von hundertzwanzig Fernsehkanälen, ohne das Gedudel der Videospiele. Eine Welt, die sich Zeit nahm, in der die Stimmen nicht dauernd ins Hysterische zu verfallen drohten, in der sich der Duft nach Bohnerwachs mit dem von überreifen Früchten mischte, die am Abend auf gestärkten weißen Tischdecken serviert wurden, die man aufgelegt hatte, weil Sonntag war und alle es normal fanden, dass man sich zusammen zu Tisch setzte. Die *Chêne-Vert*-Hotels waren die letzten Zeugen einer vergangenen Welt, der über kurz oder lang das Aus drohte, weil es nicht mehr möglich war, so zu leben, weil es ein Irrweg war, der den Gesetzen des Marktes widersprach. Ich begann die Dinge mehr und mehr wie Trimbert zu sehen, das ließ sich nicht leugnen.

Ich zog meine Glock, schraubte den Schalldämpfer drauf, drückte schnell und fast geräuschlos die Tür auf, darauf eingestellt, zwei oder drei Kugeln auf den hübschen, hellhäutigen Körper von DiCaprio abzugeben. Aber das Einzige, was ich sah, war der Liberty-Bettüberwurf, und darauf, was mich vollends aus der Fassung brachte, lag aufgeschlagen Trimberts letzter Roman, als wenn jemand nur kurz seine Lektüre unterbrochen hätte.

Und dann spürte ich den Lauf einer Pistole hinter meinem Ohr.

»Hallo, Agnès. Du weißt ja, was du zu tun hast ... Deine Glock wirfst du jetzt aufs Bett.«

Ich gehorchte. Was war ich doch für eine Idiotin. Ohne es zu ahnen, brachte Trimbert mich in Lebensgefahr. Es war seine Schuld, dass ich meine Arbeit überhaupt nicht mehr im Griff hatte.

»Dreh dich um, Agnès.«

Ich hörte, wie DiCaprio hinter mir die Tür schloss, und endlich bekam ich sie zu Gesicht. Enge Jeans, weiße Leinenbluse, die mich an Trimberts Hemd erinnerte, das ich noch heute Morgen getragen hatte, Trimbert, der scheinbar überall war, inklusive mit seinem *Sommerquartier* auf dem Bett dieses Zimmers. DiCaprio trug ihre blonden Haare immer noch zum Dutt gebunden und ihre blauen Augen waren von einer Sanftheit, die man bei uns im Geheimdienst selten antraf.

»Du bist hier, um mich zu töten, nehme ich an, Agnès?«

»So ist es, Anne-Lise ...«

»Du stellst dich ganz schön ungeschickt an. Ich kenne dich eigentlich effizienter.«

»Warum bist du weggegangen?«

»Weil ich Lust dazu hatte. Weil es mich nicht mehr interessierte. Ich habe dem Colonel einen Brief hinterlassen. Ich habe nicht die Absicht, etwas zu verraten. Ich möchte nur, dass man mich in Ruhe lässt. Du, der Dienst, meine verklemmte Familie in Toulouse und mein Typ, der eine echte Niete ist, ein kleiner Karrierist im Außenministerium.«

»Und was sind deine Pläne?«

»Hier zu leben oder an Orten wie diesem. Zu lesen, durch mir unbekannte Straßen zu streifen, am Platz vor der Kirche zu landen, auf der Café-Terrasse Radler zu trinken, nie wieder jemanden zu töten ...«

»So gelingt dir das sicher nicht«, sagte ich, und deutete mit dem Kinn auf die Browning Herstal GP 35, die sie auf mich gerichtet hielt.

»Ich werde dich nicht töten. Ich schlage vor, jeder geht seines Weges und du vergisst mich einfach, der Dienst vergisst mich …«

»Das ist unmöglich, Lieutenant DiCaprio, das weißt du so gut wie ich …«

Sie lächelte unendlich melancholisch.

»Dann töte mich, Agnès.«

Sie warf nun ihrerseits ihre Waffe aufs Bett und sah mich direkt an. Ihre blauen Augen hatten mich noch nie so aus dem Gleichgewicht gebracht wie jetzt.

»Vorher möchte ich dir noch was sagen. Du hast mich, glaube ich, immer für eine Idiotin gehalten. Widersprich mir nicht. Vor allem, als du mich das erste Mal eingeladen hast, du weißt schon, am Tag vor den Attentaten. Ins *Repaire Ampère* … Ich hatte nichts dagegen, das Landei zu spielen, das überglücklich war, mit seiner charismatischen Chefin auszugehen, mit Capitaine Agnès Delvaux. Aber ich brauchte keine zwei Minuten, um zu kapieren, dass du wegen des Paars am Nebentisch dawarst. Und als ich in den Spiegel sah, wurde mir auch klar, dass …«

»Halt die Klappe.«

»Und da dein Termin beim Hautarzt auch sehr unglaubwürdig war, habe ich gesehen, wie du ihm gefolgt bist. Wie du siehst, habe ich seine Bücher gelesen«, sagte sie, und deutete mit dem Kinn auf die Tagesdecke. »Vielleicht hat er ja irgendwo erwähnt, dass er …«

»Halt die Klappe.«

»Ist gut, ich bin ja schon ruhig. Aber die Bedingung ist, dass du mich eigenhändig tötest. Und dass du mich küsst, während ich sterbe. Dann habe ich weniger Angst, denke ich. Ich frage mich auch, ob ich nicht gerne mit dir geschlafen hätte, Agnès … Das bist du mir eigentlich schuldig, weil ich dich schließlich verschont habe. Und wenn ich mir noch eine letzte Bemerkung erlauben darf, dieser Trimbert ist daran Schuld, dass du deine Arbeit sehr schlecht machst …«

»Ich weiß …«

Ich küsste sie lange und hielt ihr Gesicht dabei in meinen

Händen. Vor dem Fenster, in der warmen Sommerluft, lag das Bourbonnais, und man hörte die Vögel zwitschern.

Ich erwürgte sie ganz langsam, ihr Mund schmeckte nach Menthol und bekam einen metallischen, nicht unangenehmen Geschmack, als sie in meinen Armen erschlaffte.

Ich trug sie aufs Bett. Ich nahm ihre und meine Waffe an mich. Ich legte Trimberts Buch auf die kleine Marmorplatte des Nachttischs. Bald würden die Reinigungskräfte kommen. Ich schloss DiCaprios Augen, strich ihr über die Wange und verließ das Zimmer.

Die Rezeption war leer, nur ein alter Mann saß im Salon und starrte bei abgestelltem Ton auf den Fernseher. Ich fuhr zurück nach Paris. Der CD-Player zeigte mir pflichtgemäß an, dass es sich bei dem Stück, das gerade lief, um *Pretty Angel Eyes* von Curtis Lee handelte.

Es entscheidet sich gerade

Seit drei Tagen bin ich wieder in Paris. Die Nachbarin, Madame Martinet, die in meiner Abwesenheit Ganate füttert, fragte mich mit diesem koketten Lächeln, das typisch für ältere Damen ist, die schon allerhand erlebt haben, ob ich neuerdings ab und an eine »gute Freundin« bei mir wohnen lasse oder vielleicht »eine Verwandte«. Sie habe mehrfach eine dunkelhaarige, athletische junge Frau auf unserer Etage getroffen. »Sie scheint schüchtern zu sein und senkt immer den Blick, wenn sie mir begegnet.« Ich antwortete: »Nein, nicht dass ich wüsste.« Ich schenkte ihr, wie schon öfter, einen Pu-erh-Teebecher mit Macarons von Pierre Hermé. Darum schätzte sie mich, hatte mich sozusagen ins Herz geschlossen. Inzwischen gelte ich also als guter Nachbar. Schon komisch, wenn man bedenkt, dass es eine Zeit gab, in der ich gerne lautstarke Partys feierte und wechselnden Damenbesuch empfing, darunter von einer Schwarzen. »Monsieur Trimbert ist durch und durch anständig.« Das war am Square Henri Delormel Nummer 7 inzwischen ein geflügeltes Wort. Wie die Leute sich doch irren können.

Ich hatte nicht vor, der netten Nachbarin auf die Nase zu binden, dass in puncto Frauen bei mir seit Monaten absolute Flaute herrschte, meine Libido auf Halbmast war, aber dass mir das nicht fehlte, da mir meine Träume vollauf genügten. Seit ich wieder schlafen konnte, war ich in der Lage, Zeitreisen anzutreten. Ich verbrachte ganze Nachmittage mucksmäuschenstill auf dem Sofa, und während ich an die Decke starrte und Ganate streichelte, kam mein Erinnerungsvermögen zurück, das durch die regelmäßige Einnahme von Beruhigungsmitteln und durch eine Existenz, die sich allein ums ökonomische Überleben gedreht hatte, lange wie ausgelöscht gewesen war. Eine Existenz, die mich daran gehindert hatte, zumindest seit meiner Scheidung von Andréa, mir die Zeit zu nehmen, im direkten Sinn des Wortes, so wie man eine Frau, die man liebt, zur Frau nimmt.

Mir die Zeit nehmen und einen der zahlreichen Fäden wieder aufnehmen, die mich beispielsweise zum Namen eines Dorfes führen, wie Offranville im Pays de Caux, wo mein Großvater sein letztes Jahr als Grundschullehrer verbrachte, oder zu einem Fünftklässler, der an die Schweigeminute zum Tod Charles de Gaulles zurückdenkt, und ohne Überleitung zu einem regnerischen Julinachmittag 1971 am Golf von Morbihan, wo derselbe kleine Junge sich schnell auf den Rücksitz eines R16 flüchtet, betrübt darüber, dass seine Bibliothèque-verte-Ausgabe von *Moby Dick* Sandflecken abbekommen hat. Er schläft ein und hat dabei den salzigen Meeresgeruch seiner Finger in der Nase. Im nächsten Moment ist es der Duft von Sophie, die sechs oder sieben Jahre später Genesis hört, und dann wache ich plötzlich auf, ich, der Trimbert von heute, und Ganate sieht mich an, als würde sie sich fragen, auf welches Geheimnis ich da wohl gerade gestoßen bin.

Das der Zeit, Katze, ich glaube, ich habe das Geheimnis der Zeit gefunden. Wenn ich weiterhin ungestört diesen Wegen folgen will, dann wird mir nichts anderes übrigbleiben als wegzugehen. Denn momentan, das wirst du verstehen, Katze, könnte jederzeit das Telefon klingeln. Oder ich könnte in Versuchung geraten, in die Stadt zu gehen, um nachzusehen, ob die Revolution nun gewonnen oder verloren hat, oder, noch schlimmer, im Internet zu surfen, mich in die Sozialen Netzwerke zu versenken, um völlig benommen wieder daraus emporzutauchen, mit einem Brummschädel, der mindestens genauso schlimm ist wie der, den man von schlechtem Wein bekommt.

»Du wirst langsam zu Oblomow!«, sagte Gourvenec, einer der Letzten, die mich noch besuchen, und der Cénabres Entscheidung nicht fassen kann.

»Was ist eigentlich mit euch los? Alle hauen ab.«

»Wer denn?«

Er nannte ein paar Namen, Kumpels aus dem *Avant-Comptoir*, die sich aus dem Staub gemacht hatten und von denen man seither nichts mehr gehört hatte. Auch eine Art, Grüße auszurichten, indem man Paris den Rücken kehrte. Er erwähnte ebenfalls den Chefredakteur einer Wochenzeitung, den man aus den Medien kannte. Er hatte einige Romane geschrieben und uns hin und wieder lukrative Artikel zugeschustert. Aber vor allem war er als erklärter Gegner der Regierung wie auch der sozialen Bewegung bekannt. Zu gerne warf er die Protestierenden mit den Attentätern in einen Topf. Er war also auch verschwunden, aber zumindest wusste man inzwischen, was aus ihm geworden war, genau wie im Fall von Minister Delaigue, der vor Jersey ertrunken war. Beim Chefredakteur der Wochenzeitung hatte der schlecht ziehende Ofen in einem abgelegenen Haus im Aubrac Schuld, wo er sein nächstes Buch hatte schreiben wollen. Er war schlicht erstickt.

»Gehst du etwa auch noch weg, Guillaume?«

»Das entscheidet sich gerade …«

Seit der Antwort von Leïla Khider wohnt meinem Leben eine Musik inne, eine Art melancholischer Doo Wop, aber sie ist von einer Melancholie, die ihr eigenes Gegenmittel gleich in sich trägt, ihre eigene Heiterkeit. Ja, sie ist der Auslöser, auf den ich gewartet habe, um wegzugehen. Ohne ein Ziel zu verschwinden, hätte zu sehr nach Selbstmord ausgesehen. Leïla in Sarrant zu treffen, das könnte die Lösung sein.

Wie ein Teenager dachte ich mit klopfendem Herzen an unseren letzten Mailaustausch.

Liebe Leïla,

ich bin aus Porto zurück. Ich glaube, das letzte Mal sind wir uns auf dem Markt von Wazemmes begegnet, das muss 2004 oder 2005 gewesen sein, als ich ein Wochenende bei Freunden verbrachte. Damals kam ich noch nicht mal dazu, dir zu sagen, dass ich jetzt in Paris lebe. Du standst hinter einem Marktstand und verkauftest Handtaschen. Ich habe nichts gegen die Tatsache, dass jemand Handtaschen verkauft, aber du warst eine ziemlich gute Schülerin und übernahmst gerne eine Rolle, wenn wir ein Stück durchnahmen. Ich meine mich zu erinnern, dass es dir in der Oberstufe gelungen war, einen Platz im Theater-Profil zu bekommen.

Erzähl mir doch, wie es dir ergangen ist, ich erzähle dir im Gegenzug, warum sich dein Name in *Sommerquartier* wiederfindet. Im Übrigen habe ich ihn dort nicht zum ersten Mal verwendet. Bist du denn glücklich? (In den jetzigen Zeiten dürfte das nicht einfach sein, oder?) Bist du mir vielleicht ein wenig böse, weil ich deinen Namen für eine Figur verwendet habe, die dir zwar rein äußerlich gleicht, aber sicherlich nicht über den gleichen, ziemlich widerborstigen Charakter verfügt? So habe ich dich zumindest in Erinnerung! Kurzum, erzähl. Ich habe ein wenig aus den Augen verloren, wie viel Zeit vergangen ist. Ich weiß noch nicht einmal, wie alt du jetzt genau sein magst. Da siehst du, wie es um mich steht. In jedem Fall habe ich das Bild einer hübschen Jugendlichen vor Augen, mit langen, gelockten, schwarzen Haaren und einem sehr insistierenden, sehr intelligenten, sehr verunsichernden Blick.

Ich wünsche dir einen schönen Abend,

Guillaume T.

Lieber Guillaume,

es ist schon verrückt, letzte Nacht habe ich von Ihnen geträumt, und heute Morgen lese ich dann Ihre Mail.

Ich bin sechsunddreißig, ungefähr so alt wie Sie damals, als Sie mein Französischlehrer waren.

Ich habe immer noch lange schwarze, gelockte Haare. Was meinen Blick betrifft, so sagen Sie mir, wie Sie ihn finden, mit zwanzig Jahren Abstand, falls ich die Gelegenheit habe, Sie wiederzusehen.

Mein Leben …

Mit neunzehn, direkt nach dem Abitur, habe ich mich unsterblich in einen jungen Mann verliebt, der meiner Familie nicht passte. Seinetwegen zog ich von Zuhause aus. Man kann es drehen und wenden wie man will, eine arabische Frau und ein französischer Mann – und damals gab es noch keine Bärtigen, die durchdrehen, so wie heute –, da ging schon vor siebzehn Jahren bei allen die Klappe runter. Dabei war ich eigentlich davon überzeugt, in einer eher offenen und relativ privilegierten Familie zu leben, im Vergleich zu dem, was in Lille-Sud gängig war. Klar, wir waren viele zu Hause, vierzehn Kinder. Ich glaube, Sie haben auch meine Brüder Karim und Sofiane unterrichtet. Ihre Lebenswege stehen stellvertretend für die Lebenswege so vieler anderer arabischer Kinder dieser Generation. Sofiane ist im Gefängnis, weil er mit Shit gedealt hat, und Karim ist Anwalt und arbeitet in einer Kanzlei in Roubaix. Meine Eltern besuchen hin und wieder die Moschee, aber sie haben ihre Töchter nie dazu angehalten, ein Kopftuch zu tragen. Und trotzdem ging bei ihnen die Klappe runter, als ich diesen jungen Mann mit nach Hause brachte. Als Gründe führten sie an, dass er älter war als ich und keinen festen Job hatte, da er auf Märkten arbeitete. Kurzum, dass ich etwas Besseres verdient hätte. Aber ich denke, nein, ich bin mir sicher, der eigentliche Grund war, dass er kein Araber war.

Nach dem Abi habe ich viele Jahre damit zugebracht herauszufinden, was ich beruflich machen wollte mit meinem Theater-Abschluss mit der Note »Gut«. Um ehrlich zu sein, bei den Texten, die man persönlich auf der Bühne präsentieren musste, habe ich Gedichte aus einem Ihrer Gedichtbände gewählt, dem ersten, glaube ich, *Die Beschreibungen überspringen*. Und das hat mir Glück gebracht …

Ich habe ein Jahr in Belgien als Vertretungslehrerin in einer Vorschule gearbeitet, das hat mir nicht gefallen. Und dann wurde ich mit zwanzig schwanger von besagtem Mann, der immer noch auf den Märkten arbeitete, und ich half ihm aus, wenn nötig. Das Jahr darauf habe ich eine Ausbildung als Maklerin begonnen und drei Jahre später mein Diplom gemacht. Aber ich fand kein Büro, das mich einstellen wollte. Ich könnte jetzt den latenten Rassismus dafür verantwortlich machen, der in dieser Branche herrscht, aber das wäre nur die halbe Wahrheit. Insofern, als ich in dem Beruf hätte arbeiten können, wenn ich nicht abgelehnt hätte, ein zu mir passendes Kunden-Portfolio zu haben, will heißen, als arabische Maklerin bekommt man arabische Kunden zugewiesen. Ich wurde in gewisser Weise von meinem Partner ausgehalten – er war so nett, mich glauben zu lassen, er brauchte mich hinter seinen Verkaufstischen. Und dann legte ich vor einem Jahr mein Diplom als Buchhändlerin ab, nach einer mehrmonatigen Ausbildung am Rand von Paris, und fand eine Stelle in Sarrant, einem Dorf im Gers, in einer wunderbaren Buchhandlung, die Ihnen sicher gefallen würde, und die Sie möglicherweise sogar kennen. Sie heißt »La Tartinierie«, denn essen kann man dort auch. Und ab und an bin ich noch unterwegs, so wie früher auf den Märkten, weil es zu meinen Aufgaben gehört, die diversen Buchmessen, die in der Region stattfinden, mit Büchern zu beliefern.

Ansonsten ist meine Beziehung, die immerhin fünfzehn Jahre gehalten hat, durch die räumliche Trennung und neue Bekanntschaften, die wir beide gemacht haben, zerbrochen. Seit zwei Monaten sind wir offiziell getrennt und unsere Tochter Karima ist im Norden bei ihm und seiner Familie geblieben. Dafür schäme ich mich, aber es bereitet mir nicht wirkliche Schmerzen. Mir gefällt mein einfaches Leben, das Alleinsein, umgeben von Büchern.

Das ist alles recht privat, was ich da erzähle, aber das ist nun einmal mein Leben und ich vermute, man kann in der Literatur ähnliche Schicksale finden.

Mittlerweile lebe ich in Auch, in einer Wohnung, von der ich einen schönen Blick auf die Pyrenäen habe. Und um Ihre Frage zu beantworten, ich bin zugleich geschmeichelt und verunsichert durch die Tatsache, dass Sie meinen Namen verwendet haben. Kommen Sie vorbei, wann Sie wollen, wenn Sie denn genauso einsam sind wie Ihre Figuren …

Schon aus Porto zurück? Das war zu kurz.

Aber erzählen Sie mir auch von sich. Ich weiß, dass Sie nicht mehr Lehrer sind, dass Sie in Paris leben und Ihre Bücher sich bei einem kleinen, aber treuen Lesepublikum ganz gut verkaufen. Mehr weiß ich nicht.

Entschuldigen Sie, dass diese Mail so lang geworden ist.

Einen ausgezeichneten Tag, Guillaume.

Die Lektüre dieser Mail, unter der eine Handynummer stand, hatte eine seltsam beruhigende Wirkung auf mich. Ich glaube, bei Leïla etwas finden zu können, das ich suche, nämlich eine Möglichkeit, zur Ruhe zu kommen, mich zurückzuziehen, der Welt fernzubleiben, so dass ich meine Zeitreisen noch besser und über einen noch längeren Zeitraum durchführen kann, meine Ausflüge in die Vergangenheit, mit all ihren Um- und Abwegen. Und wer weiß, vielleicht verlasse ich das Haus gar nicht mehr, wie ein Opiumraucher, der bleibt, wo er ist.

Ich kenne Sarrant tatsächlich, aus der Zeit, als ich vor ein einigen Jahren ein paar Monate im Gers verbrachte, in einer Schriftsteller-Residenz. Ich erinnere mich auch noch an mein Satori in Pavie. Aber was mir noch viel mehr gefällt als die Buchhandlung, sogar sehr viel mehr, ist die Vorstellung, in Auch zu leben, einer Stadt, die ich kaum kenne, durch die ich bisher nur durchgefahren bin. Vorausgesetzt natürlich, Leïla will mich bei sich aufnehmen, einen schützenden Mantel um mich legen und mir helfen, die Welt da draußen zu vergessen.

Und mir so ermöglichen, mich daran zu erinnern, wie ich auf dem offenen Meer vor Escala einen Thunfisch fange, an Andréa, die mich dabei lauthals anfeuert und von hinten umschlingt, als wolle sie mir auf diese Weise Kraft geben, während ich seit einer Stunde mit dem Tier kämpfe. Das war im Sommer 1996-97. Und das Blut des an Bord gehievten Fisches bildet die ebenso überraschende wie logische Überleitung zum roten Holzpferd auf Rollen, das an einer wunderbar abschüssigen Stelle den Bürgersteig der Rue Lézurier-de-la-Martel in Rouen herunterrollt, ein scheinbar endloses Rennen für den kleinen Jungen, der noch nicht einmal Angst hat hinzufallen und Schreie des Vergnügens und Entsetzens von sich gibt, an einem Tag im Jahr 1964, sagen wir mal.

Nein, deine Mail ist nicht zu lang, meine liebe Leïla, ich finde sogar, dass du eine geradezu beängstigende Gabe zur Zusammenfassung hast, denn immerhin redest du da über dein gesamtes Leben. Ich hoffe sehr, wir können uns bald sehen. Es spielt keine Rolle, dass so viel Zeit vergangen ist, auch wenn ich das Gefühl habe, es ist eine Ewigkeit her, dass ich dreißig war! Deine Offenheit berührt mich.

Du hast Leidenschaft erlebt, das ist etwas Seltenes, und wenn daraus auch noch ein Mädchen hervorgegangen ist, dann ist am Ende doch alles gut. Was du erzählst, erinnert mich zugleich daran, wie reif du schon mit sechzehn oder siebzehn Jahren warst. Ich musste mich wirklich zwingen (und das ist mir in meiner Laufbahn nicht oft passiert), dich als Schülerin zu betrachten, und nicht als eine junge Frau an der Schwelle zur Erwachsenen, die intelligent und sexy zugleich war (tatsächlich bedingt das eine das andere).

Am meisten betrübt mich jedoch, auch wenn es mich bei deinem Hintergrund nicht wundert, der Konflikt mit deiner Familie. Mein Gott, ist das kompliziert, und es wird immer schwieriger für arabisch-muslimische Mädchen, unabhängig zu werden. Nennen wir die Dinge doch ruhig beim Namen. Du hast viel Mut bewiesen. Es ist witzig (nein, das ist nicht das richtige Wort), aber ich fand es »politisch gesehen« immer frappierend, dass niemand sich darüber im Klaren ist, wer in unserer Gesellschaft am verletzlichsten ist, und dass das, um es kurz zu machen, diese Mädchen aus den Vororten mit ausländischen Wurzeln sind. Aber wenn du *Sommerquartier* gelesen hast, dann weißt du ja, was ich meine. Und trotzdem entfalteten einige dieser Mädchen in der neunten Klasse eine unglaubliche Energie, um es zu schaffen. So wie du. Das war Thema meiner beiden letzten Romane, eine glückliche Version, mit *Kardiatou*, und eine düstere Version mit *Sommerquartier*.

Falls es dich interessiert oder du die Zeit dafür hast, schicke ich dir *Kardiatou*. Es erscheint im Februar als Taschenbuch. Aber was rede ich denn da! Du wirst es sicher in deiner Buchhandlung bekommen.

So, jetzt habe ich genug von deiner Zeit in Anspruch genommen. Mehr beim nächsten Mal.

Hab einen schönen Abend, ich sehe gerade, dass es schon sehr spät ist, und wenn ich mich richtig entsinne, denn ich kenne Sarrant, braucht man mit dem Auto mindestens eine gute halbe Stunde nach Auch, oder?

Ich umarme dich.

Guillaume

P.S. Wenn du möchtest, dass unser Briefwechsel auf einer ebenbürtigen Ebene stattfindet, wäre es gut, du würdest mich auch duzen, oder?

Ich packte meine Tasche und ging zur Nachbarin rüber. Ich gab ihr die Schlüssel, damit sie sich um Ganate kümmern konnte.

»Fahren Sie für länger weg, Monsieur Trimbert? Ich weiß ja, es ist Sommer, aber ich habe das Gefühl, dass Paris um diese Zeit noch nie so leer war, und dass die Leute, die wegfahren, nicht wiederkommen.«

»Wie kommen Sie denn darauf, Madame Martinet?«

»Ich weiß nicht. So ein Eindruck. Wissen Sie, mein Arzt, der aus der Rue Boulard, ist auch weg.«

»Sicher im Urlaub, nein?«

»Vielleicht, aber er hat niemandem Bescheid gesagt. Sogar seine Sekretärin ist aus allen Wolken gefallen. Sie wusste gar nicht, was sie tun sollte, die Arme. Sie hatte keine Ahnung, wie sie ihn erreichen konnte. Das ist doch verrückt, oder? Da dachte ich mir, wer weiß, ob Sie nicht auch ... Sie haben in den letzten Monaten kaum noch Ihre Wohnung verlassen, und wie Sie da so stehen, mit Ihrer Tasche, sehen Sie aus, als wollten Sie nicht wiederkommen. Es ist ja nicht so, dass ich mich nicht gerne um die Katze kümmere, aber nun gut ...«

»Ich weiß es nicht, Madame Martinet, um ganz ehrlich zu sein, ich weiß es nicht.«

»Ich hoffe nur, dass Sie wieder etwas fröhlicher werden ... oder vielleicht die dunkelhaarige Frau treffen, die mir neulich begegnet ist. Ich sage das nur, weil ... wie soll ich es ausdrücken ... Ich habe tatsächlich schon gedacht, ob das eine Verwandte von Ihnen ist, denn ich habe sie mir von hinten genau angesehen, und als sie den Aufzug genommen hat, habe ich kurz ihr Gesicht gesehen, aber nur ganz kurz. Ich weiß nicht warum, aber man hätte meinen können, dass Sie Ihnen ähnlich sieht. Dumm von mir, oder?«

Ein Leinenanzug, der ihm etwas zu weit war

Da bin ich dann wirklich ins Schleudern gekommen, als diese Frau auf der Bildfläche erschien, Leïla Khider. Durch sie wurde alles noch komplizierter, das machte mich rasend vor Wut. Und ich vermute, wenn Ada diesen Bericht eines Tages lesen sollte, dann wird sie mir diese rasende Wut am wenigsten verzeihen können, weniger als alles andere.

Für unsere neue Welt – auf Gebieten, die einst als Bauland ausgewiesen waren, sind Baumhausdörfer entstanden, die wenigen Ortschaften, die man nicht aufgegeben hat, bestehen aus selbstverwalteten besetzten Häusern, und Phalanstères haben sich zu Mini-Republiken politisch Gleichgesinnter entwickelt – drängt sich im allgemeinen Sprachgebrauch eine Bezeichnung geradezu auf: die Sanftmut. Wir leben im Zeitalter der Sanftmut. Für Ada und alle, die nach dem Ende der alten Welt aufgewachsen sind, scheint das völlige Fehlen von Gewalt in zwischenmenschlichen Beziehungen, der gegenseitige Respekt für einander, die freie Entfaltung eines jeden, die die Grundvoraussetzung für die freie Entfaltung aller ist, ganz normal zu sein. Insofern könnten all die Gräueltaten, die ich begangen habe, sie weitaus mehr schockieren, als diese anormale Liebe, die ich Trimbert entgegenbrachte, denn immerhin handelte es sich dabei um Liebe.

Gerade sitze ich auf der Terrasse eines Bistros am Fuße der Wehrkirche von Simorre und bin dabei, dieses Heft vollzuschreiben. Heute ist eine Menge los, einige sind zu Pferde da, andere mit ihren Solar-Mobilen, es herrscht ein buntes Treiben und fröhliches Stimmengewirr. Ada, mit ihrer schlanken, geschmeidigen Gestalt, ihren grünblauen Augen, ihrem besonderen Duft – eine Mischung aus Moschus und sonnenwarmem Holz –, sehnig, muskulös und flaumig behaart, fast wie ein Junge, geht sicher gerade an den Marktständen entlang. Meine Dryade der neuen Zeit ...

Trotzdem muss sie wissen, wer ich bin, was ich getan habe.

Ich wurde regelrecht überrumpelt von Trimberts Weggang. Ich glaubte nicht mehr so richtig daran. Ich kam gerade von einer Säuberungsoperation mit zwei Kollegen zurück. Die Internetüberwachung des Dienstes hatte beim Abfangen der vertraulichen Mitteilungen eines Soziologen von der Verdunkelungskommission, der geplaudert hatte, ein Kollektiv von Linksextremen aufgespürt. Und wie der Zufall so spielt, handelte es sich dabei um Freunde von Tavaniello. Die ersten Artikel waren zwei Tage zuvor auf mehreren Blogs erschienen. Darin ging es um eine mysteriöse gesellschaftliche Bewegung, die sie als »Bartleby-Syndrom« bezeichneten. Das war keine schlechte Bezeichnung für die Verdunkelten. Der Colonel hatte mir an dieser Front freie Hand gelassen. Er war vollkommen überlastet mit der Terrorismus-Abwehr und den prominenten Verdunkelten.

Ich zog die Operation schnell durch, mit zwei von unseren Männern. Die bisherigen Enthüllungen dieser kleinen Whistleblower waren ziemlich vage. Wir hatten den Soziologen nur mit der Erforschung bestimmter Aspekte des Phänomens beauftragt, und seine Erkenntnisse gingen in kruden Verschwörungstheorien unter, die in diesen von Aufständen und Attentaten geprägten Zeiten im Netz Hochkonjunktur hatten. Aber wie dem auch sei, die Sache musste noch im Keim erstickt werden. Wie der Colonel, der sich gerne bei Mao bediente, angemerkt hatte, genügte ein Funke, um einen Flächenbrand zu entfachen. Wir verhafteten die drei fünfundzwanzigjährigen Komiker, zwei Männer und eine Frau, die einen Haufen Abschlüsse hatten, aber in prekären Verhältnissen lebten, mitten in der Nacht.

Am Anfang trat die Dreierbande noch arrogant auf, als wir

sie dann aber in eines unserer Geheimgefängnisse bei Melun brachten, wurden sie zunehmend nervös.

Man kann es gar nicht oft genug sagen: Die von der Exekutive neu verabschiedeten Gesetze statteten die Geheimdienste generell, und unseren im Besonderen, mit einer Generalvollmacht aus. Doch trotz dieser Generalvollmacht entglitt uns die Lage immer mehr und wir hatten das dumpfe Gefühl, dass alles außer Kontrolle geriet und wir nichts dagegen tun konnten. Genau wie in den sich scheinbar endlos dehnenden Sekunden, die einem Autounfall vorausgehen, den man nicht verhindern kann, und in denen man dennoch die Zeit hat, zu realisieren, dass er tödlich enden wird.

Und den Soziologen, der geplaudert hatte, erwarteten wir eines Morgens vor seiner Tür. Er wollte zur Vollversammlung seiner Uni in Saint-Denis fahren, die bestreikt wurde. Wir lauerten ihm in einem gestohlenen Wagen auf und überfuhren ihn nahe der Metro-Station Gambetta. Es war ein sonniger Sommermorgen, wie dieser Morgen hier in Simorre. Damals dachte ich noch, dass es doch eine Alternative dazu geben müsse, seine Zeit damit zuzubringen, im Namen der Staatsräson am laufenden Meter Leute zu töten. Wer weiß, womöglich war der Virus der Verdunkelung schon auf mich übergesprungen und es war nur eine Frage der Zeit, bis auch ich Besuch von einem anderen Agenten bekam, so wie DiCaprio zuvor von mir Besuch erhalten hatte.

Bei der Rückkehr von dieser Operation stieß ich dann auf das dämliche, romantische Gesülze zwischen Trimbert und dieser unglückseligen Araberin. Eine kleine Idiotin mit langen Locken und großen Rehaugen, deren Gesicht seit ihrer Zeit als Gymnasiastin quasi nicht gealtert war.

Und wenige Tage später ging Trimbert weg. Er spielte mit dem Gedanken, sein Cabriolet zu nehmen, wie die Bilder der Überwachungskamera der Garage in der Avenue du Maine belegen. Aber seine alte Retro-Kiste wollte nicht anspringen. Umso besser.

Lange stand er sinnierend vor dem einzigen Auto, das er

in den letzten dreißig Jahren besessen hatte. Ich habe keine Ahnung, ob er überlegte, den Pannendienst anzurufen. Auf den hätte er angesichts der Streiks vermutlich lange warten können. Oder ob er noch einmal Revue passieren ließ, was er mit diesem Auto alles erlebt hatte: Seine ersten Reisen mit Sophie nach Portugal, seine Ausflüge an die normannische Küste, in Begleitung seiner Eroberungen, sein erstes Schuljahr in Lille-Sud im September '83, seine melancholischen Spritztouren mit Andréa nach Malo-les-Bains ... Vielleicht war er sogar erleichtert, vielleicht stand die Tatsache, dass er das Cabriolet zurückließ, sinnbildlich für den Bruch, den er vollzog, nun gab es kein Zurück mehr.

Er trug einen Leinenanzug, der ihm ein wenig zu weit war, er nahm sein Handy zur Hand und prüfte, ob es einen Zug nach Limoges gab. Es gab keinen einzigen. Tavaniello hatte noch Glück gehabt.

Er musste das Gefühl haben, in der Falle zu sitzen. Ein bisschen wie in einer dieser phantastischen Erzählungen oder einem immer wiederkehrenden Albtraum, wo es einem nie gelingt das zu tun, was man tun möchte, weil sich die absurdesten Hindernisse vor einem auftun und einen davon abhalten, sein Ziel zu erreichen. Andere Kameras bei der Gare d'Austerlitz zeigten ihn mir, wie er in einer allgemeinen Exodus-Stimmung auf einen Fernbus wartete.

Ich konnte mir angesichts seiner bitter enttäuschten Miene ein hämisches Lachen nicht verkneifen. Zugleich fragte ich mich, wie viele dieser Leute, die wie normale Urlauber aussahen, die Stadt in Wirklichkeit wegen der Streiks verließen, die inzwischen zu ersten Versorgungsengpässen führten, oder wegen der Attentate, deren blutige Spur sich durch Paris und die umliegenden Gemeinden zog – mal traf es ein Geschäft, mal ein Kino, mal ein vegetarisches Restaurant –, und wie viele von ihnen, vielleicht ohne es selber zu ahnen, tatsächlich Verdunkelte waren, die weggingen. Die Zahl von dreißig am Tag, die mir der Colonel vor drei Monaten genannt hatte, schien mir schöngerechnet zu sein. Unsere Computer kamen inzwischen auf eine Zahl von zweihundert am Tag, und das war noch untertrieben. Allein in der Region Île-de-France waren es seit Wochenanfang zweihundertfünfzig.

Es war mir ein Rätsel, wieso Trimbert nicht direkt nach Sarrant oder Auch fuhr, um dort Leïla Khider zu treffen. Warum fuhr er zuerst zu Tavaniello oder seinen türkischen Freunden in Brive? Wollte er eine Abschiedstour unternehmen, bevor er zusammen mit seinem arabischen Flittchen sein Begräbnis erster Klasse bekäme? Ich empfand die gleiche Mischung aus Frust und Hass wie 2015 nach meiner Operation in Brüssel. Er hatte noch nicht mal sein MacBook mitgenommen. Das elektronische Aufzeichnungsgerät gab unbeirrbar weiterhin Square Delormel als seinen Aufenthaltsort an.

Ich beschloss bei ihm vorbeizuschauen, ohne eigentlich genau zu wissen warum. Wohl weil ich ein letztes Mal den Ort sehen wollte, an dem ich so glücklich gewesen war, an dem ich dieses sonderbare, bittersüße Glück empfunden hatte, mein kleines Geheimnis beim Geheimdienst. Ich wollte auch gerne die Notizbücher mitnehmen, die ich noch nicht gelesen hatte. Wobei ich mir damit natürlich etwas vormachte. Tatsächlich hatte ich seit 2015 fast alle gelesen. Aber ich gab die Hoffnung nicht auf, darin etwas zu entdecken, was ich bisher nicht gefunden hatte und was ich wohl nie finden würde.

Warum bloß habe ich nicht auf irgendeiner Seite über seine letzten Jahre in Rouen, auf denen es nur so wimmelte von Frauen und alkoholreichen Partys, auch nur einen beiläufigen Hinweis auf diesen One-Night-Stand in Étretat gefunden, im Juni 1981, mit einer jungen Studentin von der ESSIGELEC, der Eliteschule für Ingenieursstudien, die aus Besançon stammte?

Ich wollte gerade die Tür mit dem Nachschlüssel öffnen, den ich mir schon vor Ewigkeiten hatte machen lassen, als ich hinter mir die Stimme der alten Nachbarin hörte.

»Ah, verstehe, dann füttern Sie also Ganate? Dabei hatte Monsieur Trimbert eigentlich mich darum gebeten …«

Ich drehte mich um.

Da veränderte sich das Gesicht der Alten.

»Aber Sie sind ja ganz blass, Mademoiselle, liegt das an der Hitze?«

Dann erschien erneut ihr nettes Oma-Lächeln.

»Was ist dieser Trimbert doch für ein Geheimniskrämer. Sie sind ihm ja wie aus dem Gesicht geschnitten. Dann hat er also eine Tochter?«

Mir wurde speiübel. In dem Moment fiel mir auf, dass ich seit gestern nichts mehr gegessen hatte, so beschäftigt war ich mit der Entführung der Linksradikalen und der Eliminierung des Soziologen.

Ich ging auf die Alte zu, ich drängte sie sachte in ihre Wohnung zurück und schloss die Tür hinter mir.

»Aber was tun Sie da ...«

Ich stieß sie auf das Sofa im Wohnzimmer. Sie verstand nicht, was los war. Ich ehrlich gesagt auch nicht. Ich wollte ihre Fragen nicht hören, ich wollte nicht, dass sie redete, ich wollte nicht, dass diese kindische Alte sich in etwas einmischte, das nur Trimbert und mich anging. Also nahm ich ein Kissen und erstickte sie, ohne große Gegenwehr, während ich in den Anblick einer Monet-Reproduktion der Kathedrale von Rouen vertieft war, eine schlechte Reproduktion, nebenbei gesagt.

Dann schleifte ich sie in die Küche und durchsuchte die Wohnung. Offenbar gab es keine Verwandten oder enge Freunde, die regelmäßig vorbeischauten. Ach ja, ein weiteres, trauriges Beispiel für die Vereinsamung alter Menschen in der Anonymität der Großstadt. Eine ältere Dame, die man Wochen, vielleicht erst Monate später fand, obwohl sie bereits ein halbes Jahrhundert in dieser Wohnung lebte.

Bei Trimbert sah ich, dass er sein aktuelles Notizbuch mitgenommen, aber alles andere dagelassen hatte, sogar die Medikamente gegen seinen erhöhten Cholesterinspiegel und seinen Bluthochdruck. Und ich wusste ja, dass er seit Monaten keine Beruhigungsmittel mehr anrührte. Ganate kam und rieb sich an meinen Beinen. Auch sie hatte er zurückgelassen. Ich brauchte einen Vorwand, um nach Eymoutiers zu fahren und meine Rechnung mit Tavaniello zu begleichen, der mir schon eine ganze Weile auf die Nerven ging. Außerdem war zu befürchten, dass er Trimbert zu lange in Beschlag nehmen würde mit irgendwelchen Angelpartien, Treffen mit diesen Erleuchteten von Tarnac, Spaziergängen im Torfmoor von Longeyroux. Trimbert würde das alles bereitwillig mitmachen. Ich kannte ihn, er würde das Warten auf Leïla auskosten, so wie man das Warten auf ein Glas Wasser auskostet, wenn man Durst hat. Und für das, was ich vorhatte, brauchte ich einen Trimbert, der frei war, frei und verzweifelt. Ganz auf sich allein gestellt. Und zwar für eine ziemlich lange Zeit, um sicherzugehen, dass mir mein Coup gelang. Ich könnte natürlich auch direkt nach Auch fahren und mit diesem Flittchen aus dem Maghreb abrechnen, dieser eingebildeten Pute aus dem Aurès-Gebirge, die einen auf affektierte Scheherazade aus dem Gers machte. Aber dafür einen Vorwand zu finden, war noch schwieriger. Für Tavaniello dagegen hatte ich schon einen Vorwand gefunden.

»Colonel?«

»Ja.«

»Ich muss nach Eymoutiers. Simon Tavaniello, der Aktivist, der unter Hausarrest steht, hat diese ganze Flucht orchestriert, ihm hat der Soziologe die Informationen über die Verdunkelten zugespielt. Tavaniello hat sie an seine jungen, linksextremen Groupies weitergegeben. Und ich gehe stark davon aus, dass das noch nicht alles war …«

»Bist du sicher, Agnès?«

»Absolut sicher, ich habe meine Quellen.»

»Dann wende dich an die Gendarmerie und sag, sie sollen ihn uns bringen, oder sie sollen ihn ins Hauptquartier der DGSI bringen. Ich brauche dich anderswo.«

»Nein, ich möchte mich lieber persönlich darum kümmern. Das steht in direktem Zusammenhang mit der Operation von heute früh, die unter meiner Verantwortung durchgeführt wurde. In Ordnung?«

»Und wenn ich dir doch sage, dass ich dich anderswo brauche.«

»Ich bin spätestens morgen früh dort. Ich neutralisiere ihn, fertig. Ich …«

»Hier herrscht das blanke Chaos, *Capitaine*. Ich brauche dich jetzt sofort.«

»Du musst dich bis morgen früh gedulden, Colonel …«

»Aber …«

Ich legte auf. Es würde sich schon alles finden. Währenddessen beschloss ich, eine menschliche Geste zu zeigen. Bevor ich Trimberts Wohnung verließ, öffnete ich das Fenster für die Katze. Sie konnte ihr Glück auf den Dächern versuchen, wenn sie feststellte, dass niemand mehr zum Füttern kam.

Letzten Endes war sie ja ein Streuner und auf der Dachrinne zu Hause.

In einem Frühling, den man daran hätte hindern sollen jemals vorbeizugehen

Es kann noch Stunden dauern, bis der Fernbus nach Limoges fährt. Aber ich riskiere es nicht, noch mal wegzugehen, trotz des Gedränges und der Hitze. Ich habe mir die *Le Monde* gekauft, die gerade mit Verspätung erschienen ist. Ein alter Reflex aus meiner Zeit als braver Intellektueller. Im Aufmacher geht es um den tödlichen Autounfall der britischen Premierministerin. Sie war mit ihrem Mann und mehreren Ministern auf dem Weg zu ihrer Privatresidenz im Exmoor-Nationalpark in der Grafschaft Devon. Der Schatzmeister, der sie übergangsweise vertritt, erklärte, er und die gesamte Nation seien zutiefst betroffen. Um gleich darauf klarzustellen, die Unfallursache sei eindeutig menschliches Versagen, der Fahrer sei mit überhöhter Geschwindigkeit gefahren. Spekulationen über ein mögliches Attentat weise man zurück, die betroffenen Stellen schlössen das ausdrücklich aus.

Ich hatte mir mein Weggehen anders vorgestellt. Jetzt wirkt es so, als würde mich das allgemeine Chaos dazu treiben, so wie viele andere Leute auch. Als würde ich die Flucht ergreifen, dabei ist das nicht der Fall. Oder wenn ich fliehe, dann ist es keine Flucht in diesem Sinne. Ich fliehe vor mir selbst und dem Leben, das ich führe. Und dabei muss ich ein ungelöstes Rätsel hinter mir lassen. Ich habe keine Ahnung, wer diese junge Frau sein soll, die mir Madame Martinet zufolge ähnlich sieht, und die sich in der Nähe meiner Wohnung herumtreibt. Ich habe schon seit ewigen Zeiten nur noch sporadischen Kontakt zu meiner Familie. Andréa war es, die den Kontakt aufrechterhielt und damit auch die Fiktion, wir hätten uns nahestehende Angehörige, zumal seitdem sie wusste, dass wir keine Kinder haben würden.

Vielleicht war die alte Dame inzwischen bloß ein wenig verkalkt. Oder sie war kurzsichtig. Oder beides zugleich. Und selbst wenn das nicht der Fall war, wenn es da wirklich ein Geheimnis gab, dann werde ich das Gefühl nicht los, dass es sich dabei um eine Verschwörung handelt: Erst fahren die Züge nicht mehr, dann kommen die Busse nicht, dann herrscht eine drückende Hitze, und dann taucht zu guter Letzt auch noch diese junge, dunkelhaarige Frau auf, die mein Ebenbild ist. Als wollte man mich mit aller Macht dazu bewegen, hierzubleiben, und, wie ich es seit Monaten tue, mich in meiner Wohnung am Square Delormel zu verschanzen.

Diese Wohnung, das wird mir zunehmend klar, glich immer mehr einem Gefängnis oder einem Grab. Siebzehn Jahre lang habe ich dort Bücher angehäuft, die ich nicht mehr las. Und die letzten Monate habe ich in einem Zustand träumerischer Lethargie verbracht. Das war durchaus angenehm, zugegeben. Aber dazu kommt, dass ich dieses Grab nur für begrenzte Zeit gemietet habe, nicht auf Lebenszeit. Wie lange ich hier bleiben kann, liegt ganz in der Hand von Constance, und ich möchte nichts mehr mit Constance zu tun haben. Ich möchte mit niemandem mehr etwas zu tun haben. Ich möchte nur Tava noch Adieu sagen, vielleicht noch Altaï in Brive, und dann, wenn sie einverstanden ist, den Rest meiner Tage bei Leïla in Auch verbringen. Von ihrem Schlafzimmer aus die Pyrenäen sehen. Mich nicht mehr von der Stelle rühren. Da kann die Welt von mir aus gerne untergehen.

Ob sie wohl immer noch diesen betörenden Duft hat, den sie als Jugendliche oder junge Frau hatte? Ob sie zugenommen hat? Ob die Zeit in ihrem Gesicht Spuren hinterlassen hat? Ich wünschte, sie wäre so wie die Sophie aus meinen Träumen, die sich seit dem Jahr 1981 nicht verändert hat, da war sie gerade mal zweiundzwanzig. Sophie 1981, Leïla 1998. Bukowski irrt sich, nicht die Liebe ist ein Höllenhund, sondern die Zeit. Aber ich bin dabei, ihn zu zähmen.

Die Hitze ist unerträglich. Ich frage mich, warum ich diesen Leinenanzug angezogen habe, der jetzt zum Auswringen ist. Aber ursprünglich wollte ich ja auch mit dem Cabriolet über die A20 fahren und einen Zwischenstopp in Argenton-sur-Creuse einlegen.

Tavaniello hat Recht. Mein Argenton-sur-Creuse ist ein Phantasiegebilde. Entstanden ist es auf der Rückfahrt von einer Buchmesse in Limoges, auf der ich im Jahr 2000 Constance kennenlernte. Nach dem Cocktail auf Einladung der Gemeinde in einem dieser mittelalterlichen Gewölberäume, die man allerorten restauriert wegen ihres authentischen Flairs, verbrachte ich eine Nacht mit ihr.

In den siebzehn Jahren gab es nicht viele gemeinsame Nächte mit Constance. Wir zogen es vor, gemeinsam Mittag zu essen, Ausstellungen zu besuchen, uns in einem der Kinos im Quartier Latin die Filme von Jacques Rozier anzusehen. An diesem ersten Morgen in Limoges erzählte ich Constance alles. Von meiner Ehe mit Andréa, meinem Gefühl, niemals die Bücher schreiben zu können, die ich schreiben sollte, wenn ich weiter am Collège bliebe, und meiner Angst, wenn ich den Schuldienst verließe, als armer Schlucker zu enden.

»Geld ist kein Problem, mein kleiner Trimbert.«

»Für Sie vielleicht, Constance.«

Constance und ich haben uns bis zum Schluss gesiezt, sogar im Bett. Das war Teil der mondänen und ein wenig erotisch angehauchten Show, auf die sie Wert legte.

»Ich mag Ihre Bücher. Ich habe sie bereits gelesen, bevor wir uns kennenlernten. Sie sind jetzt vierzig. Sie müssen nach Paris kommen, sonst ist es zu spät, um die richtigen

Leute zu treffen, wenn es drauf ankommt. Ich habe diverse Wohnungen, darunter eine im 14. Arrondissement, die ich nicht benötige. Ich vermiete sie Ihnen zu einem Freundschaftspreis. Mögen Sie das 14. Arrondissement? Michel Audiard, Henri Calet, mir scheint, diese Geister dürften doch ganz nach Ihrem Geschmack sein. Und da ich weiß, dass Sie zu den Schriftstellern gehören, die nicht schreiben können, ohne ein Mindestmaß an Sicherheit zu haben, so können Sie ganz beruhigt sein, ich werde für Ihren Unterhalt aufkommen. Ich habe immer davon geträumt, Mäzenin zu sein. Dafür müssen Sie noch nicht mal mit mir schlafen. Es reicht mir, wenn Sie ab und an meinen Namen in den Danksagungen Ihrer Bücher erwähnen. Und wenn Sie Ihren ersten Bestseller geschrieben haben, oder Ihr erstes Buch verfilmt wird, können Sie mir alles zurückzahlen. Damit ist Ihre Ehre gerettet …«

Der Fernbus kommt nicht. Ein Baby weint, mit erstaunlicher Ausdauer.

Nachdem ich meinen Stolz heruntergeschluckt hatte, willigte ich ein. Es gab nie einen Bestseller und nur ein paar Drehbücher. Constance verübelte mir das nicht, ich war Teil ihres Dekors, ein Beweis ihrer poetischen Ader oder ihrer Wohltätigkeit, das habe ich nie ganz herausgefunden.

An diesem Sonntag nahm ich am späten Vormittag extra einen Zug früher, um den Anschlusszug nach Lille zu erreichen. Kurz vor Argenton kam der Zug zum Stehen. Da sah ich, wie die kleine Stadt an diesem ruhigen Nachmittag unter einem blassblauen Aprilhimmel friedlich dalag. Ein Schloss wie aus einem Märchen, hinter der Biegung ein Tal, Häuser, die sich im Fluss spiegelten, wie in Brügge, mit wildem Wein bewachsen, von Trauerweiden umgeben. Einem plötzlichen Drang folgend stieg ich aus. Ich kam zu dem Schluss, dass ich zu oft in meinem Leben aus dem Fenster eines Autos oder Zuges heraus eine Landschaft gesehen und gedacht habe: »Aber da ist er ja, der Ort, an dem man glücklich sein kann.« Eine geografische Variante der »Passante« von Baudelaire. Vielleicht hatte Constances Angebot mich auch befreit, vielleicht erschien mir die Aussicht auf das, was mich erwartete, auf einmal unerträglich und nicht wie eine angenehme Routine: Die sanfte und perfekte Andréa, die so tat, als handelte es sich bei unseren Gesprächen über eine mögliche Scheidung nur um ein ansatzweise grausames, intellektuelles Spiel, würde mich spät am Abend am Bahnhof abholen und zu unserer Wohnung in Vieux-Lille fahren, am nächsten Morgen würden wir beide wieder sehr früh aufstehen, um in die Schule zu unseren Schülern zu fahren. Und das Woche für Woche.

Ich ging in Richtung der kleinen Stadt, überquerte eine Brücke über der Creuse. Ich konnte die Häuser sehen, ja fast berühren, die mir vom Zug aus so verführerisch erschienen waren, und das Gefühl der Verzauberung hielt an. Es war kurz nach vierzehn Uhr, vermutlich beendeten der Notar, der Arzt, der Schuldirektor, der pensionierte Postbeamte gerade ihr Mittagessen. Irgendwo langweilten sich Kinder, saßen Teenager in ihren Mansardenzimmern unterm Dach, lasen und ließen ab und zu ihren Blick über das Laub der Bäume im Garten schweifen, wenn der Wind durch die Blätter fuhr. Das war für mich eines der zauberhaftesten Geräusche überhaupt, so hörte sich die Zeit an.

Ich setzte mich auf die Terrasse des einzig geöffneten Cafés, das zwischen zwei Schlachtern lag, deren Schilder noch die gewollt modernen, aber dabei naiv wirkenden Schriftzüge trugen, die man aus den 50er Jahren kannte und die man nur noch an solchen Orten fand. Ich setzte mich, ich war der einzige Gast, ich bestellte einen Kaffee, ich hörte von den Häusern an der Creuse her das überschwängliche Lachen eines sehr kleinen Mädchens, und ich sah einen weißen Fleck, der zwischen den Zweigen auftauchte und wieder verschwand: Eine Schaukel, eine Schaukel an einem Frühlingstag, den man daran hätte hindern müssen, jemals vorbeizugehen, den man zu einer wie auch immer gearteten ewigen

Wiederkehr mit mir als ewigem Zuschauer hätte zwingen müssen. Am Ende hätte ich dann das Tor aufgestoßen, wäre den Kiesweg heruntergelaufen, um das Haus herum, und hätte mich zum Dessert in einen Korbstuhl ans Wasser gesetzt. Ein Satori für Trimbert. Das erste in meiner Sammlung, kann man sagen.

Ich fand ein Hotel, das *Hôtel Beauséjour,* Place de la République. Ich war mitten im grünen Herzen Frankreichs. Vom Hotelzimmer aus rief ich Andréa an. Im Frühjahr des Jahres 2000 war es leicht zu lügen. Das sollte nicht so bleiben. Ich hatte damals noch kein Handy. Sie würde nicht nachprüfen, ob der Zug von Limoges nach Paris, der irgendwann gegen 11 Uhr abgefahren war, wirklich bei Châteauroux ein technisches Problem hatte, weshalb ich so spät an der Gare d'Austerlitz eintreffen würde, dass ich gezwungenermaßen bei Gourvenec in Paris übernachten musste. Private Haushalte hatten damals noch kein Internet, zumindest wir nicht. Ich versprach früh am nächsten Morgen im Collège anzurufen, um mein Fehlen zu erklären, sie solle sich keine Gedanken machen, ich hätte ja den Schlüssel. Ich glaube, ich fühlte mich noch nie so frei wie in diesem Zimmer mit den polierten Möbeln und der nachgemachten Toile-de-Jouy-Tapete. Ich ging zum Essen nach unten, zu einer dieser etwas tristen Sonntagabend-Hotel-Mahlzeiten. Ich trank zusammen mit einem Vertreter einen Digestiv, dann ging ich raus, um auf der Brücke eine Zigarette zu rauchen. Ein Sonntag in Argenton-sur-Creuse. Es war albern, es war lächerlich, es war wunderbar. Im Hotelzimmer las ich mit Begeisterung einen Roman von Echenoz, der einzige Roman von Echenoz, an den ich mich nicht erinnern kann, weil ich stattdessen den Klang der Kirchturmuhr der Saint-Sauveur-Kirche in Erinnerung habe, und den sehr feinen Riss in der linken, unteren Fensterscheibe innen, und das Waschbecken anno 1930, massiv, aus eierschalenfarbenem Porzellan, das genauso aussah wie die Waschbecken in den Badezimmern der Bellevue-Villa in Saint-Valéry-en-Caux, bei meinen Großeltern. Ebenso verhielt es sich mit dem Film von Frank Borzage, *The*

Shining Hour, der im *Cinéma de Minuit* lief, und den ich auf einem Fernseher sah, der oben in der Ecke hing. Das Einzige, an das ich mich noch erinnere, ist das Gefühl, mich heimlich dort hineingeschlichen zu haben, so wie damals als jugendlicher Filmfan, der auf leisen Sohlen die Treppe unseres Hauses in Rouen herabstieg, vorsichtig die Türgriffe herumdrehte, die ich in- und auswendig kannte, so dass sie nicht quietschten, und sich bei ganz leise gestelltem Ton an einem Dino-Rossi-Film ergötzte, der in der Reihe »Aspekte des italienischen Kinos« vorgestellt wurde, dazu die Stimme von Patrick Briot, deren besonderer Klang den Grundton zu meiner heimlichen Leidenschaft bildete.

»Monsieur, Monsieur, es wäre dumm, jetzt den Bus zu verpassen, nachdem Sie so lange gewartet haben.«

Das ist die Kontrolleurin, sie wirkt amüsiert. Ich folge ihr, steige ein, die Stimme des Fahrers erklärt, *Ouibus* entschuldige sich für die Verspätung, die auf einen Engpass bei der Benzin-Versorgung zurückzuführen sei.

Endlich fährt er los. Mein Nachbar schläft schon. Wir werden Limoges voraussichtlich erst spät am Abend erreichen. Fahrgäste, die noch mal umsteigen müssen, sollen sich bitte beim Fahrer melden, »aber nicht alle auf einmal«.

Ich überlege, Tavaniello Bescheid zu sagen, dass ich möglicherweise nicht vor dem frühen Nachmittag bei ihm eintreffe, immer unter der Voraussetzung, ich bekomme überhaupt einen Anschluss nach Eymoutiers. Aber der Sitz ist so bequem, der Sonnenuntergang berückend, und die Schaukel eines kleinen Mädchens in Argenton-sur-Creuse im Frühjahr 2000 leistet mir wunderbare Gesellschaft, wie auch die Erinnerung an Leïla, die mir gerade eine SMS geschickt hat: »Da du sagst, ich soll dich duzen, gehorche ich als brave Schülerin, die ich war, und sage dir hiermit, dass ich dich erwarte, jederzeit, wenn du möchtest.«

Ich fahre sicher gerade in ein Funkloch

Ich habe mir aus einer der Garagen des Geheimdienstes, die über ganz Paris verteilt sind, einen Dienstwagen geholt, einen schwarzen Volvo S80 mit hochgetuntem Motor. Als ich der Ordonnanz meine Codenummer gab, zögerte ich kurz. Möglicherweise hatte der Colonel schon eine Warnung ausgegeben, dass ich Befehlsverweigerung betrieb und man mich festnehmen sollte. Aber nach einer Überprüfung, die meinem Gefühl nach eine Ewigkeit dauerte, sagte er nichts dergleichen. Er merkte nur an, das Auto sei vollgetankt und das sei auch nötig, da die Liste der Tankstellen und Treibstofflager, die kein Benzin mehr hätten, immer länger werde. Man gehe inzwischen schon an die strategischen Reserven heran, die eigentlich für Notsituationen gedacht seien.

Fast hätte ich erwidert, dass es sich hier tatsächlich um eine Notsituation handele, dass jederzeit alles zusammenbrechen könne, und ich einen Auftrag persönlicher Natur hätte, der Vorrang vor allen anderen genieße. Endlich würde ich Trimbert für mich allein haben, darauf wartete ich nun schon eine halbe Ewigkeit. Und zwar seit dem Tag, an dem mir klar geworden war, welche Rolle ich in der Familie Delvaux spielte, in der Familie von General Delvaux, der vor zehn Jahren an einem Herzinfarkt gestorben war, und zu dessen Begräbnis ich nicht gegangen war.

Als Mama mich damals inständig bat, nach Besançon zu kommen, und sagte: »Immerhin war er dein Vater«, lachte ich nur. Ich bekam einen richtigen Lachkrampf, das kannte ich gar nicht von mir. Ich hatte direkt Angst zu ersticken, so musste ich lachen. Da sagte sie nichts mehr. Vielleicht hätte ich sagen sollen, dass ich ihr das nicht übelnahm, nie übelgenommen hatte, aber während ich noch mit meinem Lachanfall kämpfte, beschränkte ich mich darauf zu entgegnen: »Keine Sorge, seine Kinder werden sicher alle da sein, da bin ich sowieso überflüssig, wie immer schon.« Als ich auflegte, weinte sie. Ich glaube, am meisten hat ihr in all den Jahren meines Heranwachsens zugesetzt, dass ich ihr keine Fragen gestellt habe, nachdem ich verstanden hatte, was Sache war, nie.

Nicht, dass ich es nicht gerne gewusst hätte, aber ich wollte ihr nicht die Möglichkeit geben sich zu erklären, ihr Gewissen zu erleichtern, in der Hoffnung, dass ich ihr verzeihe. Das wollte ich um keinen Preis. Dass ich die ungeplante Frucht einer Liebesnacht war, mochte ja noch angehen, und dass sie entschied, mich zu behalten, auch, aber dass sie mit General Delvaux in den Bund der Ehe treten wollte, wie man früher zu sagen pflegte, obwohl er die Vaterschaft für mich nur unter der Bedingung übernahm, dass man mich in der Wohnung in La Boucle und in der feinen Gesellschaft von Besançon möglichst wenig zu Gesicht bekommen würde, das war schlicht unverzeihlich. Das bedeutete für mich, dass ich meine Kindheit und Jugend in Internaten verbrachte und meine jüngeren Geschwister wie Fremde für mich waren.

Bei meinen Stippvisiten bei der Familie Delvaux anlässlich dieser öden Thermalkuren in Salins-les-Bains, den Ferien im Sommerhaus der Familie in Pontaillac oder diesen trostlosen Weihnachts- und Silvesterfeierlichkeiten, bei denen ich immer das Gefühl hatte, eine Unsichtbare zu sein, versuchte Mama regelmäßig, mich in meinem Zimmer beiseite zu nehmen. Ich steckte mir dann ostentativ die Finger in die Ohren und summte vor mich hin. Später, in der unpersönlichen Mansarde unterm Dach, wo ich mein Zimmer hatte, zwei Etagen über der Wohnung der Familie, weigerte ich mich, ihr die Tür zu öffnen. Sie musste also die Überrumpelungstaktik anwenden, als ich ihr nach einem chirurgischen Routineeingriff an Allerheiligen 2014 einen Besuch abstattete, nur wenige Tage nach meinem zweiunddreißigsten Geburtstag. Da schleuderte sie mir einen Namen entgegen, einen Beruf, eine Stadt, die Geschichte einer Nacht im Juni 1981 in Étretat.

»Und, geht es dir jetzt besser, nachdem du es mir gesagt hast?«

»Ja, Agnès, das musste sein. Du hast ein Recht darauf, es zu wissen, du musst es wissen.«

»Ach, erzähl doch keinen Quatsch, Mama. Du überfällst mich damit hinterrücks, weil du nicht mit dieser Last auf deinem Gewissen sterben möchtest, das hast du nur für dich getan, nicht für mich.«

Der Volvo fuhr auf der Autobahn wie eine Eins. Mir fiel auf, dass ich die erlaubte Höchstgeschwindigkeit deutlich überschritt. Die Autobahn, die schon unter normalen Umständen wenig befahren war, war vollkommen leer. Die Unruhen, die Benzin-Knappheit.

Ich hatte keinen Grund zur Eile. Trimberts Fernbus war noch nicht einmal abgefahren. Ich würde lange vor ihm bei Tavaniello sein. Ich wühlte in meiner Handtasche. Neben der Glock 19 lag ein Sampler von Trimbert. Ich legte die CD in den CD-Player ein und unterbrach damit das wichtigtuerische Geschwätz des Journalisten, der gerade das Datum der Beisetzung der englischen Premierministerin verkündete, und die Namen der Staatschefs aufzählte, die dazu erwartet wurden. Da war dem englischen Geheimdienst gemeinsam mit unserem wirklich ein Coup gelungen. Der Colonel hatte alles im Griff. Es widerstrebte mir schon ein wenig, mich ihm zu widersetzen und ihm damit ein weiteres Problem aufzuhalsen. Nicht, weil ich zu einer illoyalen Untergebenen geworden war, sondern weil ich ihn liebte, auf meine Art, und weil er mich auch liebte.

Während die Starlites »Valerie« sangen und ich über die Loire fuhr, dachte ich daran, welcher Zufall mir erlaubt hatte, Trimberts Lebensweg nachzuvollziehen, ohne dass er etwas davon ahnte, von der Vorbereitungsklasse in Lille bis zu Saint-Cyr-Coëtquidan.

Gerade sehe ich Ada vor dem Kriegerdenkmal an der Ecke auftauchen in ihrem weiten, naturfarbenen Leinenkleid, in dem sie aussieht wie ein Mädchen auf einem dieser Flower-Power-Plattencover – passt ja, schließlich leben wir im Zeitalter der Sanftmut, und haben diese Utopie endlich verwirklicht. Schon komisch, wenn ich bedenke, dass diese ganze Geschichte nur wenige Kilometer von hier zu Ende ging, und zwar lange bevor ich mich entschieden habe, mich in dieser Ecke des Gers endgültig mit Ada niederzulassen.

Das war zu der Zeit, als große Unsicherheit herrschte und das Kollektiv, das in Simorre lebte, Mühe hatte, sich gegen die Banden von Plünderern zur Wehr zu setzen, die durch die Gegend zogen. Ich bot ihnen meine Hilfe an, nicht aus christlicher Nächstenliebe, sondern weil ich dieses kleine, dreijährige Mädchen hinten auf dem Kindersitz im Auto hatte, mir das Benzin auszugehen drohte und ich genug davon hatte, ziellos in diesem Land herumzuirren, das kurz vor dem Zusammenbruch stand. Ich organisierte die Verteidigung von Simorre und der Höfe der Region Astarac. Schließlich war Gewalt das Einzige, mit dem ich mich berufsbedingt auskannte. Ich machte eine Bestandsaufnahme der verfügbaren Waffen: Jagdgewehre, ein paar alte Sten und Granaten, die noch aus der Zeit des Maquis in Meilhan stammten und bis heute in ihren Verstecken auf irgendwelchen Höfen lagerten. Nur wenige Monate später wurden wir nur noch selten von Plünderern heimgesucht, irgendwann blieben sie schließlich ganz aus, unsere Verluste blieben dabei gering. Die Einwohner zeigten sich mir gegenüber nicht sonderlich dankbar. Verständlich, sie hatten die Gewalt hinter sich lassen wollen, und ich war ihr schlechtes Gewissen.

Als wieder Frieden eingekehrt war, war ich ihnen ein wenig unheimlich. Ich beschloss, mich etwas außerhalb niederzulassen, in einem verlassenen Landhaus. Die Jahre gingen ins Land, Ada wurde groß, und bei den Versammlungen, den Räten, schwieg man sich darüber aus, was ich für sie hatte tun müssen, wie zum Beispiel die Exekution dieser drei armen, ausgehungerten Typen nach einem besonders gewalttätig ausgetragenen Kampf rund um den Hof von Libou. Drei Schüsse in den Nacken, und dann hängte ich die Leichen weithin sichtbar vierzehn Tage lang an Bäumen entlang der Landstraße auf, die nach Simorre führt.

Ich erreichte Eymoutiers am späten Nachmittag. Ich ließ das Auto am Bahnhof stehen. Dort erinnerte eine Gedenkplakette an den ersten Résistance-Akt der Widerstandskämpfer unter Guingouin im Dezember 1942. Dabei war eine Ballenpresse zerstört worden, auf der eine später berühmt gewordene Aufschrift prangte, die zum Aufruf wurde sich anzuschließen: »Kein Heu für Hitler!« Ich ging zu Fuß den Weg zum etwas außerhalb gelegenen Ortsteil Macaud, fand Tavaniellos Haus problemlos. Ich stieß das Gartentor auf. Es war einfach wunderbar. Hinter einer erhöht liegenden Terrasse mit einer Pergola oberhalb der Vienne fiel das mit vielen Bäumen bestandene Gelände hundert Meter tief steil ab. Tavaniello war unten und fütterte seine Hühner. Ich setzte mich auf einen Liegestuhl. Daneben stand ein Beistelltisch, auf dem eine Brille lag, eine Ausgabe von *Le Monde diplomatique*, die aufmachte mit einem Artikel über die finale Krise des Kapitalismus, und ein Gedichtband mit Jugendgedichten von Pasolini auf Italienisch. Außerdem stand da noch eine Flasche Greco di Tufo in einem Eiskübel.

Als Tavaniello etwas aus der Puste mit einer Schaufel in der Hand die Stufen hochkam und mich sah, sagte er:

»Kann ich irgendwas für Sie tun?«

»Sterben.«

Er lachte.

»Klingt nicht nach einem sehr verlockenden Angebot. Aber wie ich sehe, machen Sie keine Scherze. Haben Sie die Absicht, diese Waffe zu benutzen?«

»Ja. Und da wir gerade davon sprechen, legen Sie doch bitte die Schaufel zur Seite…«

»Dann stimmt es also, was man über die Todesschwadronen liest? Wissen Sie, ich bin wirklich nur ein mäßig interessantes Ziel. Ich sage das nicht, weil ich hoffe Sie umzustimmen. Ich würde aber auch nicht behaupten, dass es mir zupass käme, jetzt zu sterben, da ich das Gefühl habe, dass gerade alles ins Kippen gerät. Und dann könnte ich nicht mehr sehen, was daraus wird. Aber zumindest kann ich mich damit trösten, dass ich Leuten Ihres Schlags Probleme bereitet habe. Wissen Sie, was Pasolini sagt?«

Er deutete mit dem Kinn auf den Gedichtband neben mir.

»Das steht da nicht drin«, fuhr er fort, »es ist der letzte Satz im letzten Interview, das er am Tag vor seinem Tod gegeben hat.«

»Ja, ich weiß: ›Wir sind alle in Gefahr.‹«

Er pfiff anerkennend.

»Nicht schlecht für eine Frau fürs Grobe.«

»Das habe ich bei Ihrem Kumpel Guillaume Trimbert gelesen.«

Er wirkte überrascht. Er sah mich an. Er sah ziemlich gut aus für sein Alter. Eine libertäre Variante des Colonels, falls so etwas überhaupt vorstellbar war. Und dann sah ich, dass er verstanden hatte.

»Wer sind Sie? Seine Tochter? Er hat Sie mir gegenüber nie erwähnt.«

»Weil er nicht weiß, dass es mich gibt.«

»Offenbar nicht. Aber wie konnten Sie dann Pasolini bei ihm lesen? Ich würde ungern als Idiot sterben.«

Ich bedeutete ihm, sich zu setzen, schenkte ihm ein Glas Greco di Tufo ein und nahm selbst einen Schluck aus der Flasche. Um uns herum war alles paradiesisch und ruhig. Man hörte nur die Vögel, den leichten Wind, der durch die Blätter fuhr, das Gegacker der Hühner. Die Stiftskirche verschwand im Hitzedunst. Eine Katze sah uns an. Sie hatte sich auf einem alten Steinmäuerchen ausgestreckt, welches das Haus vom Weg trennte.

Ich erzählte ihm alles. So konnte ich endlich damit abschließen. Ich berichtete ihm sogar von meinem Vorhaben.

»Ich bin mir nicht so sicher, ob das nun besonders schön ist oder vollkommen abartig, ob Sie die Heldin einer Tragödie sind oder eher eine Psychopathin der schlimmsten Sorte. Trimbert als Noah …«

Er ging mit einem Lachen von uns.

Ich schoss.

Das Glas Greco di Tufo ergoss sich über die Holzbohlen der Terrasse, die Katze sprang von der Mauer in ein Beet mit Petunien, die Hühner hörten auf zu gackern. Wenige Sekunden lang herrschte Stille.

Und dann übernahm der Nachmittag erneut die Regie und setzte seinen Lauf fort, als wäre nichts gewesen.

Ich hielt einen Moment inne, trank die Flasche aus. Ich vergoss ein paar Tränen, aber ließ die Trauer hinter mir, indem ich mich daran machte, Tavaniellos Leiche in der Nähe seiner Hühner zu vergraben, am Ufer der Vienne, mit seiner Schaufel. Ich wusch mir im Fluss die Erde von den Händen und besprengte mein Gesicht im Anschluss mit Wasser. Ich hatte Hunger. In der Küche fand ich, was ich brauchte, um mir ein Steinpilzomelette zu machen. Dann fand ich die Papiere von Tavaniello und tat sie zusammen mit ein paar Klamotten in eine Reisetasche. Ich räumte alles ordentlich auf. Wenn die Gendarmen auftauchten, weil Tavaniello nicht auf der Wache erschienen war, würden sie denken, er wäre abgehauen. Das würde ihnen gar nicht gefallen.

Ich fuhr von Eymoutiers weiter nach Brive. Es kam überhaupt nicht infrage, dass Trimbert, wenn er feststellte, dass Tavaniello nicht zu Hause war, danach bei seinen türkischen Freunden herumlungerte. Ich wollte ihn in die Verzweiflung treiben, ich wollte ihm sämtliche Rückzugsmöglichkeiten nehmen. Tavaniello, Altaï. In Bezug auf Leïla würde ich ihn noch eine Weile in dem Glauben lassen, dass er dort an seinem Ziel angekommen wäre und sich endlich auflösen könnte, sein Leben in den Armen einer ehemaligen Schülerin, die ihm alles durchgehen ließ, langsam vergehen lassen könnte. Eine ehemalige Schülerin, die überglücklich wäre, diese kleine Idiotin, den herrenlosen Hund ohne Halsband einzusammeln.

Aber er gehörte mir, mir allein.

Da ich genug Zeit hatte, beschloss ich, über die D940 zu fahren. Ich wusste nicht mehr, in welchem seiner Notizbücher Trimbert diese Strecke erwähnt hatte. Er war von Brive aus nach Tulle gefahren, um dort Tavaniello zu treffen, anlässlich einer Veranstaltung der Anarchisten, die der von den Sowjets in La Courtine 1918 ausgerufenen Republik gedachten. Danach hatte Trimbert beschlossen, nicht wieder nach Brive zurückzufahren, sondern Tavaniello nach Eymoutiers zu bringen. Auf dem Weg dorthin war ihnen in der Dunkelheit kilometerlang kein einziges Auto entgegengekommen. Trimbert hatte ein Gedicht darüber geschrieben, darüber, dass es noch heute möglich war, was einem Wunder gleichkäme, über eine so lange Strecke das Gefühl zu haben, mitten in Frankreich der letzte Mensch auf Erden zu sein und eine Form von Einsamkeit zu erleben, von der man nicht wusste, ob sie eher furchterregend war oder eine echte Wohltat.

Am Tage, wie an diesem Nachmittag, war die Strecke weniger geheimnisvoll, aber sie hatte durchaus einen gewissen Charme. Es gab nur wenige Dörfer, dunkle Wälder, Hinweisschilder zu Orten, zu denen Wege führten, die kaum befahrbar waren.

Auf der Höhe eines Sees, des Lac des Bariousses, erhielt ich den Anruf des Colonel. Ich beschloss das Bluetooth-System einzuschalten, um ihm zu antworten, damit ich mich weiter aufs Fahren konzentrieren konnte.

»Du bist auf dem Weg nach Brive, *mon petit Capitaine.*«

»Woher weißt du das?«

»Stopp dieses Gemetzel, Agnès, ich weiß alles. Du vergisst, dass ich dich ausgebildet habe.«

»Was weißt du denn?«

»Alles, sagte ich doch. Schon im Frühjahr 2015 hatte ich erste Zweifel bei deiner Geschichte mit Malo-les-Bains. Die zuverlässigste Agentin meiner Einheit. Und meine Geliebte. Dieser plötzliche Zusammenbruch sah dir gar nicht ähnlich. Da habe ich ein bisschen nachgeforscht. Das ist schließlich mein Job, Agnès. Und ich habe meine Nachforschungen ausgerechnet zu dem Zeitpunkt begonnen, als ich wegen der Attentate sowieso schon mit Arbeit überhäuft war. Ich habe dich echt verflucht wegen dieser Sache. Als hätte ich nichts Besseres zu tun ... Und ich kenne deine Absichten ...«

Ich hatte die kindliche Versuchung einfach aufzulegen, Musik aufzudrehen und weiter vor mich hinzufahren, durch diese grüne und dunkle Haute-Corrèze, während sich über meinem Kopf, zwischen zwei Baumgruppen mit hochstämmigen Bäumen, gleich einem endlosen Band nur der blaue Himmel hinzog, den ich durch das transparente Dach des Volvos sehen konnte.

»Agnès, deine Mutter hat dir Ende Oktober 2014 gesagt, wer dein Vater ist. Ein Schriftsteller namens Trimbert. Ich habe Fotos von ihm gesehen, Filmaufnahmen. Mein Gott, du bist ihm wirklich wie aus dem Gesicht geschnitten. Die Augen ... Was er schreibt, ist nicht so mein Fall, aber lassen wir das. Deine Mutter hat nicht lange gezögert, mir reinen Wein einzuschenken. Noch im Dezember desselben Jahres begannst du damit, die Ressourcen des Dienstes zu nutzen, um dich an seine Fersen zu heften und sein Leben bis in den letzten Winkel hinein auszuforschen. Da du ja nicht auf den Kopf gefallen bist, hast du deine Spuren gut verwischt und dir dabei die Anti-Terror-Gesetze zunutze gemacht. Im Übrigen hast du schnell verstanden, dass er ein Kandidat für die Verdunkelung war. Das war mir alles klar, aber ich habe dich machen lassen. Abgesehen von deinem kleinen Formtief auf der Rückfahrt von Brüssel warst du immer eine meiner besten Agentinnen. Ich bezweifele, dass ein Sanders oder ein Jaubert das so hingenommen hätte. Sie hätten dich vermutlich eher in der Versenkung verschwinden lassen. Aber ich weiß, dass selbst die besten Mitarbeiter ihr Geheimnis haben, ihre Hölle mit sich herumschleppen, ihren Knacks weghaben, und all das beiseite schieben können, wenn sie eine Mission zu erfüllen haben. Und oftmals macht gerade das sie besonders gut.«

»Und was für eine Hölle trägst du mit dir herum, mein Colonel?«

»In einem anderen Leben hätte ich dir das erzählt, Agnès. Ich glaube, ich weiß sogar, was du mit Trimbert vorhast, wenn du ihn erst einmal zu fassen bekommen hast. Warum auch nicht? Für Moral bin ich nicht zuständig. Ich bin dafür zuständig, die Ordnung aufrechtzuerhalten. Nicht, dass ich versessen nach Ordnung wäre, aber ohne sie würde die pure Barbarei herrschen. Im Übrigen sind wir auf dem besten Wege dahin. Aber ich kann, ich will nicht zulassen, dass du jeden umbringst, der dir in die Quere kommt.«

»Höre ich richtig, du willst mir eine Lektion in Menschlichkeit erteilen? Haben wir beim Geheimdienst etwa keine Unschuldigen liquidiert? Du warst es doch, der mich in eine Tötungsmaschine verwandelt hat, mein Colonel. Ich habe irgendwann aufgehört zu zählen, denn du warst es auch, der mir beigebracht hat, sie bloß nicht zu zählen.«

»Aber niemals für einen persönlichen Kreuzzug, Agnès. Immer nur im Namen der Staatsräson. Du hast bereits Trimberts Nachbarin getötet, mit Tavaniello hast du vermutlich das Gleiche getan. Denn ich habe die Gendarmen von Eymoutiers gerade gebeten, bei ihm vorbeizugehen, und wie es der Zufall so will, ist keiner mehr da. Aber du solltest wissen, dass du es dir sparen kannst, in dieses türkische Restaurant in der Rue Alsace-Lorraine in Brive zu fahren. Da ich im Einklang mit den Anti-Terror-Gesetzen gerade die Festnahme von Altaï Ersoy und seiner Familie veranlasst habe. Sie werden ins Internierungslager von Terrasson gebracht und dort so lange bleiben, wie ich es für richtig halte. Dein Trimbert wird also, nachdem er gesehen hat, dass Tavaniello nicht mehr da ist – wir wissen warum –, in Brive vor einem leeren Restaurant stehen, an dem ein Zettel klebt, dass dieses Lokal auf Anweisung der Behörden geschlossen wurde.«

»Und, was planst du als Nächstes? Willst du mir ein paar Kollegen hinterherschicken, die mich stoppen sollen?«

»Nein, dafür habe ich nicht mehr das nötige Personal. Die Lage verschlechtert sich von Minute zu Minute, und ich brauche jeden Mitarbeiter. Du bist keine Verdunkelte, wie

DiCaprio. Du wirst dich zur Wehr setzen. Sie werden dich früher oder später kriegen, aber bis dahin werden noch ein paar unserer Leute dran glauben müssen …«

»Und das hat nicht zufällig damit zu tun, dass du mich liebst, mein Colonel? Und damit, dass du hoffst, dass ich zurückkehre, wenn ich das mit Trimbert erledigt habe?«

»Mag sein. Aber vielleicht nicht um den Preis, dich zur Serienkillerin werden zu lassen. Ich höre dich nur noch schlecht …«

»Ich fahre sicher gerade in ein Funkloch. Es sei denn, das sind die Vorboten des großen Blackouts … Da kommt eine Menge Arbeit auf dich zu …«

»Agnès, ich …«

»Wenn du mich liebst, wenn du mich liebst, wie du behauptest, dann lass mich das zu Ende bringen, bitte.«

»Ich kann dich nicht mehr hören.«

»Adieu, mein Colonel.«

In Parallel-Einsamkeiten

Und dann lag Leïla also auf mir, ihre Brüste auf meinem Oberkörper. Aber nein, das mussten wir auf einen späteren Zeitpunkt verschieben. Ich kann einfach nicht mit ihr schlafen, in sie eindringen. Mir wird bewusst, dass ich nicht deshalb hierher gekommen bin. Das heißt, um ehrlich zu sein, habe ich von Anfang an gewusst, dass ich nicht deshalb hierher gekommen bin.

»Ich kann nicht, tut mir leid.«

»Macht doch nichts, Guillaume. Wirklich, ist nicht schlimm. Es wäre schön gewesen, aber es macht nichts.«

Wie lange bin ich jetzt hier, sechs Wochen, sieben Wochen? Und ebenso lange habe ich ihr Schlafzimmer nicht verlassen, sehe die Pyrenäen in der Ferne, denke ans Meer. Ich denke ohne allzu große Sehnsucht ans Meer. Natürlich wäre eine Fischerhütte irgendwo in Griechenland mein großer Traum gewesen. Ich hatte mal eine gesehen, wie lange mag das her sein? Zwanzig Jahre? Das war noch zu Zeiten von Andréa während eines Aufenthalts in Amorgos, in der Nähe von Katapola. Ein Herrenhaus aus dem 18. Jahrhundert zwischen Cancale und Saint-Malo hätte es auch getan, oder eine Dachkammer im Bairro Alto mit Blick auf die Tejo-Mündung, auf den Mar da Palha, den Strohhalmsee. Aber es war nun einmal entschieden, dass mein Weg hier enden sollte, bei Leïla, die aus einer anderen Zeit zurückgekehrt zu sein schien, und eine kleine Narbe auf der Wange trug, wie in der 9. Klasse.

Zumindest hatte man von hier aus einen freien Blick auf den weiten Horizont und das je nach Wetter wechselnde Licht. Man könnte meinen, Auch wäre eine Hafenstadt.

Und immer wieder Baudelaire: »Die Weite des Himmels, die bewegliche Architektur der Wolken …«

Wenn Leïla aus Sarrant zurückkommt, aus der Buchhandlung, bringt sie mir Gedichtbände mit. Ich kann kaum noch etwas anderes lesen. Auf meinem Handy sah ich kürzlich eine Mail meines Verlegers. Er wird *Die Überlebenden kontaktieren* Anfang nächsten Jahres veröffentlichen. Er möchte wissen, an welche Adresse er die Fahnen schicken soll. Sie sind bereits zum zweiten Mal vom Square Delormel zurückgekommen. Er fragt, ob es mir gutgeht. Ich widerstehe der Versuchung, ihm zu antworten, dass er die Möglichkeit hätte, noch zu Lebzeiten des Autors ein Werk posthum zu veröffentlichen. Erstens weiß ich nicht, ob ich dann noch am Leben sein werde, und außerdem würde das ein bisschen zu gewollt wirken und wie der scheinheilige Versuch, weiter im Spiel zu bleiben. Dabei bin ich nicht mehr im Spiel, ernsthaft. Ich bin für niemanden mehr im Spiel. Trimbert ist weg.

Leïla ist weder traurig noch enttäuscht über meine Impotenz. Ich liebe es, sie mit dem Mund zu befriedigen. An der Art und Weise, wie sie meinen Kopf gegen ihr Geschlecht presst, wie sie stöhnt, wie sie sich anspannt, weiß ich, dass sie dabei Lust empfindet. Diese kleine Brandungswelle, die sie durchzuckt, wenn ich auf ihren Wunsch hin die Liebkosung beende, weil sie nicht mehr kann. Das Meer, immer wieder kommt es mir in den Sinn. Im Grunde braucht sie vor allem, genau wie ich, nachts einen Körper neben sich, an den sie sich schmiegen kann, und an der Art und Weise, wie sie mich an sich drückt, spüre ich, dass ich für sie kein Eindringling bin, kein bloßer Ausrutscher.

Je mehr Tage vergehen, desto weniger lese ich. Ich liege einfach nur auf ihrem Bett, das an das Bett eines jungen Mädchens erinnert, so schmal wie es ist. Zum Glück habe ich abgenommen. Die Pyrenäen und meine Zeitreisen genügen mir als Gedicht-Ersatz. Mein »Rosebud« ist ein kleines rotes Holzpferd auf Rollen in der Rue Lézurier-de-la-Martel. Es wiedergefunden zu haben reicht, um mich glücklich zu machen. Es bringt mich überallhin. Es bringt mich zu einem Badeausflug 1973 in Veules-les-Roses, zu Mariama, die mich um Feuer bat, als wir vom Highgate-Friedhof kamen, wo wir das Grab von Marx besucht hatten. Ich erinnere mich ansonsten an keine Details dieses Ausflugs, nur daran, wie sie ihre Hände um meine Hände gelegt hat, die das Feuerzeug hielten, und sie zu ihrer Zigarette führte. Zu einem Morgen mit Cénabre, als wir nach einer fröhlich durchzechten Nacht die städtischen Rasensprenger vor dem Hôtel de Ville betrachteten, und dabei einer Japanerin zulächelten, die ein Foto von uns machte, und die ich mit Sicherheit auch zehn Jahre danach noch wiedererkennen würde, obwohl ich sie nur wenige Minuten meines Lebens gesehen habe, und das auch noch halb betrunken.

Ich höre auch keine Nachrichten mehr. Es läuft scheinbar nicht besonders gut. Wirklich nicht. Ich schalte auch keinen Computer mehr an, ich schlage keine Zeitung mehr auf, ich bin kein einziges Mal in Auch herumgelaufen, seit ich hier bin. Doch, einmal, an einem Sonntag, um mir die Statue von D'Artagnan anzusehen. Ich habe mir von der Kathedrale aus die geschwungenen Treppen angeschaut, die zum Gers hinabführen, und die Ziegeldächer, die im Augustlicht genau die gleiche Farbe haben wie die in Lissabon, wie die in Alfama, vom Castelo de São Gorge aus gesehen.

Wenn wir keinen Sex haben, oder vielmehr Leïla keinen Sex hat, dann reden wir viel. Wir erinnern uns an das Ende des letzten Jahrhunderts, an Lille-Sud, wo für denjenigen, der die

Dinge zu deuten weiß, sich alles, was heute geschieht, schon abzeichnete.

Als sie mich am Bahnhof von Auch abholte, erkannte ich sie auf Anhieb. Sie hatte sich nicht verändert. Sie sah immer noch aus wie die wilde Teenagerin mit dem Piercing im Bauchnabel, die regelmäßig nachsitzen musste und der gesamten Welt die Stirn bot, angefangen bei den Lehrern, über die Behörden bis hin zu den kleinen Mackern der Klasse und die von sich aus ganze Passagen der *Illuminations* auswendig gelernt hatte. Sie hatte den gleichen Blick, die gleichen Haare, die gleichen festen Brüste.

»Du siehst müde aus, Guillaume.«

»Das bin ich auch, Leïla, das bin ich auch. Es war ein langer Weg bis zu dir.«

Ich habe nichts mehr von Tavaniello gehört. Aber auch nicht von Marcheur, von Cénabre. Wir befinden uns in Parallel-Einsamkeiten, jeder für sich, und jede hat ihre eigenen Gründe, ihre eigene Färbung. Man kann sie mit niemandem teilen.

In Eymoutiers war niemand. Auch in Brive war niemand.

»Ich hatte schon Angst, du würdest auch nicht da sein, Leïla …«

»Aber das hätte ich mir doch nicht entgehen lassen, mein Französischlehrer in meinem Bett. Hast du damals schon daran gedacht?«

»Nur ganz abstrakt, in flüchtigen Bildern. Ich verbot mir, darüber hinaus zu denken. Nicht aus Angst, eher aus …«

»Pflichtgefühl?«

»So kann man es nennen.«

»Ich dachte schon dran. Ich denke, ich hätte ja gesagt. Dein Verlangen hätte mich enorm aufgewertet. Ich war schließlich sechzehn … Ich glaube, dass du es nicht schaffst, mit mir zu schlafen, liegt daran, dass du immer noch Hemmungen hast, weil du mein Lehrer warst. Oder daran, dass du mich als deine Tochter ansiehst. Oder beides auf einmal.«

»Schon möglich. Ganz schön heiß, oder?«

»Vierzig Grad. Und das um drei Uhr morgens. Sie sterben überall wie die Fliegen. Dazu kommt, dass die Gesundheitsversorgung nicht mehr funktioniert. Selbst in Auch gibt es nur noch ein paar Ärzte.«

»Wegen des Streiks?«

»Ja, aber nicht nur. Man hat das Gefühl, die Städte leeren sich langsam.«

»Und in Sarrant?«

»Bist du sicher, dass du keine Lust hast, einen Abstecher dorthin zu machen? Der Buchhändler erinnert sich noch an dich, weißt du. Von einer Veranstaltung zu Georges Perros. Ist Perros gut?«

»Sehr gut, würde dir gefallen.«

»Hier, ich habe dir *La vie ordinaire* mitgebracht. Liest du mir daraus vor? Ich höre gerne deine Stimme im Dunkeln, ich mag es, wenn du liest …«

»Einverstanden. Aber ist noch was von dem Irouléguy übrig? Ich habe Durst.«

»Hier, mein Schatz. Trink. Trink und lies mir vor …«

Dabei fühlt es sich gut an, wenn wir Haut an Haut liegen. Vermutlich habe ich es zu eilig. Das ist absurd, ich habe Zeit genug. Denke ich zumindest.

Seit drei Tagen ist Leïla nun nicht mehr da. Sie geht nicht an ihr Handy. Ich habe in der Buchhandlung angerufen. Man sagte mir, sie sei nicht zur Arbeit erschienen, sie hätte noch nicht mal angerufen. Der Buchhändler schien ziemlich wütend zu sein.

Ich wartete noch mindestens eine Woche. Denke ich zumindest. Ich hatte kein Zeitgefühl mehr. Ich sah, wie es hell wurde und die Pyrenäen im Fensterausschnitt ihre Farbe veränderten. Ich verharrte in totaler Unbeweglichkeit. Ich dachte absurderweise, das brächte sie vielleicht zurück. Ich bezog das Bett nicht neu. Ich wollte ihren Geruch behalten.

Schließlich entschloss ich mich, die Bullen anzurufen. Sie sagten mir, sie seien gerade total überlastet. Es würden jeden Tag neue Vermisstenmeldungen eingehen. Sie seien unterbesetzt. Es täte ihnen leid. Aber sie könnten natürlich Name, Alter, Beruf und Anschrift notieren. Da wurde mir klar, dass ich noch nicht mal die Adresse kannte. Ich war vom Bahnhof zur Wohnung gefahren, ohne darauf zu achten. Ich hatte in dem Moment nur einen einzigen Wunsch, den, weit weg zu sein, das heißt bei Leïla. Ich wollte keine Adresse mehr haben, nicht unter irgendetwas firmieren. Der Bulle am anderen Ende der Leitung wurde langsam ungeduldig. Er hätte noch anderes zu tun. Da legte ich auf.

Ich wartete noch eine Weile ab. Abends ging ich in ein kleines Café unterhalb der Wohnung, um etwas zu essen. Im Fernseher über dem Tresen liefen rund um die Uhr Nachrichten. Inzwischen war September. Leïla fehlte mir. Man hatte den Eindruck, mehr und mehr Soldaten zu sehen in den Talkshows, den Reportagen. Fast schien es so, als hätten sie die Macht übernommen. Man sah Brände, Leichen, die in Kühlwagen übereinandergeschichtet wurden. Das erinnerte mich an 2003. Wo war ich im Sommer 2003 während der großen Hitze gewesen? Die Bilder überlagerten sich. Seit Leïla verschwunden war, funktionierte die Zeitmaschine nicht mehr. Eines Abends, als ich vor meinem Sandwich und meinem Bier saß, fiel mir ein, dass ich immer noch mein Handy hatte. Ich machte es an. Da sah ich Dutzende von unbeantworteten Anrufen, hunderte Mails. Ich prüfte schnell, ob Leïla darunter war. Natürlich nicht. Aus einer alten Literaten-Eitelkeit heraus las ich die Mail meines Verlegers, der mir etwas angesäuert das bevorstehende Erscheinen von *Die Überlebenden kontaktieren* ankündigte, den Umschlagentwurf hatte er angehängt. Er war sehr schlicht. Ich fragte mich, wer wohl in einer Militärdiktatur noch Poesie las.

Im Oktober verließ ich Leïlas Wohnung. Ich bezog das Bett neu, putzte, wusch die Wäsche. Sie sollte bei ihrer Rückkehr zumindest eine angenehme Umgebung vorfinden. Das war ich ihr schuldig. Ich sagte den Pyrenäen auf Wiedersehen. Am Bahnhof lieh ich mir ein Auto. Der Verleiher verlangte eine enorm hohe Kaution. »Sie verstehen schon, wegen der Unruhen.« Dann sagte er: »Der Tank ist zu drei Vierteln leer. Sie verstehen schon, wegen der Unruhen.« Immerhin war er so nett, mir eine Tankstelle auf der Straße nach Jegun zu nennen. »Wissen Sie, wo? Vorgestern hatte er noch Benzin. Aber ich garantiere für nichts. Sie verstehen schon, wegen der Unruhen.«

Als ich auf die Prieuré-Brücke kam, fuhr ich langsamer und warf mein Handy in den Gers.

Und jetzt werden Sie die Geschichte verlassen

Und in dem Moment wäre er mir fast entwischt.

Eins musst du mir wirklich glauben, Ada, wenn du diesen Bericht einmal liest: Entgegen allem Anschein habe ich Leïla nicht getötet. Leïla hat sich verdunkelt, ganz einfach. Wie so viele andere auch. Ich behaupte nicht, dass ich sie nicht getötet hätte, ich fand, dass das in Auch schon lange genug gedauert hatte. Sie ist also gerade noch rechtzeitig verschwunden. Eines Tages, nachdem sie die Buchhandlung in Sarrant hinter sich abgeschlossen hatte, einem Dorf, das einen guten Drehort für einen Harry-Potter-Film abgegeben hätte, fuhr sie nicht nach Auch zurück, oder vielmehr nahm sie nicht die Abfahrt nach Auch, sondern fuhr weiter auf der Autobahn in Richtung Toulouse. Weg war sie, Gott sei Dank.

Nach der Lektüre von Trimberts letztem Notizbuch verstand ich sie. Sie hatte in ihm offenbar ihre letzte Hoffnung auf ein halbwegs normales Leben gesehen, in dieser Welt, die kurz vor dem Zusammenbruch stand, und die ihr Angst machte. Und dann fiel ihr sofort auf, dass Trimbert am Ende seiner Kraft war und ebenso große Angst hatte wie sie. Vielleicht sogar mehr als sie. Jeder von ihnen hoffte, vom anderen vor dem Ertrinken gerettet zu werden. Dummerweise waren sie beide Schiffbrüchige. Also zog sie es vor, alleine unterzugehen. Frauen sind mutiger als Männer, oder jedenfalls mutiger als Trimbert, was kein Kunststück war. Das entspricht wohl eher der Wahrheit.

Ich wartete noch sechs Wochen ab, spazierte durch Auch und behielt seine Straße im Auge. Irgendwann würde Trimbert schon aus seinem Schlupfloch kommen. Ich hätte ihn auch holen können, aber das wäre vermutlich keine gute Idee gewesen. Ich brauchte ein neutraleres Umfeld. Ich blieb in meinem Kettenhotel im Gewerbegebiet. Ich las auch nichts mehr. Ich machte bis zur Erschöpfung Liegestütze und sah dabei Nachrichten ohne Ton. Ich überprüfte meinen Zyklus. »Ach nein, heute wäre es ideal.« Und die Vorstellung, die andere käme statt meiner zum Zuge, machte mich fuchsteufelswild. Also machte ich nochmal doppelt so viele Liegestütze und befriedigte mich unter der Dusche selber. Danach ging es mir etwas besser. Aber das hielt nicht lange an.

Ab und an rief der Colonel an. Er war vor allem eins, traurig.

»Wir brauchen dich hier ganz dringend, *Capitaine*.«

»Wofür denn? Wir sind doch gerade dabei, das Spiel zu verlieren, oder?«

»Dann brauche ich dich eben. Du fehlst mir.«

»Sobald ich erledigt habe, was ich erledigen muss, komme ich zurück.«

»Du weißt, dass das eine Lüge ist.«

»Ist das nicht der Titel von einem Celentano-Stück?«

»Ich rufe dich bald wieder an.«

»Ist gut, Colonel.«

An dem Morgen, als Trimbert wegging, war ich da. Unten vor dem Haus, versteckt, wie immer. Und als er dann sein Handy in den Gers warf, dachte ich mir, dass ich von nun an bei seiner Verfolgung besser nicht mehr auf die moderne Technik setzen, sondern mich lieber wieder an die guten alten Methoden halten sollte. Aber das war das Los vieler Leute in dieser Zeit, in der alles zusammenbrach: Man durfte sich nicht mehr auf die Technik verlassen. Darum gab es auch so viele Tote.

Trimbert fuhr Richtung Spanien. Mir war sofort klar, wo er hin wollte.

Portugal. Ich kannte seine Notizbücher schließlich in- und auswendig. Und dort gab es drei Orte, die infrage kamen.

Entweder Lissabon, in die Straße ohne Namen, mit seiner plakatierten Todesanzeige an der Mauer gegenüber.

Oder nach Porto zu den Mädchen, die zwitscherten wie Vögelchen, in der Avenida do Brasil.

Oder nach Ericeira, dem Badeort, wo er Ende der 70er Jahre mit Sophie Urlaub gemacht hatte.

Es hatte einen besonderen Reiz, ihm über die Straßen Altkastiliens zu folgen, in denselben Motels haltzumachen, Zimmer nebeneinander zu nehmen, in denselben leeren Restaurants zu essen, ein letztes Glas in der Bar hinter der Rezeption zu trinken, nur durch wenige Hocker voneinander getrennt. Er bemerkte mich ziemlich schnell. Er war ja trotz alledem ein guter Beobachter. Im Übrigen stieß ich ihn mit der Nase darauf. So gewöhnte ich ihn nach und nach an die Idee. Ich frisierte meine Haare so, dass meine Stirn frei blieb, was unsere Ähnlichkeit hervorhob. Es hatte zugleich etwas von einem amourösen Schaulaufen und einem Skalptanz. Während dieser Reise, auf der wir nur sehr langsam vorankamen und oftmals ein oder zwei Tage warten mussten, bis die Tankstellen wieder Benzin hatten, gefiel mir die Art, mit der er seine Brille hochzog, um die Karte zu lesen, seine noch feuchten Haare beim Frühstück, sein immer freundliches Lächeln für die Kellnerin.

Im Restaurant *Parador de Ciudad Rodrigo* erfuhren wir, dass es in der Metro von Lyon einen Anschlag mit einer schmutzigen Bombe gegeben hatte. Im Anschluss musste der gesamte Südwesten evakuiert werden. Wir blickten uns quer durch den Gastraum an, während die anderen Restaurantgäste mit den Augen am Bildschirm klebten und eine ältere französische Frau, nachdem sie verzweifelt auf ihre Serviette gebissen hatte, um ihre Schreie zu ersticken, in Ohnmacht fiel.

Es ging also nach Ericeira. Hübsch, dieses Ericeira. Ich sprach Trimbert schließlich in der Rezeption des riesigen *Hotel Vila Gale* an. Man hatte das Gefühl, die heranbrandenden Wellen des Atlantiks würden sich jeden Moment an der großen Glasfront brechen.

»Sie haben verstanden?«

»Ich denke schon.«

»Sie wissen, was ich will?«

»Ich denke ja. Ich verstehe zwar Ihre Gründe nicht ganz, aber ich denke ja.«

»Also nehmen wir jetzt nur ein Zimmer.«

Trimbert schien sich geschlagen zu geben.

Er war geschlagen.

Das Zimmer ging auf den Ozean hinaus. Holzvertäfelungen und Azulejos, Vorhänge, um dem Meer einen Rahmen zu geben, in den von gedrechselten Kordeln eingefassten Fenstern im Manuelinikstil.

»Sie werden mir jetzt ein Kind machen. So wie Sie meiner Mutter ein Kind gemacht haben. Sie wollten doch immer ein Kind, oder?«

»Ich muss gestehen, so habe ich die Dinge noch nie gesehen«, sagte er, während er sich in einen Sessel setzte und seine Brillengläser putzte. »Aber Sie sind sehr schön. Was machen Sie beruflich?«

»Ich bringe Leute um, aber ich bringe sie im Namen höherer nationaler Interessen um. Oder sagen wir, ich brachte sie um. Mir scheint, ich bin betriebsbedingt de facto auf Kurzarbeit gesetzt worden.«

»Das macht es dann nur halb so schlimm?«

»Immer einen Witz parat.«

»Haben Sie Taviniello getötet?«

»Wie kommen Sie darauf?«

Das Meer war ohrenbetäubend laut. Man hätte meinen können, an Bord eines Schiffes zu sein. Die Holzvertäfelung knackte. Er erstaunte mich, dieser Trimbert.

»Eingebung. Das würde es erklären.«

»Ihre Eingebung ist richtig.«

»Kein Wunder, ich bin schließlich Ihr Vater.«

Ich weiß nicht, Ada, ob ich dir das erzählen sollte, aber es hat sich alles auf eine ganz natürliche Art zugetragen. Es war einfach, gelungen, mit sehr klaren Gesten. Wir schmiegten uns aneinander, als würden wir uns schon immer kennen, was in gewisser Weise ja auch zutraf. Ich mochte den Duft seines Eau de Toilette in seinem Nacken, ich sah mich wieder vor mir, wie ich bei ihm war, als er nicht da war, und mir wurde bewusst, dass ich dort meine schönsten Stunden verbracht hatte, als ich tagelang nur gelesen hatte, ihn gelesen hatte.

Ich kam sogar richtig zum Höhepunkt, und zwar mehrmals. Letztendlich war das doch nur logisch, wenn ein Vater mit seiner Tochter schlief. Diese Logik war ein Verbrechen, in der Welt davor, und eben darum hat sie dieses furchtbare Ende genommen. Logisch wäre gewesen, so zu leben, wie wir jetzt lebten, in der Zeit der Sanftmut, in einer Welt, in der man niemals Angst vor den anderen haben muss. Insofern zählt nicht, was die alte Zivilisation über Trimbert und mich gedacht hätte. Daran ist sie jedenfalls nicht zerbrochen, die alte Zivilisation, nicht an unseren ineinander verschlungenen Körpern im *Hotel Vila Gale* in Ericeira ... Zerbrochen ist sie an ihrer eigenen Dummheit, ihrer eigenen Faszination für den Tod.

»Und was tun wir jetzt?«, fragte Trimbert, nachdem er sich in dem Himmelbett aufgerichtet hatte.

»Jetzt werden Sie aus dieser Geschichte verschwinden.«

»Das erscheint mir allerdings auch nötig, ja sogar unverzichtbar. Im Übrigen verfolge ich diese Absicht schon seit einer ganzen Weile.«

»Ich weiß.«

»Das wissen Sie?«

Ich erzählte ihm alles. Er schien wechselweise amüsiert, irritiert, traurig und fuhr mir, während ich sprach, ganz automatisch immer wieder sanft mit der Hand durch die Haare. Ein zärtlicher Trimbert. Das überraschte mich, hätte mich fast zu Tränen gerührt, aber er bekam davon nichts mit, weil sein Blick in die Ferne ging, in Richtung der Azulejos.

»Ich glaube, im Grunde sind Sie wahnsinnig.«

»Mag sein. Auch wenn der Begriff Wahnsinn in einer Welt, in der gerade ein Achtel der französischen Bevölkerung bei einem Anschlag mit einer schmutzigen Bombe ausgelöscht wurde, sehr relativ ist.«

»Werden Sie mich töten?«

»Ich weiß es nicht.«

»Ich denke, das wäre besser. Sie verstehen ja wohl etwas davon, wenn ich das richtig sehe.«

Wir hatten erstaunlicherweise beide Hunger und aßen in einem Restaurant an der Hafenmole Taschenkrebse und tranken dazu eine Flasche Alvarinho. Wir sahen ein bisschen albern aus mit unseren Lätzchen und unseren kleinen Hämmerchen zum Zerschlagen der Scheren. Er fragte mich nach Einzelheiten, nach Daten, zu meinem Beruf, zu meiner Familie. Ich erzählte ihm alles.

»Sind Sie denn auch sicher ... ich meine, schwanger zu sein?«

»Da kann man nie zu hundert Prozent sicher sein, aber mein Zyklus ist so zuverlässig wie ein Schweizer Uhrwerk, und gerade ist ein sehr günstiger Moment.«

»Denn ehrlich gesagt hätte ich keine Lust, das noch mal zu wiederholen, wenn ich mir die Bemerkung erlauben darf.«

»Ich doch auch nicht, was denken Sie denn?«

»Auch wenn Sie wirklich verdammt hübsch sind. Die Augen haben Sie von mir, oder?«

»Ja, das fiel allen gleich auf, die etwas von der Sache mitbekommen haben.«

Wir verließen das Restaurant, liefen an den leeren Pools des Luxushotels vorbei und gingen am Strand entlang.

»Ich würde gerne baden«, sagte er.

»Das Wasser ist bestimmt eiskalt. Und sehen Sie sich mal die Wellen an!«

»Eben drum.«

Da verstand ich und sagte nichts mehr.

Er hatte die Lösung gefunden.

Er zog sein Tweed-Jackett aus, seine Westons, seine Cordsamthose, sein Hemd, und zog seine Brille ab. Nur die roten Boxershorts behielt er an. Er faltete alles ordentlich zusammen und tat die Schuhe mit der Brille oben drauf, so dass es nicht wegfliegen konnte.

Da überkam mich eine Anwandlung von Zärtlichkeit, ich drehte ihn zu mir um und küsste ihn, lange, intensiv.

»Danke, Agnès, aber ich muss jetzt gehen.«

Er ging zum Wasser, tauchte unter den Wellen durch, kurz erschien noch ein roter Fleck, schon in weiter Ferne, und dann sah ich ihn nicht mehr.

Epilog

Und Ada lebt mit der Sanftmut,
für immer.

»Agnès?«

Das ist Ada, meine Ada.

Neben ihr steht ein Junge. Ich kenne ihn, er heißt Jason. Wir kennen uns hier alle in unserer Republik der Sanftmut. Er stammt aus der Gemeinde Samatan und lebt in einer Kommune, die die Sonne anbetet. Warum nicht ...

»Und, mein kleiner Schatz, geht der Markt zu Ende?«

»Ja, ich habe alles im Wagen verstaut. Die Kirschen habe ich auch. Ich wollte dich fragen ...«

»Ja, Ada?«

»Würde es dir was ausmachen, alleine mit dem Wagen und der Stute hintendran zurückzufahren? Jason hat mir nämlich eine Fahrt im Solar-Mobil angeboten. Wir möchten bis zu den Ruinen von Auch kommen.«

»Ich will dir nicht den Spaß verderben, aber die Ruinen von Auch sind kein sehr schöner Anblick.«

»Haben Sie die Stadt vorher gekannt, Agnès?«

»Du darfst mich ruhig duzen, Jason. Ja, ein wenig. Ich bin durchgereist, sagen wir so.«

»Also, dürfen wir nun, Mama?«

»Ich dachte, du wolltest mich nicht mehr Mama nennen ... In Ordnung, Ada. Aber seid vorsichtig.«

»Schreibst du an irgendwas?«, fragte Ada und deutete dabei auf mein Heft auf dem Bistrotisch. Und ohne eine Antwort abzuwarten, wandte sie sich an Jason und sagte:

»Seit Monaten stapeln sich bei uns lauter Unterlagen. Wir haben sogar noch einen Computer zu Hause.«

»Ich habe noch nie so ein Ding gesehen!«

»Na, dann komm vorbei, wenn dich das wirklich interessiert. Aber mit dem Computer ist es ein wenig wie mit den

Ruinen von Auch, er ist kein besonders schöner Anblick. Und unserer wird bald den Geist aufgeben, das ist auch besser so.«

»Darf ich das lesen, Agnès?«

»Ich weiß es nicht, Ada. Oder sagen wir, wenn du es gerne möchtest.«

Ich sah ihr in die Augen.

Sie hatten die Farbe des sonnigen Tages.

»Ja, genau, wenn du es gerne möchtest.«

ENDE

Die Zitate

aus literarischen Werken sind folgenden Übersetzungen ins Deutsche entnommen:

Honoré de Balzac, »Die Lilie im Tal«, übertragen von Ernst Sander, in: *Die menschliche Komödie*, Goldmann Verlag, 1972

Charles Baudelaire, »Mon cœur mise à nu«, übertragen von Friedhelm Kemp, in: Sämtliche Werke/Briefe in 8 Bänden, hg. von Friedhelm Kemp, Hanser Verlag, 1977

Georges Perec, *Ein Mann der schläft*, übertragen von Eugen Helmlé, Manholt Verlag, Bremen 1988, NA Diaphanes Verlag, Zürich 2012

Fernando Pessoa, Álvaro de Campos, *Poesia – Poesie*, übertragen von Inés Koebel, Amman Verlag, 2007

Georges Simenon, »Maigret und die Groschenschenke«, übertragen von Bernhard Jolles und Heide Bideau, Diogenes Gesamtausgabe, Band 11, 2008

Stendhal, »Privilegien«, in: *Tagebücher und andere Selbstzeugnisse*, übertragen von Katharina Scheinfuß, Verlag Rütten und Loening, Berlin-Ost 1961/83

Alle anderen Zitate wurden von Cornelia Wend übersetzt

Aus unserem Verlagsprogramm

Deutscher Krimipreis International 2018

Jérôme Leroy

DER BLOCK / Kriminalroman

Broschur / 320 Seiten / ISBN 978-3-96054-037-3

»Der Block« ist eine atemberaubende Innenansicht der Strömungen, die sich in der extremen Rechten verbünden. Ein hochaktueller und literarischer Thriller aus einem Milieu, das unter Hochdruck steht – nicht nur in Frankreich.

»Eine packende Milieustudie, durchzogen vom Nihilismus ihrer Protagonisten – aber auch ein verdammt gut geschriebener Kriminalroman. Unbedingt lesenswert.« *Ulrich Noller, WDR*

Declan Burke

EIGHT BALL BOOGIE / Kriminalroman

Broschur / 272 Seiten / ISBN 978-3-96054-068-7

Als die Frau eines bekannten Politikers in ihrem besten Negligé ermordet wird, findet sich Privatdetektiv und Gelegenheits-Boulevardjournalist Harry Rigby im Kreuzfeuer zwischen fiesen Paras, gehörnten Ehemännern und Interpol-Ermittlern wieder – und mitten im schwersten Koks-Blizzard, der den Nordwesten Irlands je getroffen hat.

»Dröhnt vorwärts wie eine Harley Davidson ohne Schalldämpfer – pechschwarz, aber berauschend!« *Irish Times*

Matthias Wittekindt

DIE TANKSTELLE VON COURCELLES / Kriminalroman

Broschur / 256 Seiten / ISBN 978-3-96054-070-0

Die Vogesen in den 1970er Jahren – grün, friedlich, ein wenig am Rand von allem. Hier wächst abgeschieden eine Gruppe Jugendlicher heran. Als Lou, die nachts an der Tankstelle jobbt, Zeugin eines Verbrechens wird, ändert sich alles.

»Die ruhige, fast stille, völlig uneitle und souveräne Prosa, die es nicht nötig hat, ihre eigene Brillanz zu feiern, macht die hohe Qualität des Romans aus.« *Thomas Wörtche, DLF Kultur*

---

www.edition-nautilus.de

Aus unserem Verlagsprogramm

Leonhard F. Seidl
FRONTEN / Kriminalroman
Broschur / 160 Seiten / ISBN 978-3-96054-051-9
Ein bosnischer Waffensammler läuft Amok im oberbayerischen Auffing, ein »Reichsbürger« sinnt auf Rache und eine muslimische Ärztin gerät zwischen die Fronten – ein Kriminalroman nach einem wahren Fall.
»Fronten ist *der* Roman zur politischen Situation heute – von wegen Littérature engagée ist überflüssig. Sie ist notwendiger denn je, und Leonhard F. Seidl ist ihr Protagonist.« *Thomas Wörtche*

Alan Carter
DES EINEN FREUD / Kriminalroman
Klappenbroschur / 384 Seiten / ISBN 978-3-96054-016-8
Drogenkrieg, Erpressung, korrupte Kripobeamte und Rache: nach *Prime Cut* der neue, knallharte Kriminalroman des Australiers Alan Carter. Wie bereits in *Prime Cut* spart Carter auch hier nicht an Gesellschaftskritik und schwarzem Humor.
»Es wird immer heißer in Boom City. Alan Carter wartet mit einer komplexen Geschichte, einem starken Setting und einem unvergesslichen Helden auf.« *Michael Robotham*

Matthias Wittekindt
DER UNFALL IN DER RUE BISSON / Kriminalroman
Broschur / 224 Seiten / ISBN 978-3-96054-018-2
In der Rue Bisson hat es einen tödlichen Autounfall gegeben. Doch war es wirklich ein Unfall? Lieutenant Ohayon ermittelt im Freundeskreis des Fahrers, unter den Gewinnern im aufstrebenden Fleurville, von denen mehr als einer nach Michels Tod aus der Spur gerät …
»Wittekindt versteht es wie keiner, aus einem alltäglichen Ereignis ein Netz aus Verunsicherungen, Verdächtigungen, Selbstbeschwichtigungen zu knüpfen. Ein Fixstern der zeitgenössischen Kriminalliteratur.« *Tobias Gohlis, DIE ZEIT*
